坂口安吾

坂口安吾
エンタメコレクション
伝奇篇

女剣士

七北数人 編

春陽堂書店

坂口安吾

エンタメコレクション

〈伝奇篇〉

女剣士

目次

閑山

昔、越後之国魚沼の僻地に、関山寺の六袋和尚といって近隣に徳望高い老僧があった。

初冬の深更のこと、雪明りを愛《め》ずるまま写経に時を忘れていると、窓外から毛の生えた手を差しのべて顔をなでるものがあった。和尚は朱筆に持ちかえて、その掌に花の字を書きつけ、あとは余念もなく再び写経に没頭した。

明方ちかく、窓外から、頻《しき》りに泣き叫ぶ声が起った。やがて先ほどの手を再び差しのべる者があり、声が言うには「和尚さま。誤って有徳の沙門を嬲《なぶ》り、お書きなさいました文字の重さに、帰る道が歩けませぬ。不愍《ふびん》と思い、文字を落して下さりませ」見れば一匹の狸であった。硯《すずり》の水を筆にしめして、掌の文字を洗ってやると、雪上の陰間を縫い、闇の奥へ消え去った。

翌晩、坊舎の窓を叩き、訪う声がした。雨戸を開けると、昨夜の狸が手に栂《ツガ》の小枝をたずさえ、それを室内へ投げ入れて、逃げ去った。

その後、夜毎《よごと》に、季節の木草をたずさえて、窓を訪れる習いとなった。追々昵懇《じっこん》を重ねて心置きなく物を言う間柄となるうちに、独居の和尚の不便を案じて、なにくれと小用に立働くようになり、いつとなくその高風に感じ入って自ら小坊主に姿を変え、側近に仕えることとなった。

この狸は通称を団九郎と云い、眷族《けんぞく》では名の知れた一匹であったそうな。ほどなく経文を暗《そら》んじて諷経《ふぎん》に唱和し、また作法を覚えて朝夜の坐禅に加わり、敢《あえ》て三十棒を怖れなかった。

六袋和尚は和歌俳諧をよくし、又、折にふれて仏像、菩薩像、羅漢像等を刻んだ。その羅漢像、居士像等には狗狸《くり》に類似の面相もあったというが、恐らく偶然の所産であって、団九郎に関係はなかったのだろう。

いつとなく、団九郎も彫像の三昧《さんまい》を知った。木材をさがしもとめ、和尚の熟睡をまって庫裏《くり》の一隅に胡座し、鑿《のみ》を揮《ふる》いはじめてのちには、雑念を離れ、屢々《しばしば》夜の白むのも忘れていたということである。

六袋和尚は六日先んじて己れの死期を予知した。諸般のことを調《ととの》え、辞世の句もなく、特別の言葉もなく、恰《あたか》も前栽へ逍遥に立つ人のように入寂した。

参禅の三摩地を味《あじわ》い、諷経念誦《ねんじゅ》の法悦を知っていたので、和尚の遷化《せんげ》して後も、団九郎は閑山寺を去らなかった。五蘊《ごうん》の羈絆《きはん》を厭悪《えんお》し、すでに一念解脱を発心していたのである。

新らたな住持は弁兆と云った。彼は単純な酒徒であった。先住の高風に比べれば百難あったが、彼も亦《また》一生不犯《ふぼん》の戒律を守り、専ら一酔また一睡に一日の悦びを托していた無難な坊主のひとりであった。

弁兆は食膳の吟味に心をくばり、一汁の風味にもあれこれと工夫を命じた。団九郎の坐禅諷経を封じて、山陰へ木の芽をとらせに走らせ、又、屢々蕎麦を打たせた。一酔をもとめてのちは、肩をもませて、やがて大蘿蔔頭《だいらふとう》（だいこん）の煮ゆるが如く眠りに落ちた。ことごとく、団九郎の意外であった。一言一動俗臭芬々《ふんぷん》として、甚だ正視に堪えなかった。

一夕、雲水の僧に変じて、団九郎は山門をくぐった。折から弁兆は小坊主の無断不在をかこちながら、酒食の支度に余念もなかった。

雲水の僧は身の丈六尺有余、筋骨隆々として、手足は古木のようであった。両眼は炬火の如くに燃え、両頬は岩塊の如く、鼻孔は風を吹き、口は荒縄を縒《よ》り合せたようであった。

雲水の僧は庫裏へ現れ、弁兆の眼前を立ちふさいだ。それから、破れ鐘《わがね》のような大音声でこう問うた。

「喧酒糟《とうしゅそう》の漢（のんだくれめ）仏法を喰うや如何に」

弁兆は徳利を落し、さて、臍下丹田《せいかたんでん》に力を籠めて、まず大喝一番これに応じた。

と、雲水の僧は、やおらかたえの囲炉裏の上へ半身をかがめた。左手に右の衣袖を収めて、紅蓮《ぐれん》をふく火中深くその逞《たくま》しい片腕を差し入れた。そうして、大いなる燠《おき》のひとつを鷲摑《わしづか》みにして、再び弁兆の眼前を立ちふさいだ。

「喧酒糟の漢よく仏法を喰うや如何に」

雲水の僧はにじり寄って、真赤な燠を弁兆の鼻先へ突きつけた。弁兆に二喝を発する勇気がなかった。思わず色を失って、飛び退《の》いていた。

「這《こ》の掠虚頭の漢（いんちきやろうめ）！」

雲水の僧は矢庭《やにわ》に躍りかかって、弁兆の口中へ燠を捩《ね》じ込むところであった。弁兆は飛鳥の如くに身をひるがえして逃げていた。そのまま逐電《ちくてん》して、再び行方は知れなかった。

雲水の僧は住持となった。人称《よ》んで呑火和尚と云った。即ち団九郎狸であった。懈怠《けたい》を憎み、ひたすら見性《けんしょう》成仏を念じて坐禅三昧に浸り、時に夜もすがら仏像を刻んで静寂な孤独を満喫した。

村に久次というしれものがあった。大青道心の坐禅三昧を可笑しがり、法話の集いのある夕辺、庫裏へ忍び、和尚の食餌へやたらと砥粉《とのこ》をふりまいておいた。砥粉をくらえば止めようと欲してもおのずと放屁して止める術《すべ》がないという俗説があるのだそうな。

果して和尚は、開口一番、放屁の誘惑に狼狽した。臍下丹田に力を籠めれば、放屁の音量を大にするばかりであり、丹田の力をぬけば、心気顚倒《てんとう》して為すところを失うばかりであった。

「しばらく誦経致そう」

和尚は腹痛を押えてやおら立上り、木魚の前に端坐した。優婆塞優婆夷《うばそくうばい》の合唱にかくれて、ひそかに始末する魂胆であった。そこで先《ま》ず試みに一微風を漏脱したところ、ことごとく思量に反して、あとはもはや大流風の思うがままの奔出を防ぎかける手段《てだて》もなかった。大風笛は高天井に木魂《こだま》して、人々がこれを怪しみ誦経の声を呑んだ時には、転出する円凹様々な風声のみが大小高低の妙を描きだすばかりであった。臭気堂に満ちて、人々は思わず鼻孔に袖を当て、ひとりの立上る気配を知ると、我先きに堂を逃れた。
釈迦牟《む》尼《に》成道《じょうどう》の時にも降魔《ごうま》のことがあった。正法《しょうぼう》には必ず障礙《しょうがい》のあるもの。放屁を抑えようとして四苦八苦するのも未だ法を会得すること遠きがゆえであり、放屁の漏出に狼狽して為すところを忘れるのも未だ全機透脱して大自在を得る底《てい》の妙覚に到らざるがゆえである。即ち透脱して大解脱を得たならば、拈花《ねんげ》も放屁も同一のものであるに相違ない。静夜端坐して、団九郎はかく観じた。

それにつけても、俗人の済度しがたいことを嘆いて、人里から一里ばかり山奥に庵を結び、遁世して禅定《ぜんじょう》三昧に没入した。

冬がきて、田舎役者の一行がこの草庵を通りかかった。

雪国の農夫達は冬毎にその故里《ふるさと》の生業《なりわい》を失い、雪解けの頃まで他郷へ稼ぎにでかけるのが昔からの習いであった。部落によって、あるいは灘伊丹の酒男、あるいは江戸の奉公と様々であるが、所によっては、越後獅子の部落もあり、村廻りの神楽狂言芝居等を伝承するところもあった。もとより正業は農であるが、副業も亦概《またおおむ》ね世襲で、現今も尚このあたりには冬毎に芝居を巡業する部落がある。丈余の雪上に舞台を設《しつら》え、観客も亦雪原に筵《むしろ》をしき、持参の重箱をひらいて酒をのみながら見物する。木戸として特に規定の金額がないから、金銭を支払う者は甚だ稀《まれ》で、通例米味噌野菜酒等を木戸銭に代え、一族ひきつれて観覧にあつまる。

演者はただひたすらに芝居を楽しむという風で、寒気厳烈の雪原とはいえさながらに春風駘《たい》蕩《とう》、「三年さきに勘平の男前の若い衆はどうなすったね。女の子が夢中になったものだったが、達者かね」「あの野郎は嬶《かかあ》をもらって、今年は休ましてもらいますだとの」などいう会話が幕の間に舞台の上下で交わされる。座長と見える老爺など終生水呑百姓の見るからに武骨そのものの骨柄であるが、巧みに女形をしこなして優美哀切を極め、涙の袖をしぼらせること、いつの年も変りがないということである。

　折から一行のひとりに病人ができた。通りかかった草庵をこれ幸いに無心して病人を担ぎ入れたが、翌日も、また翌日も、はかばかしくいかない。先を急ぐ旅のこととて、ひとりの附添いを置き残して一座の者は立去った。

　病人は暮方から熱が高まり、夜は悪夢にうなされて譫言《うわごと》を言い、屢々水をもとめた。明方に漸《ようや》く寝しずまるのが例であった。附添の男は和尚に祈禱を懇願した。同村の某が同じような高熱に悩んだとき、真言の僧に祈禱を受け、唵摩耶底連《おんまやてれん》の札を水にうつしていただいたところ、翌日は熱も落ちて本復したことを思いだしたのであった。

「拙僧は左様な法力を会得した生きぼとけでは厶《ござ》らぬ」と和尚は答えた。「見られる通り俗世間を遁《のが》れ、一念解脱を発起した鈍根《どんこん》の青道心《あおどうしん》で厶る。死生を大悟し、即心即仏非心非仏に到らんことを欲しながら、妄想尽きず、見透するところ甚だ浅薄な、一尿床の鬼子（寝小便垂れ小僧）とは即ちこの坊主がこと。加持祈禱は思いもより申さぬ」と受けつける気配もなかった。

病人は日毎に衰え、すでに起居も不自由であった。頻《しき》りに故里《ふるさと》の土を恋しがり、また人々をなつかしんだ。その音声も日を経るごとに力なく、附添いの友の嘆きを深くさせるのみだった。彼は執拗に和尚の祈禱を懇願した。

「定命《じょうみょう》はこれ定命で厶る。一切空と観じ、雑念あっては、成仏なり申さぬぞ」

和尚の答えは、いつもながら、それだけだった。傍に瀕死の病人もなきが如く、ひねもす禅定三昧であった。その大いなる趺坐《ふざ》僧の姿は、山寨《さんさい》を構えて妖術を使う蝦蟇《がま》のように物々しく取澄して、とりつく島もない思いをさせた。

さりとて病状は一途に悪化を辿《たど》るばかりで、人力の施す術も見えないので、附添いの男は、暇あるたびに、坐禅三昧の和尚の膝をゆさぶって、法力の試みを懇請するほかに智慧の浮かぶゆとりはなかった。ゆさぶる膝の手応えは太根を張った大松の木の瘤《こぶ》かと思われるばかり、なかなか微動を揺りだすことも絶望に見える有様であった。

「生者は必滅のならい。執着して、徒《いたず》らに往生の素懐を乱さるるな」

和尚は俗人の執念を厭悪するものの如く、ときに不興をあらわして、言った。そうして、膝をゆさぶられても、半眼をひらこうとすらしなかった。

然《しか》し、和尚の顔色も、病者の悪化に競い立って、日に日に光沢を失い、その逞しげな全身に、なんとなく衰えの気が漂った。

春がきて、巡業の一行が再び草庵へ戻ったとき、すでに病人は臨終を待つばかりであった。人々は不幸な友の枕頭に凝坐《ぎょうざ》して、悲嘆にくれたが、もとより人の思いによって消える命が取戻せようものではなかった。

草庵の裏山に眺望ひらけた中腹の平地を探しもとめて、涙ながらに友のなきがらを葬った。回向《えこう》、引導も型の如くに執り行ったが、和尚の顔色は益々勝れず、土気色のむくみを表わし、眉間の憂悶は隠しもあえず、全身衰微の色深く、歩く足にも力失せがちな有様がただならなかった。

一座の長が進みでて、一様ならぬ長逗留の不始末を詫び、回向の労を深謝したとき、和尚が言った。

「されば、善根、回向は比丘《びく》のつとめ。ましてこの身は見られる如く世を捨てた沙門、お礼のことはひらに要り申さぬ。ただ、お言葉ゆえ、所望いたしてよろしいものなら、なにとぞ、一念発起の心根をあわれみ、塵労断ちがたい鈍根の青道心に劬《いた》わりを寄せ給いて、俗世の風が解脱の障礙《しょうがい》とならぬよう、なるべく早う拙僧ひとりにさせて下されたい」

語る言葉にも力なく息苦しげであった。

人々は俄《にわ》かに興ざめ、遺品などとりまとめるにも心せかせて、いとまを告げたが、これを待つ間ももどかしげな和尚の様子に、ほとほと厭気さすばかりであった。

人々がものの三四十間も歩いたころ、うしろに奇異な大音響が湧き起った。低く全山の地肌を這いわたる幅のひろいその音響を耳にしたとき、すでに人々の踏む足は自ら七八寸あまり宙に浮き、丹田に力の限り籠めてみても、音の自然に消え絶えるまで、再び土を踏むことができなかった。

驚いて、草庵の方を振返ると、和尚は柱に縋《すが》りつき、呼吸は荒々しくその肩をふるわせていた。

再び大音響を耳にしたとき、和尚の法衣は天に向って駈け去るが如く、裾は高々と空間に張りひろがり、人々の足は自然に踏む土を失って、再び宙に浮いていた。

庵寺《あんでら》の屁っこき坊主はの
山の粉雪も黄色にそめ
春のさかりに紅葉もさかせ
おないぶつに尻《けつ》向けて罰《ばち》当りとは面妖な
仏様も金ぴかりなら
　目出度い　目出度い

あるとき、和尚に依頼の筋があって、草庵を訪ねた村人があった。

訪うまでもなく、坐禅三昧の和尚の姿が、まる見えであった。

「お頼み申します」

と、訪客は和尚の後姿に向って、慎しみ深く訪いを通じた。趺坐の和尚に微動もなく、返事もなかった。四たび、五たび、訪客は次第に声を高らかにして、同じ訪いを繰返したが、さながら木像に物言う如く、さらに手応えの気配がなかった。

さて、所在もなさに見廻せば、すでに屋根は傾いて、所々に隙間をつくり、また大空ののぞけて見える孔もあった。雨の降る日は傘さしても間に合うまいと思いやられるのもことわり、畳はすでに苔《こけ》むすばかりの有様であった。長虫は処を得て這いまわり、また翅虫《はむし》は澱みを幸い湧きむらがって、人の棲家とも思えなかった。さては和尚も苔むしたかと思われるほど、その逞しく巨大な姿は谷底に崛起《くつき》する岩石めき、まるまると盛りあがる額も頬も、垢にすすけて、黒々と岩肌の光沢を放つばかりであった。

訪客は縁先ににじり寄った。

「もし、和尚さま」

首を突き入れて、三たび、四たび繰返したが、声の通じた様子もなかった。

たまりかねて、濡縁《ぬれえん》へ片膝をつき、這いこむばかりの姿勢となって、片腕を延して和尚の背中を揺ろうとした。

「もし。和尚さま」

矢庭に彼はもんどり打って、土の上にころがっていた。彼はそのとき、今のさっき日に見たことが、如何様《いかよう》に工夫しても、呑みこみかねる有様であった。

後向きの姿ではあるが、不興げな翳《かげ》が顔を掠《かす》めて走ったかと想像された一瞬間、たしかに和尚の姿がむくむくとふくれて、部屋いっぱいにひろがったのを認めた筈《はず》であったのである。

腰骨の痛みも打忘れて、訪客は麓をさして逃げ帰った。

ある年、行暮れた旅人が、破れほうけた草庵を認めて立入り、旅寝の夢をむすんだ。

すでに棲む人の姿はなく、壁は落ち、羽目板は外れて、夜風は身に沁《し》みて吹き渡り、床の隙間に雑草がのびて、風吹くたびにその首をふった。

深更、旅人はふとわが耳を疑りながら、目を覚した。その居る場所にすぐ近く、人々のざわめきの声がするのであった。それは遠くひろびろと笑いどよめく音にもきこえ、またすぐ近くあまたの人が声を殺して笑いさざめく音にもきこえた。

旅人は音する方へにじり寄った。壁の孔を手探りにして、ひそかに覗いた。そうして、そこに、わが眼を疑る光景を見た。

そこは広大な伽藍《がらん》であった。どのあたりから射してくる光とも分らないが、幽《かす》かに漂う明るさによっては、奥の深さ、天井の高さが、どの程度とも知りようがない。さて、広大な伽藍いっぱい、無数の小坊主が膝つき交えて蠢《うごめ》いていた。ひとりは人の袖をひき、ひとりはわが口を両手に抑え、ひとりは己れの頭をたたき、またひとりは脾腹《ひばら》を抑え百態の限りをつくして、ののしり、笑いさざめいていた。

やがて最も奥手の方に、ひとりの小坊主が立ち上った。左右の手に各《おのおの》小枝を握り、その両肩へ小枝を担う姿勢をとって、両肘を張り、一声高くこう歌った。

「花もなくて」

歌いながら、へっぴり腰も面白く、飛立つように身も軽く一舞いした。

「あら羞しや。羞しや」

小坊主は節面白く歌いたてて、両手の小枝を高々と頭上に捧げ、きりきりと舞った。と、舞い終り、ひょいと尻を持上げて、一足ぽんと蹴りながら、放屁をもらした。

花もなくて
あら羞しや。羞しや

小坊主は、舞い、歌い、放屁をたれ、こよなく悦に入ると見えた。同じ歌も、同じ舞いも、繰返すたびに調子づき、また屁の音も活気を帯びて、賑やかに速度をはやめた。

放屁のたびに、満座の小坊主はどッとばかりにどよめいた。手をうつ者もあり、鼻をつまむ者もあり、耳に蓋する者もあれば、さては矢庭にかたえの人の鼻をつまんで捩じあげる者もあった。ののしり、わめき、さて、ある者は逆立ちし、またある者は矢庭に人の股倉をくぐりぬければ、またある者はあおむけにでんぐり返って、両足をばたばた振った。

異様なこととは言いながら、その可笑しさに堪えがたく、旅人は透見の自分も打忘れて、思わず笑声をもらした。

どよめきは光と共に掻消え、あとは真の闇ばかり。ただ自らの笑声のみ妖しく耳にたつことを知ったとき、むんずと組みついた者のために、旅人はすんでに捩じ伏せられるところであった。必死の力でふりほどき、逃れようと焦ってみたが、絡みつく者は更に倍する怪力であった。精根つきはてて抵抗の気力を失ったとき、組みしかれた旅人は、毛だらけの脚が肩にまたがり、その両股に力をこめて、首をしめつけてくることを知った。

ふと気がつけば、草庵の外に横たわり、露を受け、早朝の天日に暴《さら》されている自分の姿を見出した。


村人が寄り集い、草庵を取毀《とりこわ》したところ、仏壇の下に当った縁下に、大きな獣骨を発見した。片てのひらの白骨に朱の花の字がしみついていた。

村人は憐んで塚を立て、周囲に数多《あまた》の桜樹を植えた。これを花塚と称んだそうだが、春めぐり桜に花の開く毎に、塚のまわりの山々のみは嵐をよび、終夜悲しげに風声が叫びかわして、一夜に花を散らしたということである。この花塚がどのあたりやら、今は古老も知らないそうな。

紫大納言

昔、花山院の御時、紫の大納言という人があった。贅肉《ぜいにく》がたまたま人の姿をかりたように、よくふとっていた。すでに五十の齢《よわい》であったが、音にきこえた色好みには衰えもなく、夜毎におちこちの女に通った。白々明けの戻り道に、きぬぎぬの残り香をなつかしんでいるのであろうか、ねもやらず、縁にたたずみ、朝景色に見惚れている女の姿を垣間見《かいま》たりなどすることがあると、垣根のもとに忍び寄って、隙見《すきみ》する習いであった。怪しまれて誰何《すいか》を受けることがあれば、鶏や鼠のなき声を真似ることも古い習いとなっていたが、時々はまた、お楽しみなことでしたね、などと、通人のものとも見えぬ香《かんば》しからぬことを言って、満悦だった。垣根際の叢《くさむら》に、腰の下を露に濡らしてしまうことなど、気にかけたこともないたちだった。

そのころ、左京太夫致忠《ムネタダ》の四男に、藤原の保輔《やすすけ》という横ざまな男があった。甥《おい》にあたる右兵衛尉斉明《うひょうえのじょうトキアキラ》という若者を語らって、徒党をあつめ、盗賊の首領となった。伊勢の国鈴鹿の山や近江の高島に本拠を構えて、あまたの国々におしわたり、また都にも押し寄せて、人を殺《あや》め、美女をさらい、家を焼き、財宝をうばった。即ち今に悪名高い袴垂《はかまだ》れの保輔であった。

袴垂れの徒党は、討伐の軍勢を蹴散らかすほど強力であったばかりでなく、狼藉《ろうぜき》の手口は残忍を極め、微塵《みじん》も雅風なく、また感傷のあともなかった。隊を分けて横行したので、都は一夜にその東西に火災を起し、また南北の路上には、貴賤富貴、老幼男女の選り好みなく斬り伏せられているのであった。そのさまは、魔風の走るにもみえ、人々は怖れ戦《おのの》いて、夕闇のせまる時刻になると、都大路もすでに通行の人影なく、ただあまたの蝙蝠《こうもり》がたそがれの澱みをわけて飛び交うばかりであった。

恋のほかには余分の思案というもののない平安京の多感な郎子であったけれども、佳人のもとへ通う夜道の危なさには、粋一念の心掛けも、見栄の魔力も、及ばなかった。

往昔、花の巴里《パリ》にも、そのような時があったそうな。十七世紀のことだから、この物語に比べれば、そう遠くもない昔である。スキュデリという才色一代を風靡《ふうび》した佳人があった。粋一念の恋人たちも、ちかごろの物騒さでは、各の佳人のもとへよう通うまいという王様の冗談に答えて、賊を怖れる恋人に恋人の資格はございませぬという意味を、二行の詩《うた》で返したという名高い話があるそうな。

紫の大納言は、二寸の百足《むかで》に飛び退いたが、見たこともない幽霊はとんと怖れぬ人だったから、まだ出会わない盗賊には、怯《おび》える心がすくなかった。それゆえ、多感な郎子たちが、心にもあらず、恋人の役を怠りがちであったころ、この人ばかりは、とんと夜道の寂寞を訝《いぶか》りもせず、一夜の幸をあれこれと想い描いて歩くほかには、ついぞ余念に悩むことがないのであった。

一夜、それは夏の夜のことだった。深草から醍醐へ通う谷あいの径《みち》を歩いていると、にわかに鳴神がとどろきはじめた。よもの山々は稲妻のひかりに照りはえ、白昼のごとく現れて又掻き消えたが、その稲妻のひらめいたとき、径のかたえの叢に、あたかも稲妻に応えるように異様にかがやくものを見た。大納言はそれを拾った。それは一管の小笛であった。

折しも雨はごうごうと降りしぶいて、地軸を流すようだったので、大納言は松の大樹の蔭にかくれて、はれまを待たねばならなかった。

雨ははれた。谷あいの小径は、そうしてよもの山々は、すでに皓月《こうげつ》の下にくっきりと照らしだされているのであった。と、大納言の歩く行くてに、羅《うすもの》の白衣をまとうた女の姿が、月光をうしろにうけて、静かに立っているのであった。

「わたくしの笛をお返しなされて下さいませ」

鈴のねのような声だった。それは凜然として命令の冷めたさが漲《みなぎ》っていた。

「わたくしは人の世の者ではございませぬ。月の国の姫にかしずく侍女のひとりでございますが、あやまって姫の寵愛の小笛を落し、それをとって戻らなければ、再び天上に住むことがかないませぬ。不愍《ふびん》と思い、それを返して下さりませ」

「はてさて、これは奇遇です」と、大納言は驚いて答えた。「私の祖父の家来であった年寄が、月の兎の餅を拾って食べたところ、三ケ日は夜目が見えたという話ならば聞き及んでおりましたが、月の姫の寵愛の笛をこの私めが拾う縁に当ろうなどとは、夢にも思うてみませんでした。なるほど、あなたの笛であってみれば、もとより、お返し致さぬという非道のある筈《はず》がございましょうか。けれども、このような稀有《けう》の奇縁を、ときのまのうちに失い去ってしまうことは、夢の中でもない限り、私共の地上では、決して致さぬならわしのものです。まず、ゆるゆると、異った世界の消息などを語りあうことに致しましょう。さいわい、ほど近い山科《やましな》の里に、私の召使う者の住居があります。むさぐるしい所ではありますが、あなたの暫《しば》しの御滞在に不自由は致させますまい」

天女はにわかに打ち驚いて、ありありと恐怖の色をあらわした。

「わたくしは急がなければなりませぬ」必死であった。「姫は待ちわびていらせられます」

「なんの、三日や五日のことが」と、大納言は天女の悲しむありさまを見て、満悦のために、不遜な笑《えみ》を鼻皺《はなじわ》にきざんだ。「浦島は乙姫の館に三日泊って、それが地上の三百年に当っていたという話ではありませんか。まして、月の国では、地上の三千年が三日ほどにも当りますまい。五日はおろか、十日、ひと月の御滞在でも、月の国では、姫君が、くさめを遊ばすあいだです。疑《うたがい》は人間にありとか、月の世界にくらべては、下界はただ卑しく汚い所ではありますが、又、それなりの風情もあれば楽しみもあります。恋のやみじに惑いもすれば、いとしい人に拗《す》ねてもみる。聞き及んだところでは、天上界はあなたのような乙女ばかりで男のいない処だとか、はてさて、それでは、あやがない。御覧《ごろ》うじませ。あの山の端にかかっているあなたの国の月光が、なんと、私共の地上では、娘と男のはるかな想いを結びあわせる糸ともなれば、恋の涙を真珠にかえる役目もします。魚心あれば水心とは申しませぬ。五日の後に、この笛は、きっとおてもとに返しましょう。まず、それまでは、下界の風にも吹かれてみて、人間共のかげろうのいとなみを後日の笑いぐさになさいませ」

天女は涙をうかべた。

「天翔《あまが》ける衣が欲しいとは思いませぬか」必死に叫んだ。「あの大空をひととびにする衣ですよ。笛を返して下さる御礼に、次の月夜に、きっとお届け致しましょう。天女に偽《いつわ》りはございませぬ」

「隠れ蓑の大納言とは聞き及びましたが、空飛びの大納言は珍聞です」と、大納言はにやにやした。「すらりとしたあなたならばいざ知らず、猪のようにふとった私が空を翔けても、とんと風味がありますまい。私は、こうして、京のおちこちを歩くだけで沢山です。唐、天竺《てんじく》の女のことまで気にかかっては、眠るいとまもありますまい。まあさ。郷に入っては郷に従えと云う通り、この国では、若い娘が男の顔をみるときは、笑顔をつくるものですよ」

大納言の官能は、したたか酩酊《めいてい》に及びはじめた。ふらりふらりと天女に近づき、片手で天女の片手をとり、片手で天女の頬っぺたを弾《はじ》きそうな様子であった。

天女は飛びのき、凛として、柳眉を逆立てて、直立した。

「あとで悔いても及びませぬ。姫君のお仕置が怖しいとは思いませぬか」大納言を睨《にら》み、刺した。「月の国の仕返しを受けますよ」

「ワッハッハッハ。天つ乙女の軍勢が攻め寄せて来ますかな。いや、喜び勇んで一戦に応じましょう。一族郎党、さだめし勇み立って戦うことでありましょう。力つきれば、敗れることを悔いますまい。こうときまれば、愈《いよいよ》この笛は差上げられぬ」

天女は張りつめた力もくずれ、しくしく泣きだした。

大納言はそれを眺めて、満悦のためにだらしなくとろけた顔をにたにたさせて、喉を鳴らした。

天女の裳裾《もすそ》をとりあげて、泥を払ってやるふりをして、不思議な香気をたのしんだ。

「これさ。御案じなさることはありますまい。とって食おうとは申しませぬ」

大納言は食指をしゃぶって、意地悪く、天女の素足をつついた。泣きくれながら、本能的にあとずさり、すくみ、ふるえる天女の姿態を満喫して、しびれる官能をたのしんだ。

「とにかく、この山中では、打解けて話もできますまい。はじめて下界へお降りあそばしたことゝて、心細さがひとしおとは察せられますが、それとてもこの世のならいによれば、忘れという魔者の使いが、一夜のうちに涙をふいてくれる筈。お望みならば、月の姫の御殿に劣らぬお住居もつくらせましょう。おや、知らないうちに、月もだいぶ上ったようです。まず、そろそろと、めあての家へ参ることに致しましょう」

大納言は天女のかいなを執り、ひきおこした。

天女は嘆き悲しんだが、大納言の決意の前には、及ばなかった。

大納言の言葉のままに、彼の召使う者の棲家《すみか》へ、歩かなければならなかった。

さて、燈火のもとで、はじめて、天女のありさま、かお、かたちを見ることができたとき、その目覚ましい美しさに、大納言は魂も消ゆる思いがしたのであった。いかなる仇敵であろうとも、この美しいひとの嘆きに沈むさまを見ては、心を動かさずにはいられまいと思われた。

伽羅《きやら》も及ばぬ微妙な香気が、ほのぼのと部屋にこめて、夜空へ流れた。

ともすれば、うっとりと、あやしい思いになりながら、それをさえぎる冷めたいおののきに気がついて、大納言は自分の心を疑った。今迄に、ついぞ覚えのない心であった。胸をさす痛みのような、つめたく、ちいさな、怖れであった。

大納言は自分の心と戦った。

召使う者にいいつけて、うちかけを求めさせ、それを天女にかけてやったが、そのとき、彼は、うちかけの下に、天女をしかと抱きしめて、澄んだししあいの官能をたのしみたいと思っていた。いや、うちかけをかけてやるふりをして、羅《うすもの》の白衣すら、ぬがせたい思いであった。

が、大納言の足は重たく、すすまなかった。うちかけをかけてやる手も、延びなかった。うちかけは、無器用に、天女の肩のうえに落ちた。ずり落ちて、朱の裏をだし、やるせなかった。羅の白衣につつまれた天女の肩がむなしく現れ、つめたく、冴え冴えと、美しかった。

「山中は夜がひえます」

大納言は、立ちすくんで、つめたい、動かぬ人に、言った。自分の声とは思われぬ、むなしく、腑ぬけた、ひびきであった。

大納言は、悲しさに駆りたてられて、そのせつなさに、からだのちぎれる思いがした。

「五日です！　ただ、五日です！」

大納言は、はらわたを搾るように、口走った。

「それ以上は、決して、おひきとめは致しませぬ。あなたのおからだに、指一本もふれますまい。夜は、この家に、泊りますまい。あやしい思いを、起すことすら、致しますまい。笛を落したあなたが悪い！　それを拾わねばならなかった私の因縁が、どうにも、仕方がないのです。五日のあいだ！　それは、仕方がありません！　あした、あなたのお目覚めのころ、私の召使う者どもが、あなたの御こころを慰めるために、くさぐさの品と、地上の珍味をたずさえて、ここへお訪ねするでしょう。その者どもは、すべて、あなたの忠実なしもべたちです。あなたの御意にそむく何ものもありませぬ。私とて、五日の後にこの笛をお返し致す約束のほかは、あなたの御意にそむく何事も致しませぬ。そうして、夜分、あなたの御心がしずまったころ、私はここへ訪ねてきます。あなたの笑顔をみることができ、月の国のお友達や、親、姉妹と語るように打解けたお声をきくだけで、満足です。私を嘆かせて下さいますな。あなたの涙は、私のはらわたを、かきむしります。ただ、五日ではありませんか。この因縁は、もはや、仕方がないのです」

大納言はむなしく吠え、虚空をつかみ、せつなかった。

几帳の蔭に悲しみの天女をやすませて、大納言は縁へでた。静かな月の光を仰いだ。はじめて彼は、この世に悲しみというもののあることを、沁々《しみじみ》知った思いがした。

こうして、ただ、月光を仰ぐことが、説明しがたい悲しさと同じ思いになることは、いったい、どうしたわけだろう。天女の身につけた清らかな香気が、たちまち月光の香気となって、彼の胎内をさしぬき、もし流れでる涙があれば、地上に落ちて珠玉となろうと彼は思った。ともすれば、あやしい思いにおちるのを、不思議な悲しさがながれ、泣きふしてしまいたい切なさに駆りたてられて、道を走った。

やがて、大納言は、息がきれ、はりさけそうな苦痛のうちに、天女のししあいを思っていた。痺《しび》れるようなあやしさが、再び彼のすべてをさらった。官能は燃え、からだは狂気の焔《ほのお》であった。彼は走った。夢のうちに、森をくぐり、谷を越えた。京の住居へ辿《たど》りついて、くずれるように、うちふした。

翌《あく》る日。大納言は思案にかきくれ、うちもだえた。夜明けは、彼の心をしずめるために訪れはせず、恋と、不安と、たくらみと、野獣の血潮をもたらして、訪れていた。

大納言は、笛をめぐって、一日、まどい、苦しんだ。

この笛が地上から姿を消してくれさえすれば、あのひとは月の国へ帰ることを諦めるかも知れない筈だということを――

こな微塵に笛を砕いて、焼きすてることを考えた。賀茂川の瀬へ投げすてて、大海へおし流すことも考えた。穴をほり、うずめることも考えた。だが、決断はつかなかった。

五日の後に笛がかえると思えばこそ、あのひとは地上にいるのであろう。笛の紛失が確定すれば、天へ去らぬとも限らない。そういうことも思われた。

あのひとを地上にとどめるためには、掌中に、常に笛がなければならぬ。そうして、あのまっしろなししあいを得るためにも——そういうことも、思われた。

あの、まっしろなししあいが、もはや、大納言のすべてであった。どのように無残なふるまいを敢《あえ》てしても、あのししあいをわがものとしなければならぬと彼は思った。

天も、神も、皓月も、また悪鬼も、この怖ろしい無道を、よく見ているがいい。どのような報いも受けよう。あのひとのししあいを得てのちならば、一瞬にして、命を召されることも怖れはしまい。悔いもしまい。命をかけての恋ならば、たとい万死に価しても、なお、一滴の涙、草の葉の露の涙、くさむらにすだく虫のはかないあわれみ、それをかけてくれるものが、何者か、あるような思いがした。

たそがれ、大納言は小笛をたずさえてわが家をでた。

道へでて、はじめて心は勇みたち、のどかであった。一夜のさちを、あれこれと思う心が戻っていた。澄んだ、ゆたかな、ししあいを思った。やわらかな胸と、嘆きにぬれた顔を思った。ゆたかに延びた手と脚を思った。祈る目と、すくむししむらと、そよぐ髪と、ふるえる小さな指を思った。四方の山も、森も、闇も、踏む足も、忘れた。

日が暮れて、月がでた。山の端にさしでた月の光から身を隠すよすがもなかったが、たじろぐ胸をはげます力も溢《あふ》れていた。怖ろしい何者もない思いがした。月に小笛を見られることも、怖れなかった。昨日、小笛を拾った場所へ近づいた。

と、谷あいのしじまを破る気配がした。木蔭から月光の下へ躍りでて、行くてをふさいだものがある。四人、五人、また一人。現れたものは太刀をぬいて、すでに彼をとりまいていた。

大納言はその場へくずれて坐ったことも気付かなかった。思わず小笛をとり落した。むなしく月の使者達を眺めた。そうして、声がでなかった。と、然《しか》し、彼等が袴垂れの徒党であると分ったときには、安堵のために、思わず深い放心を覚えた。

やにわに、彼は、落した小笛をとりあげて、まず、まっさきに、盗人の前へ差しだした。

「これをやろう！」

こみあげてくる言葉に追われて、はずむ声で、彼は叫んだ。

「命にかえられぬ秘蔵の品だが、とりかこまれては是非もない。これを奪って、今宵第一の獲物にせよ」

盗人は大納言の手中から無造作に小笛をひったくり、返す手で、大納言のたるんだ頬を小笛でピシリとひっぱたいた。大納言はようやく、気付いて、うろたえた。

「太刀もやろう。欲しいものは、みんな、やろう」

「衣も、おくせ」

大納言は汗衫《かざみ》ひとつで、月光の下の小径を走っていた。暈《かさ》さえもない皓月をふり仰ぎながら、それに向って、声一杯訴えたい切なさが、胸をさき、あふれでようとするのであった。御覧の通りの仕儀なのでした。無道な賊が現れて、笛を奪ってしまったのです。非力の私に、どうするてだてがありましょう。御覧なさい。私は太刀も奪われました。衣も奪われてしまったのです。残ったものは、汗衫ひとつと、命だけ。どうにも仕方がなかったのです。神々よ。私のせつない悲しさを照覧あれ、と。あつい涙が、頬を流れた。むしろ天女に慰めてもらえる権利があるような、子供ごころの嘆きがつのった。

山科の家へ辿りついて、彼は叫んだ。

「あなたのふるさとであるところのあの清らかな月の光が、すべてを見ていた筈でした。私は笛をとられました。丁度あなたの小笛を拾ったあのあたりで、数名の無道の賊徒が現れて、いきなり、小笛をとりました。それから、太刀も、衣も、とりました。命をとられなかったのが、不思議です。いいえ、私は、命が惜しいとはつゆ思いませぬ。それが償いとなるならば、即坐に一命を断つことも辞しますまい。あなたの命とも申すような大切な小笛を奪いとられた悲しさに、私の涙が赤い血潮とならないことが、もどかしい。あなたの嘆き悲しむさまを、今宵も亦《また》、再び見なければならないことが、一命を失うよりも、せつないのです」

大納言は、うちもだえ、うちふして、慟哭《どうこく》した。

天女は立った。大納言を見下して、涙に、怒りが凍っていた。

「償いに命を断つと仰有《おっしゃ》るならば、なぜ、命をすてて小笛をまもって下さいませぬ。心にもない涙ほど愚かなものはありませぬ」天女は、むせび、泣いた。「いいえ。小笛は、盗まれたのではありませぬ。あなたがお捨てあそばしたのです。卑劣な言い訳を仰有いますな。笛を返して下さいませ。いま、すぐ、返して、下さいませ。月の姫が、何物にもまして、御寵愛の小笛です」

「これは又、悲しいお言葉をきくものです」と、大納言は恨みをこめて天女をみた。「あなたの嘆きを見ることが、天地の死滅を見るよりも悲しい私でございませんか。もしも、たしかに捨てた笛なら、言い訳は致しますまい。いかにも、私は、捨てたい心はありました。あの笛が姿を消して、そのために、あなたが地上の人となって下さるならば、笛をくだいて、焼きすてたいと思いました。この一日、思いくらしていたのです。けれども、それは、できませぬ。あなたの嘆きを見ることが、地獄の責苦を見るにもまして、せつなかったからでした。私の涙に、つゆ偽はありませぬ。天よ。照覧あれ。私の命が笛にかえ得るものならば、たちどころに命を召されて、この場に笛となることを選びましょう」

大納言は、瞑目し、いかずちの裁きを待って、突ったった。はらはらと、涙が流れた。くさむらの虫のなくねが、きこえていた。爽やかな夏の夜風のにおいがした。人の世のあのなつかしい跫音《あしおと》が、風にまぎれて、胸に通った。

「すでに、このようなことになり、小笛が帰らぬ今となっては、私の悔いの一念が笛と化して、月の国へあなたを運ぶよすがともならない限り、あきらめて、この悲しさに堪えて下さい。あなたの嘆きは私の身をそぐばかりでなく、地上のすべてを、暗く濡らしてしまいます。私共のならわしでは、あきらめが人の涙をかわかし、いつか忘れが訪れて、憂きことの多い人の世に、二度の花を運びます。地上の侘《わ》びしいならわしが、さいわいに、あなたの国のならわしでもあり得ますならば、忍び得ぬ嘆きに堪えて、なにとぞ地上にとどまり下さい。償いは、私が、地上で致しましょう。忘れの川、あきらめの野を呼びよせて、必ず涙を涸《か》らしましょう。あなたの悲しみのありさまあなたの涙を再び見ずにすむためならば、靴となって、あなたの足にふまれ、花となって、あなたの髪を飾ることをいといませぬ」

天女は、さめざめと泣いていた。

大納言の官能は一時に燃えた。思わずうろたえ、祈る眼差で、天をさがした。天もなく、月もなかった。あるものは、貧しい家の、暗い、汚い、天井ばかり。かすかな燈火がゆれていた。くらやみへ、祈る眼差を投げ捨てた。あたりが一時に遠のいて、曠野《こうや》のなかに、心もなかった。血が、ながれた。大納言は、天女にとびかかって、だきすくめた。

大納言は、夜道へさまよい落ちていた。

夢の中の、しかと心に覚えられぬ遥かな契りを結んだことが、遠く、いぶかしく、思われていた。それは悲しみの川となり、からだをめぐり、流れていた。

月はすでに天心をまわり、西の山の端にかたむいていた。

無限の愛と悔いのみが、すべてであった。それはまた、心を万怒に狂わせた。あらゆる罰を受けるために、その身を岩に投げつけたいと思いもした。

「天よ。月よ。無道者の命を断とうとは思いませぬか」空に向って、彼は叫んだ。「私はそれを怖れませぬ。あらゆる報いも、御意のままです。甘んじて、八つざきにもなりましょう。劫火《ごうか》に焼かれて死ぬことも、いといませぬ。ただ、私には、たったひとつの願いがあります。私は笛をとり返さねばなりません。いいえ、きっと、とり返して、あのひとの手に渡してやります。私は、それを果さぬ限り、死にきれませぬ。いかずちよ。あわれみたまえ。私は命を召されることを怖れているのではありませぬ。あのひとの笛をとって帰るまで、しばしの猶予を与えたまえ」

どのような手段もつくし、またどのような辛苦にも堪え、きっと小笛をとり返そうと彼は念じた。

彼の歩みは、小笛を奪われたその場所へ、自然に辿りついていた。

然し、谷あいの小径には、もはや盗人の影もなかった。

大納言は途方にくれたが、徒《いたず》らに迷う心は、もはや彼には許されていない。山の奥へとわけて行けば、やがて盗人に会わないものでもないと思った。草をわけ、枝をわり、夢中に歩いた。

もはや自分の歩くところが、どのあたりとも覚えがなかった。山の奥に踏みまよっていた。行くてに笹の繁みをくぐり常に逃げる何物かあり、頭上に蟬がとびたって、逃げまどい、枝にぶつかる音がきこえた。

と、行手はるかに、ののしりどよめく物音が、渡る風に送られて、きこえたような思いがした。たたずんで耳をすますと、まさしく空耳のたぐいではない。音をたよりに忍びよると、木蔭のかなたに焚火をかこむあまたの人の影がみえ、それはまさしく盗人どもにまぎれもなかった。

彼等は酒に酔い痴《し》れていた。すでに宴も終りと思われ、あたりは狼藉をきわめて、ある者はののしり、ある者は唄い、また、ある者は踊り浮かれていた。

　ぬすびととねずみは、三輪の神とおなじくて、おだ巻のいとのひとすじに、よるをのみこそたのしめ。

大納言は最も近い木蔭まで忍びよって、さしのぞいた。彼等の獲物と覚しきものを物色したが、遠い夜目にはさだかに見える筈がなく、小笛のありかを突きとめることができなかった。また、どの賊が、彼の小笛を奪った者とも知れなかった。

大納言は、すすみでて、叫んだ。

「私に見覚えの者はいないか。さっき、谷あいの径で、小笛、太刀、衣等を奪われた者が、私だ。あれはたしかに、おまえたちの一味であったにちがいはあるまい。小笛を奪った覚えの者は、名乗りでてくれ。太刀も衣もいらないが、小笛だけが所望なのだ。その代りには、おまえたちの望みのものを差上げよう。あの小笛には仔細があって、余人にはただの小笛にすぎないが、私にとっては、すべての宝とかえることも敢て辞さないものなのだ。おまえたちが望むなら、私は、あしたこの場所へ、牛車一台の財宝をとどけることも惜しがるまい」

ひとりの者がすすみでて、まず、物も言わず、大納言を打ちすえた。と、ひとりの者は、うしろから、大納言の腰を蹴った。大納言はひとつの黒いかたまりとなり、地の中へとびこむように宙を走って、焚火のかたわらにころがっていた。

「望みのものをやろうとは、こやつ、却々《なかなか》、いいことを言うた」ひとりが大納言をねじふせて、打ちすえながら、言った。「牛車に一台の財宝があるなら、なるほど、あしたこの場所へとどけてうせせえ。ぬすびとが貰ったものを返そうなら、地獄の魔王も亡者の命を返してくれよう。まず、ぬすびとの御馳走をくえ」

彼等は手に手に榾柮《ほだ》をとり、ところかまわず大納言を打ちのめした。衣はさけ、飛びちる火粉は背に落ちたが、すでに、大納言は意識がなかった。

もはや動かぬ大納言のありさまをみて、盗人たちは、はじめて打つことに飽きだしていた。

ひとり、ふたり、彼等は自然に榾柮をなげた。そうして、いちばん最後まで榾柮をすてずにいたひとりが、榾柮の先に火をつけて、大納言のあらわな股にさしつけた。大納言は必死に逃げているのであろうが、びくびくと、ようやく芋虫のうごめきにすぎないところの反応をみると、盗人たちは声をそろえて、笑いどよめき、大納言を木立の蔭へ蹴ころがした。思いがけなく現れた当座の酒興にたんのうして、物言うことも重たげに、盗人たちはあたりのものをとりまとめて、いずこともなく立去った。

ほどへて、大納言は意識をとりもどした。すでに焚火も消えようとして、からくも火屑を残すばかり、あたりに暗闇がかえろうとしていた。

大納言は、今いる場所、今いる立場がわからなかった。やがて、自然にわかりかけてきたのであったが、分ろうとする執着もなく、その想念をたどる気力も失われていた。視覚もかすれ、また聴覚もとざされて、つめたい闇がはりつめているばかりであった。ただひとすじに、天女のかたち、ありさまと、その悲しみのせつなさを、くらやみのうつろの果に、ありありとみた。彼の手が動くことを知ったとき、わが身のまわりに、小笛のありかをたずねてみた。手の当るあらゆる場所を、さぐり、つかんだ。そうして、絶望の悲哀にかられた。

喉がかわいて、焼くようだった。ひとしずくの水となるなら、土もしぼって飲みたかった。彼は夢中に這いだした。そうして、ようやく、谷川のせせらぐ音を耳にした。

大納言は、谷音をたよりに、這った。横ざまに倒れ、また這い、また、倒れるうちに、ようやく視覚も戻ってきたが、谷音は、右にもきこえ、左にもきこえ、うしろにもきこえて、さだかではなかった。風のいたずらでなければ、耳鳴にすぎないのかも知れなかった。あらゆることが絶望だと彼は思った。

大納言は、木の根に縋《すが》って這い起きたが、歩く力はまったくなかった。彼は木の根に腰を下して、てのひらに顔を掩《おお》うた。死ぬことは、悲しくなかった。短い一生ではあった。酔生夢死。ただそれだけのことだった。然し、そのことに、悔いはなかった。ただ、あの笛をあのひとに返さぬうちは、この悲しみの尽きるときがない筈だった。彼は泣いた。ただ、さめざめと。

と、鼻さきに、とつぜん物の気配を感じて、大納言はてのひらを外し、その顔をあげた。すぐ目のさきの叢《くさむら》の上に、ひとりの童子があぐらをくんでいるのである。たしかに童子にまぎれもないが、粗末な衣服を身にまとい、クシャクシャと目鼻の寄った顔立は、大人、いや、むしろ老爺のようである。髪の毛は河童のように垂れさがり、傲慢に腕を組み、からかうような笑いを浮べて、すまして顔をのぞいている。視線が合ったが、平然として、ただ、しげしげと顔をみている。

「ゆくえも知らぬ――」

と、童子は大きな口をあけて、とつぜん唄った。ひどく大きな口だった。そのせいか、目と鼻が、更に小さくクシャクシャ縮んで、かたまった。

大納言は、びっくりした。と、とたんに童子は猿臂《えんぴ》をのばして、大納言の鼻さきを、二本の指でちょいとつまんだ。

「恋のみちかな」

童子は下の句をつけたした。そうして、手をうち、自分の頬をピシャピシャたたき、彼を指し、大きな口を開いて、笑った。

「ゆくえも知らぬ、恋のみちかな」

再び、童子は、大納言の鼻をつまんだ。予測しがたい素早さである。身をかわすひまはなかった。アと思うまに、もう手をたたいて、唄っている。

ひどく不潔な顔である。猿の目鼻をクシャクシャとひとつにまとめた顔である。そうして、顔中、皺である。動作は、甚だ下品であった。正視に堪えぬ思いがした。

と、ひょいと童子の立上るのを見た筈だったが、そのとき童子はにやりと笑い、目も鼻も大きな口も、突然ひとつにグシャグシャちぢんだ筈だった。とたんに、するりとからだがすぼんで、童子の姿は忽然地下へ吸いこまれた。一瞬にして、姿もなく、あとに残る煙もない。あとにひろがる叢の上に、この季節にはふさわしからぬ大きな蕈《きのこ》が残っていた。

大納言は呆然《ぼうぜん》として、目を疑った。彼は思わず這いよって、蕈にさわってみようとした。

突然四方に笑声が起った。

大納言は驚いて顔をあげたが、笑う者の姿はなかった。笑いは忽《たちま》ち身近にせまり、木の根に起り、また、足もとの叢に起った。いつか遠く全山にひろがりわたり、頭上の枝から、また、耳もとから、げたげたひびいた。

大納言はからだの痛みを打ち忘れて、とつぜん立って、逃げようとした。然し、傷ついた全身は、咄嗟《とっさ》の恐怖にはじかれてすら、なお、思うようには動かなかった。つまずいて、立ちあがり、また、つまずいて、からくも立ちあがることを繰返すうちに、再び意識を失って、冷めたい木の根に伏していた。

みたび我に返ったとき、山々は、すでに白日の光のもとに、青々と真夏の姿を映していた。木のまを通してふりそそぐ小さな陽射しが、地に伏した彼のからだにもこぼれていた。

大納言は再び喉を焼くような激しい乾きに苦しんだ。谷川の音をたよりに、必死に這った。谷川は崖の下にせせらいでいた。大納言は降りようとして、転落した。岩にぶつかり、脾腹《ひばら》をうって、うちうめいた。

草をむしり、岩をつかみ、夢中に這った。ようやく、せせらぎの上へ首を延ばすことができたとき、顔からふきだす真赤な血潮が、せせらぎへバシャバシャ落ちた。大納言は、さすがに、ふるえた。せせらぎに映る顔をみた。人の世のものとも見えず、黒々と腫れ、真赤な口をひらいていた。一時に、心がすくみ、消えた。

すでに、すべてが、絶望だった。背筋を走る悲しさが、つきあげた。

「私はここで、今、死にます」大納言は絶叫した。「私が死んでいいのでしょうか！　私の命は、つゆ惜しいとは思いませぬ。残されたあなたは、どうなるのですか！　せめて、ひとめ、あなたが、見たい！　人の一念が通るなら、水に顔をうつして下さい！」

大納言は水をみた。真赤な口をひらいた顔があるばかり。せせらぐたびに、赤い口もゆがんで、のびて、血が走り、さんさんと水は流れた。

私は、ここに、このような、あさましい姿となっているのです。しかも、あなたの悲しさの一分すらも、うすめることができずに。あなたは、いま、どこに、どのようにして、いられますか。もはや、お目覚めのことでしょうね。このうすぎたない地上でも、あなたの目覚めに、なお、いくらかは優しい慰めを与えたものがあったでしょうか。もう、郭公《かっこう》も、ほととぎすも、鳴く季節ではありません。せめて、うららかな天日が、夜の嘆きを、いくらか晴らしはしませんでしたか。また、一夜のねむりが、悲しさを、いくらか和らげはしませんでしたか。ああ、どうしていいのか、私は、もはや、わからない……

大納言は、てのひらに水をすくい、がつがつと、それを一気に飲もうとして、顔をよせた。と、彼のからだは、わがてのひらの水の中へ、頭を先にするりとばかりすべりこみ、そこに溢れるただ一掬《いっきく》の水となり、せせらぎへ、ばちゃりと落ちて、流れてしまった。

日本の山と文学

(一) 山の観念の変移

我々の祖先達は里から里へ通うために、谷を渉《わた》り、峠を越えはしたものの、今日我々が行うような登山を試みる者はなかった。

支那の画家、文人等には山から山を遍歴し石濤《せきとう》のように山中の仙というような生活ぶりの人達が相当居たということであるが、我々の祖先達にも山中歴日無しというような支那の詩句が愛好され、山中に庵を結ぶというような境地を愛した人は多いが、今日高山の登山になれた我々から見ると、いずれも山の麓程度に過ぎないのである。

西行や芭蕉にしても、里人の通る山中の峠は越えているが、わざわざ高峰に登るようなことはなかった。今日の我々にとって山と詩情は、甚だ多く結びついているのであるがこのような感情や感傷は、祖先達には殆《ほとん》ど無かったことである。穂高もなく上高地もなかった。

橋本関雪氏の文章によると、同氏は再々支那の山河を跋渉《ばっしょう》されているようであるが、支那の南画の山水が決して現実を歪《ゆが》めたものではなく、あれがそのまま正確な写実であることが分るという話であった。日本の画家が南画に写実を見ず、象徴的な筆法や形のみを学ぶのは誤りだという意味なのである。

然《しか》し私は数年前京都の嵐山に住み、雨の日雲の低く垂れた嵐山や小倉山、保津川の風景に、日本の山水のふるさとを見て呆気《あっけ》にとられたことがあった。日本画の山水の風景が実在することを納得させられたのであった。

埋火《うずみび》のほかに心はなけれども向へば見ゆる白鳥の山

香川景樹の歌である。日本の昔の文人詩人画家、自然を愛した人達の山を見る心は、概《おおむ》ね、この歌の心のようなものではなかったかと思う。登る山とは違っていた。心象の中の景物であり、見る山であった。

もっとも現実的な、世俗の中に生きていた祖先達の山の観念は、凡《およ》そまた意味が違う。それは恐怖の対象であり、転じて崇敬の対象であった。

そうして多くの伝説を生み、又主としてこの点で、文学とも結びついているのである。山の伝説の主要なものは、空想的なものでは狐狸妖怪、現実的なものでは、鬼山賊のたぐいであるが、馬琴のような近世の碩学《せきがく》でも狐狸妖怪の伝説を真面目に書いているのであった。「みな土俗の口碑に遺《のこ》す昔物語にして、今は彼老狸を見たるものなしといへば、あるべきことならねど、童子の為に記すのみ、しかるやいなや、はしらず」

こんな風な断りがきはしているが、伝説の紹介ぶりは、証人の名をあげたり、御丁寧に地図まで載せて、決して「童子の為に」しるしているような様子ではないのである。

馬琴が地図入りで紹介している伝説のひとつに佐渡二ツ岩の弾三郎という狸がある。前記の断り書きも、この狸のくだりに有るものである。

(二) 狐狸の役割

佐渡ケ島二ツ山の狸弾三郎の伝説は、馬琴の「燕石雑誌」に載っている。また「諸国里人談」にも現れ「利根川図志」などにも引合いに出されている。この狸はひとつの人格を持ち、職業を持ち里人と密接な交渉を残しているので、異色あるものなのである。

弾三郎は金持であった。馬琴の地図によると、五十里山と黒光寺山にはさまれた山中二ツ岩（また二ツ山）というところに穴を構えていたそうであるが、人里（羽田村とある）から二里余り、そう大して深山ではない。実地に調べたことがないので、上記の地名や伝説が今日も尚残っているか僕は知らない。

村人達は弾三郎から屢々《しばしば》金を借りた。借用の金額と返済の日限を書いた証文を穴の口へ置いてくる。翌日改めて出掛けると、穴の口には、証文の代りに金が置いてある習いであった。

そのうち次第に返済しない人々が多くなったので、弾三郎も金を貸さなくなってしまった。

それでも物品だけは貸してくれた。里人に婚礼などがあって、客用の膳椀などが不足な時に、弾三郎へかけつける。入用の品目と返済の日をしたためた証文を穴の口へ置いてくると、翌日は同じ場所に間違いなく入用の品々が取揃えてある習慣だった。

ところが、これも返済しない人達が次第に多くなったので、弾三郎はとうとう人間を信用しなくなり、物を貸さなくなって、自然交渉が絶えてしまったのであった。

その後も、然し、急病人があって医師を迎えに来たものがあり、医師は招ぜらるるままに出向いて行って病人を診察し、薬を与えて帰って来た。後日全快した病人が莫大な黄金をたずさえて医師のもとへ謝礼に来たので名前をきくと弾三郎であった。狸から謝礼を受けるわけにはいかないといって拒絶してしまったところ、その日は悄然《しょうぜん》と帰ったが、日を改めて再び現われ短刀一口《ひとふり》差出して謝礼を受けてもらえないのは苦しい。これは貞宗のうったものだが私の志を果させていただきたいと言って返事もきかず短刀を残して逃げて帰った。これも「燕石雑誌」にある話なのである。医師の名は伯仙。貞宗は無銘で、伯仙はこれを家宝として伝えたという。

佐渡には狐がおらず、山中の怪は専《もっぱ》ら狸のみであるという話であるが、対岸の新潟へくると、すでに狸よりも狐の方が有勢で、ここには青山の団九郎という狐があり、彼が出没して行人を誑《たぶらか》したという青山の坂道は、今日でも団九郎坂と呼ばれている。弾三郎と団九郎で名前の似ているのも、多少のつながりはあるのであろう。

北条団水の「一夜舟」に、京都東山に庵を結ぶ碩学があり、一夜写経に没頭していると窓から手をさしのべて顔をなでる者があった。そこで朱筆に持ちかえて、その手のひらに花の字を書きつけ、あとは余念もなく再び写経に没頭した。明方ちかく窓外に泣き叫ぶ声が起った。声が言うには、私は狸ですが、誤って有徳の学者をなぶり、お書きなさいました文字の重さに帰る道が歩けない、文字を落して下さいませというのであった。文字を洗い落してやると喜んで帰って行ったが、その翌晩から毎晩季節の草木をたずさえて見舞いに来たという話がある。

一般に狸の話にあたたかさがある。狐のような妖怪味がなく、里人の下僕のような地位に置かれているのである。

(三) 木、山の精の欠乏

狸に対比すべき河川の怪は河童であった。昔は渦にまかれて真空のために肉のさけた場合などがすべて河童の所業とされたのであろうから、年々実害もあったわけで怖れられもしたが、河太郎と呼ばれたり、河童の屁などいう言葉があるように一面滑稽味のある怪物であった。

河童は南国ほど崇敬され、ガワッパ様などと敬称されるほどであるが、北国へ行くに従って通力と値打を失い、仙台から越後あたりの線でガメ虫（げんごろう）にまで下落しているそうである。ここから北は河童の伝説がないということである。

とはいえ、仙台にいくばくも離れていない地点であるが、利根川には河童の伝説が多い。「利根川図志」によっても、利根川の物産の条に鮭と並べて河童を説いているのであった。これによると、この川には「ネネコ」という河伯がいて、年々所が変るという話なのだった。「甲子夜話《かっしやわ》」に河童が網にかかった話がある。河童の形も見、泣声もきいたという記録なのだから、河童に関する文献では異彩を放っているのだが、これが矢張り、この土地の出来事なのである。

然し、狸にせよ河童にせよ、滑稽味のある怪物は、時々随筆に現れてくるぐらいで、小説や劇につくられたものが全くない。芥川龍之介によって河童が現代に復活したのは異例で、我々の祖先は、妖怪味深く陰性の狐については多くの劇や物語を残してくれたが、狸と河童は文学の対象にならなかった。狸についてはカチカチ山がひとつの主要な物語にすぎないのだが、ここでは狸の滑稽な面がいささかも取扱われていない。

のみならず、兎の義俠的な復讐によって勧善懲悪のモラルは一応具備しているのだが、狸が婆を殺し汁にして翁にすすめるという物語の主点だけでは、凡そ日本の物語中最も惨忍極まるひとつで、シャルル・ペローの童話「赤頭巾」にモラルがないので文学の問題に取上げられているのと好一対をなすもの、狸のためには甚だ気の毒なことなのである。

日本の古い物語りでは、山といえば妖怪と結びつくのが自然であった。それが我々の祖先達の生活の感情であり、観念にほかならなかったからである。

このような感情や観念は、現代にも通用し現代文学にも現れてくることがある。泉鏡花氏の名作「高野聖」が、この伝統的な感情や観念に見事な形を与えたものにほかならないし、尚このような例は決して一、二にとどまらない。

狐狸、土蜘蛛、蟇《がま》、大蛇等術をなす妖獣をはじめ、山姥、天狗、鬼等に至るまで日本の山妖は種類が多い。更に又、山の主、沼の主というような陰鬱な存在は多いけれども、西欧の妖精、木草の精というような乙女の姿をとった可憐なものが少いのだ。木魂《こだま》とか山彦と言い、音にまで人格を与えて美しい伝説を残しているのは異例で、一般に、木の精でも日本のものは「高砂」の老松《おいまつ》の精のように、少女ではなく、老翁であるか老嫗《ろうう》が普通なのであった。日本の山の観念や感情には、可憐な少女と繫《つな》る点が殆んどなかったからである。

㈣　竹取物語の富士

然しながら、日本の山は恐怖の対象としてのみ在ったわけではないのである。転じて山霊というような観念を生み、やがて神格を与えられて、崇敬の対象となることも多かった。

霊峰の王座は遠い昔から東海の孤峰、今も変らぬ富士山であった。

これは直接山を題材とした物語ではないのだけれども、日本の最も古い物語のひとつ、そうして最も美しい物語のひとつであるところの「竹取物語」が、その清純にして華麗な物語の巻尾を、秀峰富士に登って結んでいるのであった。

即ち、時のみかどが、かぐや姫に懸想《けそう》したまい、屢々文をおつかわしになるのだけれども、かぐや姫には悲しい理由があって、みかどの御意に従うことができないのだった。そうして返事も差上ないようになったので、みかどの御悲嘆は深まり、又御愛着は増すばかりであったが、時が来て、かぐや姫は、はじめて、みかどの御意に従うことのできない理由を打開け申上げたのであった。

かぐや姫はこの世の人ではなく月の世界の人であった。犯した罪のために、その消える日まで地上に落されていたのであった。

許されて月の世界に帰ることのできる身となり、満月の夜、迎えの者がくることになっていた。その由をかぐや姫は手紙にしたため縁のない者と思って下さるようにと言って、みかどがおつかわしになった多くの御文に形見の品々をそえて御返し申上げた。

みかどはかぐや姫を月の世界へ帰さぬために近衛の兵をおつかわしになり、竹取の翁の家の庭といわず屋根といわず隙間なく兵によってかためていたが、満月がかかり玲瓏《れいろう》たる楽の音が中空に起ると兵士達の五体はしびれ、羽衣をまとうた迎えの天女に侍《かしず》かれて、姫は昇天してしまった。

みかどは御悲嘆にくれたまい、御取交しになった多くの文と形見の品々を、東海の秀峯のいただきで焼棄《やきす》てたもうたのであった。その煙が今に絶えないという。それで不死の山と名付けるという結びなのだ。

察するに、富士山は当時なお煙を吐いていたのであった。

適《たまたま》「北越雪譜」を読んでいたら、著者鈴木牧之《ぼくし》が苗場山へ登った記事がでていた。山頂に天然の苗田らしいものがあるというので、その奇観を見るために同好の士と登ったのである。

登るに先立って、神職の祓《はらい》を受け、案内者は白衣に幣《ぬさ》を捧げて先頭に進んだことが書いてある。天保年間のことだ。ちょうど百年の昔である。

山へ遊行するにも此《かく》の如き有様であるから、登山になれた我々の感情によって、祖先達の山の感情を忖度《そんたく》することはできない。

今日山の「感傷」は西洋の文化と感情が移入されるまで、祖先達になかった。信州の高原地帯には昔から鈴蘭があったのだが、こんな雑草が東京へ送ると金になるのだからと云って、山里の人々は驚いているのであった。

禅僧

雪国の山奥の寒村に若い禅僧が住んでいた。身持ちがわるく、村人の評判はいい方ではなかった。

禅僧に限らず村の知識階級は概して移住者でありすべて好色のために悪評であった。医者がそうである。医者も禅僧とほぼ同年輩の三十四五で、隣村の医者の推薦によって学校の研究室からいきなり山奥の雪国へやってきたが、ぞろりとした着流しに白足袋《しろたび》という風俗で、自動車の迎えがなければ往診に応じないという男、その自動車は隣字《となりあざ》の小さな温泉場に春半《なかば》から秋半の半年だけ三四台たむろしている、勿論中産以下の、順《したが》って村大半の百姓には雇えない。

農村へ旅行するなら南の方へ行くことだ。北の農家は暗さがあるばかりで、旅行者を慰めるに足る詩趣の方は数えるほどもありはしない。この山奥の農村では年に三人ぐらいずつ自殺者がある。方法は首吊りと、菱《ひし》の密生した古沼へ飛び込むこととの二つである。原因は食えないからというだけで、尤《もっと》も時々は失恋自殺もあるのだが、後者の方は都会のそれと同じことで、村人の話題になっても陽気ではある。珍らしく一人の旅人がこの村へきて、散歩にでたら葬式にでっくわした。この葬式は山陰の崩れそうな農家から出発、今や禅寺をさして行進を開始したところだが、先頭が坊主で、次に幟《のぼり》のようなものをかついだ男、それにつづく七八名で、ジャランジャラジャラという金鉢のようなものをすりまわしながら行進するのが寒々とした中にも異様な夢幻へ心を誘う風景であった。こんな山奥でも人は死ぬ、余りに当然なことながら、夢のようにはかない気がした。きっと年寄りが死んだんでしょうね？　と旅人は傍らの農夫にたずねてみた。へえ年寄りが首をくくって死んだのです、え、自殺？　そんなことがこの山奥にもあるのですか？　へえ年に三四人ずつあるようです。貴方の足もとの、ほらこの沼へとびこんでその年寄りは冷めたくなって浮いていたのです。棒がとどかないので、私達が盥《たらい》に乗りだして引上げたのですが、盥に菱がからまって私達までなんべん水へ落ちそうになったか知れません、と言うのであった。旅人は一度に白々とした気持を感じた。全てが一家族のような小さな村にも路頭に迷って死をもとめる人がある、都会の自殺には覇気がありむしろ弾力もある生命力が感じられるが、この山奥の自殺者の無力さ加減、絶望なぞと一口に言っても、もともと言いたてるほどの望みすらないところへ、これが愈々《いよいよ》絶えたとなると一体どういう澱《よど》みきった空しさだけが残るだろうか、考えただけでも旅人はうんざりして暗くならざるを得なかった。この山村の自殺は小石を一つつまみあげて古沼の中へ落すことと同じような努力も張り合いもない出来事に見えた。

医者は多少の財産があるのか、夏場は温泉で遊び冬は橇《そり》を走らして遠い町へ遊びにでかけた。夏の山路は九十九折《つづらおり》で夜道は自動車も危険だが、冬は谷が雪でうずまり夜も雪明りで何心配なく橇が谷を走るのだ。そのうちに村の娘を孕《はら》まして問題を起した。

知識階級の移住者には小学校の先生があるが、この人達も評判がわるい。男女教員の風儀だとか吝嗇《りんしょく》とか不勤勉ということが村人の眼にあるのである。ところがそういう村人は森の小獣と同じように野合にふけっているのである。盆踊りを季節の絶頂にした本能の走るがままの夏期のたわむれ、丈余の雪に青春の足跡をしるしている夜這い、村人達の生活から将《はた》又《また》思い出からそれをとりのぞいたら生々《いきいき》とした何が残ろう！　半年村をとざしてしまう深雪だけでも彼等の勤労の生活は南方の半分になるわけだが、山々を段々に切りひらいて清水を満した水田と暗澹《あんたん》たる気候で米の実りの悪いことは改めて言うまでもないことである。豊穣という感じが、気候や風景に就ても同断であるが、その生活に就ても全く見当らないのである。

禅僧は同じ村のお綱という若い農婦に惚れた。この農婦が普通の女ではなかった。野性そのままの女であった。

お綱は小学校に通う頃から春に目覚めて数名の若者を手玉にとったと言われるほどの娘。小学校を卒業すると町の工場へ女工に送られたが居堪《いたたま》らず、東京へ逃げて自分勝手に女中奉公した。昔郡役所のあった町に小金持の老人があったが、借金のかたとでもいうわけか、お綱は呼び寄せられてこの老人の妾になった。その時が十八。五年目に老人が死んだ、妾時代お綱は出入りの男達と相手選ばずの浮気をしたが、老人が死ぬと身体《からだ》一つでのこのこ村へもどってきた。身体のほかに持っていたのは頭抜けた楽天性と健忘性と野性のままの性慾だった。村へきても誰はばからず本能の走るがままに生活した。そういうお綱に惚れて、自殺したうぶな男もあったのである。

ある時村へ一人の旅人がきた。隣字の温泉へ行くつもりのものが生憎《あいにく》と行暮れて、この字では唯一軒の旅籠《はたご》兼居酒屋の暖簾《のれん》をくぐったのである。農家の土間へ牀机《しょうぎ》をすえ手製の卓を置いただけの暗い不潔な家で、いわゆる地方でだるまという種類に属する一見二十五六、娼妓あがりの淫をすすめる年増女が一人いた。こんな疲弊した山村では淫売がむしろ快活な労働にもなるのだろうが、見るからに快活、無邪気、陽気で、健康な女がいるのである。そういうだるまの一人がこの店にもいた。

旅人がこの銘酒屋の暖簾をくぐって現われたとき、土間の卓には禅僧がお綱と共に地酒をのんでいる時であった。山村のことで旅人をむかえる部屋が年中用意されているわけでもないから、部屋の支度をととのえるあいだ、旅人も卓によって地酒をのんだ。旅人を見るとお綱の浮気の虫が動いた。

部屋の支度ができ、旅人は二階へ上って、だるまを相手に改めて酒をのみはじめた。暫《しばら》くすると階段をのぼる威勢のいい跫音《あしおと》がとんとんとんと弾んできて、お綱がにやにや笑いながら旅人の部屋へ現れた。坐ろうともしないで、すくすく延びきった肢体をくねらせながら突立ったままであるが、片手を目の下へもって行き、のぞき眼鏡のような手の恰好《かっこう》をこしらえて人差指でおいでおいでをしたのである。旅人は莫迦莫迦《ばかばか》しさに苦笑せずにいられなかった。

「ここへ暫く泊るの？」

「明日から温泉へ泊るのだ」

「明日の晩、今時分ここへおいで」

野性の持つあの大胆な、キラキラとなまめかしく光る流眄《ながしめ》を送り、お綱はくるりとふりむいた。そうして歩きだしたと思うと、そんな婆あと遊ぶんじゃないよ、と言いすて、野禽《やきん》のようにけたたましい笑い声をたてながら階段を調子をとって駈け降りて行った。面喰った旅人よりも、禅僧の悩みの方が複雑であったのは言うまでもあるまい。お綱の奴が急に二階へとんとん登って行った意味は一目瞭然であるから、さかりのついた猫の声と同様のけたたましい笑い声を耳にしては、腸《はらわた》のよじれる思いがしたことであろう。

翌朝旅人が温泉へ向けて出発すると、その一町ほどうしろから禅僧がうなだれがちに歩いていた。禅僧は旅人に一言頼みたいことがあったのである。あの野性のままの女を旅先の気まぐれな玩具《おもちゃ》にしないでくれ、と。禅僧は栄養不良でヒョロヒョロやせ、顔色は不健康な土色だった。強度の近視眼で、怪しむように人を視凝《みつ》める癖があった。縞目も分らないほど古く汚れた背広を着て、脚絆《きゃはん》に草鞋《わらじ》をはいていた。

禅僧のたどたどしい足どりがそれでも十間ぐらいの距離まで旅人に近づいた時のことだが、旅人は九十九折の山径《やまみち》のとある曲路《まがりみち》にさしかかった。一方は山の岩肌、一方は谷だ。

突然頭上のくさむらから人間の頭ほどある石が落ちて、旅人の眼の先一尺のところを掠《かす》め、石は径にはずみながら、大きな音響を木魂《こだま》しながら深い谷底へ落ちていった。旅人が慄然として頭をあげると、姿はもはや見えないが頭上のくさむらをわけ灌木《かんぼく》の中をくぐって逃げて行く者の気配がはっきり分った。

「あいつですよ。ゆうべ私と酒をのんでいた女、突然貴方《あなた》の部屋へおしかけていった農婦です」

咄嗟《とっさ》の出来事にこれも面喰って足速やに駈けつけた禅僧は、蒼ざめ、つきつめた顔をかすかに痙攣《けいれん》させながら旅人に言った。

「あいつは貴方に気があるのです。いいえ、貴方に限らず、初めて会った男には誰にしろ色目をつかい、からかいたい気持を懐《いだ》かずにいられぬのです。恐らくあいつは今朝早くからあの岩角へまたがり、石をだきながら貴方の通るのを待ちかまえていたのでしょう。楽しい気持でいっぱいで、その石が貴方に当って怪我《けが》をさせたらどうしよう、ということはてんで頭になかったに違いないのです。二年前のことですが、やっぱりこういう山径を好きな男と肩を並べて歩いているうちに、突然男を谷底へ突き落したことがあるのです。幸い男は松の枝にひっかかって谷へ落ちこむことだけはまぬかれましたが、松の枝にぶらさがって男が必死にもがいていると、あいつは径に腹這いになって首をのばし男の様子をキラキラ光る眼差しで視凝めながら、悦楽の亢奮《こうふん》のために息をはずませていたという話があるのですよ。あいつに散々あやつられたあげく、菱の密生した沼へ身を投げて死んだ若者が二人もあります。たとい男が身を投げたって、だいいち昨日の男を今日は忘れているのですよ。貴方の場合にしたって、今日は貴方に気があります。そうしてあいつはあの岩角にまたがり、異体《えたい》の知れぬ悦楽の亢奮に酔いながら、石をだいて貴方の通るのを待ちかまえていたのです。殺意だとか罪悪だとかそんなものじゃないんです。子供がパチンコで豚をねらうよりよっぽど無邪気で、罪悪の内省がないのですよ。いじらしい女です。正体はただそれだけでつきるのですが——」

禅僧の語気には、旅人が呆気《あっけ》にとられてしまうほど熱がこもってきたのであった。そうしてそれからどうなったか、然《しか》し旅人の話は村の噂に残っていない。


お綱の逸話では、煙草工場の女工カルメン組打の一場景に彷彿《ほうふつ》としたこんな話もあるのだ。時は盆踊りの季節。ひと月おくれの八月の行事で、夏の短い雪国では言うまでもなく凋落《ちょうらく》の季節、本能の年の最後の饗宴でもある。盆踊りは山の頂きのぶなに囲まれた神社の境内で、お綱も踊りに狂っていた。その日のホセは道路工事の土方で、居酒屋で酒をのみながら、店の老婆を走らしてお綱を迎いにやったが、お綱は踊りに狂っていて耳をかそうともしなかった。

そうこうするうち踊りの列に異変が起った。突然お綱が一人の娘を突き倒して、馬乗りになり、つかむ、殴る、つねる、お綱には腕力があるから、娘の鼻と唇から血潮が流れでた。原因というのは、お綱が踊りながら女に向って、お前の色男が俺に色目をつかったよとからかったところから、この娘がやっきになって俺の色男はお妾あがりに手出しをしないよ、そこでお綱がカッとしてこの野郎と組ついたという次第であった。娘の顔を血まみれにしては、お綱が人々に憎まれたのも仕方がなかった。

五六名の若者が忽《たちま》ちお綱をとりかこんだ。一人がお綱の襟首を摑《つか》んで血塗《ちまみ》れの娘の胸から力まかせに引離したが、お綱はくるりと振向いてサッと片腕をふり男の顔を力一杯張りつけた。それから一足とびのいて、ゲタゲタと腹をよじって笑いだした。張られた男はお綱をめがけて飛びかかった。右手をとらえて後手にねじあげようとしたのであるが、お綱は男の手首に血の滲《にじ》むまで噛みついて執られた腕をふりはなし、男の胃袋をめがけて激しいそして敏活な一撃の頭突きをくらわせた。ひとたまりもなく倒れる男に馬乗りとなって、苦悶のためにのたうつ男の首をしめて地面へぐいぐいおしつけた。きしむような満悦の笑いに胸をはずませ、無我夢中のていで顔面をなぐり、つねった。

四五名の若者達は激怒して各々お綱を蹴倒したが、お綱は忽ち猛然と立上ると、誰を選ばず飛びかかり、噛みつき、引掻き、なぐりかかった。もはやその悦楽の亢奮は色情狂を思わせた。淫慾は酔いのように全身にまわり、敏活な動作につれて、満悦の笑声がきしむように洩れるのである。蹴倒される、ひとたまりもなく転ろがる。地面へ顔のめりこむほど、てひどく倒されることもあった。然しはねかえるバネのように飛びかかって行くのである。性こりもなくじゃれつく牝犬もこれほどしつこくはあるまいと思われ、若者達も流石《さすが》に根負けのじぶんになって、お綱は淫乱そのものの瞳を燃やして歓声をあげ、若者達の囲みをやぶって闇の奥へころがるように走り去った。ひときわ高く哄笑をひいて。

憎しみにもえ激怒のために亢奮したといいながらそれが色情の一変形であったところの若者達は、自分ながらしつこさの醜怪に気付くほど野性そのままの衝動にかられ、然しもはや自制の力はなかったのだが、七八名一団となってお綱のあとを追いかけていった。お綱は居酒屋へかけこんだ。そこには土方が待っていた。お綱は土方の卓に倒れた。彼には決して理解することのできなかった逸楽のあとの満足のために疲れきった肢体をなげだし、お綱は苦しげに笑いのしぶきを吐きだしていた。若者達の一団が追いついた。——

甚だありふれた事情が起った。同時に奇妙な事件であった。

居酒屋にはホセのほかにも一人の土方がだるまを相手にしていたが、彼等はこの土地の鈍重な自然人とは種属がちがって、流れ者の度胸と機に応ずる才智があった。二人の土方は立ち上った。若者達は顔色と言葉を失い、あとじさりした。道路へじりじりさがっていった。二人の土方も道路へでた。若者達の一団に気転のきいた一人がいたらここで一言わびるだけで万事無難に終ったのだが、鈍重な気候や自然はそういう気転と仇敵の間柄ではぜひもない。こんな騒ぎが起っていても村は眠っているのである。もとより人家すら三十間に一軒ぐらいの間隔で至ってまばらなものであるが、その住人も山の頂きの踊りの方へ出払っている。赤ん坊と植物と暗闇だけではこの騒ぎも誰知る人があるまいと思いのほか、生憎の人物がどうしたはずみかこの場に居合わしていたのである。禅僧であった。

異様なそうして貧弱な肉塊が突然土方に躍りかかった。それが禅僧と分るまで、若者達の誰一人禅僧の存在に気付いた者がいなかったのだ。彼は殴られ、投げだされ、蹴られ、そして冷めたい地面の上であっけなくのびてしまった。土方は居酒屋へひきあげた。若者達が禅僧のまわりに歩みよると、彼は鼻血を流していた。彼は人々の存在にも気付かぬように這い起きて、長い時間を費して何物かを地上に探し漸《ようや》く拾い当てた物品によって探し物が眼鏡であったと人々に分った。一つの咳も洩らしはせず、それが唯一の念願のように、寺院の方へ消えていった。

とはいえお綱に対する彼の恋情の純粋さももとより当《あて》にはならないことで、だるまの言に順えば、その助平坊主の肉慾ほどあくどさしつこさに身の毛のよだつ思いをすることもないと言うのであった。

疲弊した村のことで御布施の集りがよかろう筈はない。金包みの代りに米とか野菜ですますような習慣が次第に一般にひろがって、禅僧は食うだけが漸くだった。

禅僧は恋情やみがたくなったものか、お綱の母親（父はもはや死んでいる）に向って結婚の交渉をはじめた。禅僧の内輪の生活が次第に栄養不良になる一方の乏しいものでも、貧農の目から見れば坊主は裕福という昔からの考えがいくらか残ってはいる。働き者をとられるとその日から暮しにこまるという理由で五十円の結納金、結婚後は月々十円の扶助料という条件をお綱の母親がもちだした。一歩もひこうとしなかった。

禅僧は思案にくれたあげく、医者のところへ金策にでむいた。医者の方では愈々坊主も発狂したんじゃあるまいかと薄気味わるくなったぐらいのものである。

「いったい貴方、それは正気の話ですか？」

と、遠慮を知らない医者がずけずけ言った。

「あの女は金のいらないだるまですぜ。あの女がたった一人いるおかげで、この村の若者や親爺《おやじ》どもは、だいぶ不自由もしのぎいいし金もかからないと喜んでいますよ。あの女の不身持が普通のものじゃないことは、お分りだろうと思いますよ。結婚という名目であの身体が独占できると思いますか？　況《いわ》んやあいつの精神が？　野獣にも精神があるというならあの女にも精神はあるでしょうが、仏力で野獣が済度できますかな。五十円の結納金。十円の扶助料。きいただけでも莫迦莫迦しい！」

「獣が獣に惚れたんですよ。私だって貴方の想像もつかない獣ですよ。とにかく獣の方式でここをひとつやりとげてみようと思ったわけですな。やらない先に後悔してはいけなかろうと思うのですよ」

「禅問答のように仰有《おっしゃ》らないで下さいよ！　五十円の結納金なら明らかに人間の方式ですぜ。獣の方式なら今迄通り山の畑でお綱とねる方がいいでしょう。そうして、それ以上の名案は絶対にみつかりっこありませんや。全くですよ！　仰有る通り獣になりなさい、獣に。人間になろうなんて飛んでもない考え違いだ！　そうして今迄通りの交渉で満足することが第一です」

禅僧が自ら獣と言った言葉を医者は面白いと思った。お綱の畑は村の西と北角の山ふところに十数町の距離をおいて散在したが、お綱の姿を探して段々畑をうろうろと距離一杯にうろついている坊主の姿を山の人々は見馴れていた。言われた言葉で思いだすと、飢えた狼のように見えた。あまりに生々しく醜怪だと医者は舌打したのであった。

然し坊主が自ら獣と言った言葉は、医者が単純に肯定した程度の生やさしい内省から生れたものではなかったのである。

或る黄昏禅僧はお綱と二人でどんよりと澱んだ古沼のふちを通っていた。突然お綱の手が彼の腰へ触ったような気がすると（実際は触らなかったらしい）彼はもう古沼の中へ突き落されるのだと思った。悲鳴をあげるにも喉がつまって叫びがでなかった。苦悶のために表情は歪《ゆが》み、足は竦《すく》んで動けなかった。ヒイヒイという掠れた悲鳴が喉にうなった。これだけの物々しい前奏曲があったために、お綱もつい突き落す気持になったのである。それほどの力をいれて突いたわけでもなかったのに、坊主はあっけなく古沼へ落ちた。水の中での死にものぐるいの騒ぎといったらなかったのである。死を怖れる最も大きな苦悶と醜体がかたどられていた。坊主のもがいていた場所は岸から三尺ばかりのところで、落付いて腕をのばせば子供でも溺れる心配のない場所である。彼が恐らく全身のエネルギーを使いきった証拠には、漸く岸へ這いあがると、這いあがったなりの腹這いの恰好のまま、だらしなくのびてしまって這いずることもできなかった。それを見ると、お綱の眼の光が全く変った。真剣なものが全身にみなぎり、亢奮のために胸がふくれ、急に顔に紅味《あかみ》がさした。お綱は猿臂《えんび》をのばして禅僧の襟首をとらえ、ずるずるとひきずって今度は真剣に古沼の中へ頭の方から押し込んでしまおうとしたのである。禅僧はギャッという悲鳴をあげてお綱の片足にかじりついた。お綱よ、命だけは助けてくれ！　死ぬのは怖い！　禅僧の声は遠雷のように喉の奥でゴロゴロ鳴り、くいついた蠑螈《いもり》のようにお綱の脛《すね》にぶらさがって恐怖のあまり泣きだしていた。

こういう話もある。

これは寺院の中で行われた出来事。お綱が眠りからさめて帰ろうとするとホーゼがなかった。お綱のホーゼのことだから赤い色もさめはて、肉臭もしみ、よれよれの汚いものに相違ない。禅僧をゆり起して出せと言ったが、彼は返事をしなかった。

お綱は突然激怒して禅僧を組敷き、後手《うしろで》にいましめた。本堂へひきずりこみ、これを柱にくくしつけて、着物をビリビリひき裂いて裸にしてしまった。仏壇から大きな蠟燭《ろうそく》をとりおろして火を点けると、坊主の睾丸《こうがん》にいきなりこれを差しつけたという。坊主の身体がいきなりはじきあがったのは申すまでもない話で、百本の足があるかのようにバタバタガタガタとやった。柱の廻りを腰から下の部分だけで必死に逃げまわりながら、ワアワアギャアギャア喚きたてたといったらない。喚きがどんなにひどかったか、到頭一人の村人がききつけて寺の本堂へかけこんできた。もがき、喚いているのは裸体のまま柱にいましめられた坊主ひとり、大きな暗闇の中に蠟燭を握り、坊主の鼻先に小腰をかがめているお綱の姿は微動もしていなかった。キラキラと光る眼付で坊主の顔をむしろボンヤリ視凝めていたそうである。

結局坊主はホーゼを渡したかどうか？　そのことは村人も各々の想像を働かすだけで区々《まちまち》である。

然しこういう話もあるのだ。

ある年の暮れ村の青年が景気よく忘年会をやった。尤《もっと》も雪の降る季節になると、若者と若い女は大概都会へその季節だけ出稼ぎに行く。然しお綱は残っていた。忘年会の会場は小学校の裁縫室、青年会と処女会の合流で、宴たけなわとなり余興がはじまった。

舞台ではにわかじみた芝居が行われ、お綱がこれに登場して妻君の役をやっている。芝居が一向につまらなくて皆々だれ気味になってしまうと、一人の若者がいたずらを考えついた。手拭いを三宝にのせ、これに「よだれふき」と麗々しく認《したた》めた奴を敬々《うやうや》しく禅僧の前へ運んでいったものである。舞台ではお綱が人の妻君になってせいぜい甘ったれている芝居だから、さだめしよだれも流れましょうというあくどい洒落《しゃれ》であった。

山奥の若者のことで咄嗟に洒落ものみこめない。てんでんばらばらに漸くああそうかと分って、あっちでクスリ、こっちでクスリ、一度にどっとはこなかった。そこであくどい男がもう一人、今度は洗面器を持ってきて、禅僧の膝の前へ置いたものだ。そうして人々はどっと一時に笑いころげた。

禅僧は蒼白になった。全身がぶるぶるふるえた。洗面器を摑んで投げつけようとする気配が動きかけたほどであったが、黙然と考えこんでしまったのである。然し急に立ち上った。そうして舞台へ歩いて行った。舞台では夫婦の二人が芝居を中止して下の騒ぎを呆気にとられて見ていたのだが、舞台へ片足をかけると禅僧の全身に獣的な殺気が走ったのだった。彼はいきなり芝居の中の夫なる人物を舞台の下へ蹴倒した。それからお綱の背中にまわり、お綱を羽掻いじめにしてよろよろとうしろへ倒れ、腰に両足をまきつけてお綱を身動きもさせなかった。

一座はシンと静まったが、禅僧は何事も叫ばなかった。叫ばないも道理、彼のくぼんだ眼玉は死人のように虚しく見開き、口はあんぐりとあけられたまま息も絶えたようであった。暫く経て数名の人が舞台へ上ってみると、禅僧は折れ釘のようなたどたどしさでお綱にまきつけた身体をほぐし、ぼんやり立ちあがると、黙って外へでてしまった。

禅僧はその夜も勿論、べつに自殺をするようなことはなかった。翌日はけろりとして今迄通りの生活をつづけていたのだ。こういう姿が獣であるのは他人も無論、彼自らも先刻医者に述べてるように知らない筈はなかったのである。然しながらそういう自分を意識すること、意識しながら生きつづけるということは、恐らく獣にはないことであろう。もとよりそれがどうしたというたいした理窟ではないのだ。

話を深刻めかしてはいけない。北方の山国に雪が降ると、毎日毎日同じ炉端に集まる人達が、よもやまの話をするそういう話題のひとつである。

土の中からの話

私は子供のとき新聞紙をまたいで親父に叱られた。尊い人の写真なども載るものだから、と親父の理窟であるが、親父自身そう思いこんでいたにしても実際はそうではないので、私の親父は商売が新聞記者なのだから、新聞紙にも自分のいのちを感じていたに相違ない。誰しも自分の商売に就てはそうなので、私のようなだらしのない人間でも原稿用紙だけは身体《からだ》の一部分のように大切にいたわる。先日徹夜して小説を書きあげたら変に心臓がドキドキして息苦しくなってきたので、書きあげた五十枚ほどの小説を胸にあててみた。夏のことで暑いからふと紙のつめたさを胸に押し当ててみる気持になっただけのことであるが、心臓の上へ小説を押し当てていると、私はだらしなくセンチメンタルになって、なつかしさで全てが一つに溶けてゆくような気持になった。理窟ではないので、自分の仕事の愛情はそういうものだ。尤《もっと》も書きあげて一週間もたつと、今度は見るのが怖しいような気持になり、題名を思いだしてもゾッとするようになってしまう。

あるとき友達の画家が、談たまたま手紙一般より恋文のことに至り、御婦人に宛てる手紙だけは原稿用紙は使わない、レター・ペーパーを用いる、原稿用紙は下書きにすぎないから、と言う。私は初め彼の言葉が理解できなかったほどだ。これも商売の差だけのことで外に意味はない。私にとって原稿用紙はいのちの籠《こも》ったものであり、レターペーパーなどはオモチャでしかない。

商人が自分の商品に愛着を感じるかどうか、もとより愛着はあるであろうが、商うということと、作るということとは別で、作る者の愛着は又別だ。そういう中で、農民というものはやっぱり我々同様、作者なのであるが、我々の原稿用紙に当るのがつまりあの人々では土に当るわけで、然《しか》し原稿用紙自体は思索することも推敲《すいこう》することもないのに比べると、土自体には発育の力も具わっているので、我々の原稿用紙に更に頭脳や心臓の一かけらを交えた程度にこれは親密度の深いものであるらしい。その上に年々の歴史まであり、否、自分の年々の歴史のみではなく、父母の、その又父母の、遠い祖先の歴史まで同じ土にこもっているのであるから、土と農民というものは、原稿用紙と私との関係などよりはるかに深刻なものに相違ない。尤も我々の原稿用紙もいったんこれに小説が書き綴られたときには、これは又農民の土にもまさるいのちが籠るのであるが、我々の小説は一応無限であり、又明日の又来年の小説が有りうるのに比べて土はもっとかけがえのない意味があり、軽妙なところがなくて鈍重な重量がこもっている。

土と農民との関係は大化改新以来今日まで殆《ほとん》ど変化というものがなく続いており、土地の国有が行われ、農民が土の所有権と分離して単に耕作する労働者とならない限り、この関係に本質的な変化は起らぬ。農の根本は農民の土への愛着によるもので、土地の私有を離れて農業は考えられぬ、というのは過去と現在の慣習的な生活感情に捉われすぎているので、むしろ土地の私有ということが改まらぬ限り農村に本質的な変化や進化が起らないということが考えられるほどだ。

農村自体の生活感情や考えの在り方などが、たとえそれがどのように根強く見えようとも、その根強さのために正しいものだの絶対のものだのと考えたら大間違いだ。江戸時代の田中丘隅《きゅうぐう》という農政家が農民の頑迷な保守性を嘆じて「正法のことといへども新規のことはたやすく得心せず、其国風其他ならはしに浸みて他の流を用ひず」と言い、更に嘆じて「家業の耕作、田地のこしらへ、苗代より始めて一切の種物下し様に至るまで、ただ古来より仕来る事を用ひて、善といへども、悪を改めず」と嘆息している。

このことは遠い古代からすでにそうで、平安朝の昔、大伴今人という国守が山を穿《うが》って大渠《だいきょ》をひらいたとき、百姓はこれを無役無謀な工事だといって嗷々《ごうごう》と批難したが、工事を終りその甚大な利益を見るに及んで嘆賞して伴渠と名づけて徳をたたえたという。又、淳和《じゅんな》天皇の頃、美濃の国守の藤原高房という人があって、安八郡のさる池の堤がこわれて水がたまらず灌漑《かんがい》の用を果しておらぬのを見て、修築を企てた。すると土民は口をそろえて、この池は神様が水を嫌っているのだから水を溜めない方がいいのだと騒ぎだしたが、神様が怒って殺すというなら俺はいつでも殺されてやるさ、と高房は断乎として堤を築かせたところ、工事終って灌漑の便利に驚いた土民は改めて嘆賞したという。平安朝の昔からこの式で、今に至るもなお、農民は常に今居る現実を善とし真とし美とし、これを改良することを不善とする。改良の精神自体を不善不逞《ふてい》にして良俗に反するものと反感をいだく始末なのである。

大化改新のとき農民全部に口分田というものを与えた。つまり公平に田畑を与えたわけであるが、良田も悪田も同じに差別なしに税をとる、元々田畑を与えた理由が大地主の勢力をそぐためであり皇室の収入のためであって農民自体の生活の向上ということが考えられていたわけではないから、税が甚だ重い。今日の供出と同じことで農民は不平であり、大いに隠匿米もやりたいであろうが、今日と違うところは上からの天下り命令が絶対で人民の権利だの官吏横暴などと法規を楯にする手がないから、泣く子と地頭にはかたれないということになって、逃亡とか浮浪ということをやる。尤も本当は逃げずに戸籍だけごまかすという手もあったに相違ないが、奈良朝だの平安朝の今日残存する戸籍簿に働き盛りの男子が甚しく少いのは名高い話で、つまり逃亡しているか、戸籍をごまかしているのである。逃亡の理由にも色々とあって、国守の苛斂誅求《かれんちゅうきゅう》をさけるだけなら隣国へ逃げてもよい。こういう逃亡は走り百姓といって中世以降徳川時代までつづいていた。けれども税そのものを逃げるという手段もあって、口分田は税をとられるが荘園は国司不入の地であるから自分の田畑を逃げて荘園へ流れこむ。又は自分の土地を荘園へ寄進して脱税をはかるという風潮が全国一般のことになったから、国有の土地が減少して寺領とか権門勢家に所属する荘園がふとって、貴族や寺院は富み栄えて貴族時代を現出する。ところが貴族が都の花にうかれて地方管堙を地方の土豪に委任しておくうちに、荘園の実権が土豪の手にうつって武家が興り、貴族は凋落《ちょうらく》するに至る。

表向きの立役者は皇室、寺院、貴族、武家の如くであるが、一皮めくってみると、そうではない。実は農民の脱税行為が全国しめし合せたように流行のあげく国有地が減少して貴族がふとり、ついで今度は貴族へ税を収めるのが厭だというので管理の土豪の支配をよろこび、土豪を領主化する風潮が下から起っておのずと権力が武家に移ってきたので、実際の変転を動かしている原動力は農民の損得勘定だ。

日本歴史を動かしたものは農民だと云っても当の農民は納得しないに相違なく、農民個人というものはただ虐げられており、娘や女房を売り、はては自分の身体まで牛馬なみに売りにだすような悲しい思いをしていることの方が多いのだが、その農民の個人個人の損得観念、損得勘定の合計が日本の歴史を動かしている、いじめられ通しの農民には、上からの虐待に応ずるには法規の目をくぐるという狡猾《こうかつ》の手しか対処の法がないので、自分が悪いことをしても、俺が悪いのではない、人が悪くさせるのだと言う。何でも人のせいにして、自主的に考え、自分で責任をとるという考え方が欠けており、だまされた、とか、だまされるな、と云って、思考の中心が自我になく、その代り、いわば思考の中心点が自我の「損得」に存している。自分の損得がだまされたり、だまされなかったり、得になるものは良く、損になるものは悪い。損得の鬼だ。これが奈良朝の昔から今に至る一貫した農村の性格だ。

いつだったか、結城哀草果氏の随筆で読んだ話だが、氏の村のAという農民が山へ仕事に行くと林の中に誰だか首をくくってブラ下っているものがある。別に心にもとめず一日の仕事を終えて帰ってくると、その翌日だか何日か後だか今度はBという農民がやっぱり山へ仕事に行って例のぶら下った首くくりを見てこれも気にもとめず一日の仕事を終えて帰ってくる。ある日二人が会って、山の仕事の話をしているうちに、ふと首くくりを思いだして、ああ、そうそうあんたもあれを見たのか、と語りあって、又、それなり忘れてしまったという。結城哀草果氏は、この話を、農民が世事にこだわらず、天地自然にとけこんで、のんびりしている例として、又、そういう思想的な扱い方をしているのである。

農村の文化人というものは、全国おしなべて大概こういう突拍子もない考え方で農村を愛しているのが普通で、自分自身農村自身の悪に就ては生来の色盲で、そして農村は淳朴だなどと云って、疑ることなどは金輪際ない。

奈良朝の昔から農村の排他思想というものはひどいもので、信頼するのは部落の者ばかり、たまたま旅人が行きくれても泊めてはやらず、死んだりすると、連れの旅人に屍体を担がせて村境へ捨てさせて、連れの旅人も蹴とばすように追いだしてしまったものだ。

さわらぬ神にたたりなし、と称して、山の林に首くくりがブラブラしていても、もしや生き返りやしないか、下して人工呼吸でもしてやろうなどとは考えずに、まっさきに考えるのは、よけいな事にかかわり合って迷惑が身に及んではつまらない、ということだ。都会の人間なら、下して助けようとしてみるか、怖くなって逃げだして申告するかだが、怖くても逃げて申告するのが損のようで気が進まないので、怖いのを我慢の上で一日の仕事をすましてきて素知らぬ顔をしている。

越後の農村の諺《ことわざ》に、女が二人会って一時間話をすると五臟六腑までさらけて見せてしまう、というのがあるそうだが、農村の女は自分達が正直で五臟六腑までさらけて見せたつもりで、本当にそう思いこんでいるのだから始末が悪い。女が二人会えば如何にも本音を吐いたように真実めかして実は化かし合うものだ、というのは我々の方の諺なのだが、万事につけてこういう風にあべこべで、本人達が自分自身の善良さを信じて疑うことを知らないのが、何よりの困り物なのである。

なんでもかでも自分たちは善良で、人をだますことはないと信じている。そのくせ、農村に於ける訴訟事件といえば全国大概似たようなもので、親友とか縁者から田畑とか金をかりて心安だてに証文を渡さなかったのをよいことに、借りた覚えはないといって返却せずもともと自分の物だと主張するようになったり、隣りの畑の境界の垣を一寸二寸ずつ動かして目に余るひろげ方をして訴訟になるという類いで、親友でも隣人でも隙さえあれば裏切る。証文とか垣根とか具体的なものが何より必要なのは農村なので、実際はこれほど物質化されている精神はなく、実にただもう徹頭徹尾己れの損得観念だけだ。そのくせそれを自覚せず、自分達は非常に愛他的な献身的な精神的な生き方をしており、いつもただ人のために損をし、人に虐《いじ》められるばかりだと思いこんでいる。

伊太利《イタリア》喜劇というものがあって、これは日本のにわかのように登場人物も話の筋もあらかたきまったもので、例のピエロだのパンタロンのでてくる芝居だ。可愛いい女の子がコロンビーヌ。意地わるの男がアルカンなどときまっていて、ピエロはコロンビーヌにベタ惚れなのだがふられ通しで、色恋に限らず、何でもやることがドジで星のめぐり合せが悪くて、年百年中わが身の運命のつたなさを嘆いているのである。ところが舶来の芝居は情け容赦がないもので、日本の勧善懲悪みたいにピエロも末はめでたしなどということは間違っても有り得ず、ヤッツケ放題にヤッツケられ、悲しい上にも悲しい思いをさせられるばかりだ。そのくせ狡《ずる》いといえばこの上もなく狡い奴で、主人の眼や人目がなければチョロまかしてばかりいる。

こういう戯画化された典型的人物が日本の農村に就ても存在していてくれれば、まだ日本農村の精神内容は豊かに、ひろく、そして真実の魂の悲喜に近づくのだが、農村は淳朴だと我も人もきめてかかって、供出をださないことまで正義化して、他人の悪いせいだという。勿論、他人も悪い。他人も悪いし、自分も悪い。これは古今の真理なのだが、日本の農村だけは、他人だけ悪くて、自分は悪くない。

今昔物語にこういう話がある。

信濃の国司に藤原陳忠という男があったが、任を果して京へ帰ることとなり深山を越えて行くと、懸橋《かけはし》の上で馬が足をすべらして諸共に谷底へ落ちてしまった。この谷がどれぐらいの深さだか、木の枝につかまって覗きこんでも底は暗闇で深さの見当もつかないというところで、崖の両側から大木の枝や灌木《かんぼく》の小枝がさしかけて落ちたが最後アッと一声落ちて行く姿すらも見えはせぬ。もとより落ちて命のあろう筈はないが、せめて屍体でもなんとかしたいと思っても、この谷の深さではどうしてよいやら、多勢の郎党どもうろうろ相談していると、谷底の方からほのかに人の呼び声がするようだ。はてな、殿は生きておられるのじゃないか、それ呼べ、というので呼んでみると谷底からたしかに返事がきこえてきて、旅籠《はたご》に縄を長くつけて下してよこせと言う。さては生きておられる、それ旅籠を下して差上げろと各自縄紐を出しあって長い縄をつくり籠を下してゆくと、もうじき縄が足りなくなるというところで留って動かなくなったから、やれやれどうやら間に合ったらしい、下から合図がないものかと首を長くして待つうちに、下から声がとどいて引上げろ、という。それこの引上げが大事なところ、あせらぬように用心しろと戒め合ってそろりそろりと引上げるが、人間が乗ったにしてはどうも手応えが軽すぎる。どうも、おかしい。なにか間違いがあるんじゃないか、いや、殿も用心して木の枝から枝をつかまりたぐっていられるので重さがないのだろう、などと上まで引上げてみると、まさに旅籠の中には人の姿がない。人の代りに平茸《ひらたけ》がいっぱいつめこんである。顔を見合せていると、谷底から声がきこえて、その平茸をあけたら早く空籠を下してよこせ、まだか、おそいぞ、と言っている。そこで再び旅籠を下してやると、今度は重く、ようやく引上げてみると、殿様は片手に縄をしっかとおさえてドッコイショと上ってきて、片手には平茸を三総《ふさ》ほどぶらさげている。いや驚いた、慌て馬のおかげでとんだ目にあうところだった、落ちるうちに木の枝と葉の繁みの中へはまりこんで手をだしたら初めの枝は折れてつかみ損ねたが、二本目、三本目にうまくひっかかって木の胯《また》の上へうまいぐあいに乗っかることができたのさ。それにしても平茸はいったい何事ですか。いや、それがさ、木の胯へうまいぐあいに乗っかってみると、その木にいっぱい平茸が生えているのだ、見すてるわけに行かぬから手のとどくところはみんな取って旅籠につめたが、手のとどかぬところにはまだいっぱい残っている。旅籠につめたのなどはまことにただの一部分で、いやはや、何とも残念だ、実にどうもひどい損をしてきた、心残り千万な、といまいましがっている。郎党どもが笑って、命が助かっておまけにいくらかでも平茸をついでにとって損などとは、と言うと、殿様が叱りつけて、馬鹿を言うものではないぞ、宝の山へ這入って空しく引上げる者があることか、受領《ずりょう》（国司）は到る所に土をつかめと言うではないか、と言ったそうだ。

この話は昔から国司や地頭の貪慾を笑う材料に使われておって、今昔物語にも、このあとに尚数行あり、郎党がこれに答えて、いかにも御尤も、我々下素《げす》下郎と違ってさすが国を司るほどの御方は命の大事の時にも慌てず騒がずこうして物をつかんでいらっしゃる、と言っておだてながら皮肉る言葉がつけたしてあるのだ。

地頭は到るところの土をつかめ、というのは愛嬌のある表現だが、この国司も愛嬌がある。今昔物語の作者の批判はつまり農民の側からの批判であり諷刺であろうが、農民自身が自分の姿にこれだけの諷刺と愛嬌を添え得ていないのが残念だ。地頭は到るところの土をつかめ、という精神でしぼりとられては農民も笑ってすますわけに行かないが、地頭の方がこうなら、それに対する農民ももとよりそれに対するだけの土をつかむことを忘れてはいないので、当然の供出に対する不平だの隠匿米だのということはあんまり昔の本に書かれていないが、これは昔の本の観点が狂っているからで、今の農村に行われていることが昔なかった筈はない。

農民の歴史はたしかに悲惨な歴史で、今日のように甘やかされたことはなく、悲しい上にも悲しく虐げられてきたのだが、その代り、つけ上らせればいくらでもつけ上る、なぜなら自己反省がなく、自主的に考えたり責任をとる態度が欠けているからで、つまりはそれが農民の類い稀な悲しい定めに対するたくまざる反逆報復の方法でもあったのだろう。なんでも先様《さきさま》次第運命を甘受して、虐げられれば虐げられたように、甘やかされれば甘やかされたで、どっちも底なし、いつでも満ち足りず不平であり、自分は悪くなく、人だけが悪いのである。

これは一つは土のせいだ。土は我々の原稿用紙のようにかけがえのある物ではないので、世界の大地がどれほど広くても、農民の大地は自分の耕す寸土《すんど》だけで、喜びも悲しみもただこの寸土とだけ一緒なのだ。ただこの寸土とそれをめぐる関係以外に精神がとどかないので、人間だか、土の虫だか、分らぬような奇妙な生活感情からぬけだせない。土地の私有がなくならぬ限り、農村の魂は人間よりも土の虫に近いものから脱けだすことは出来ないようだ。

農村には今でも狸や狐が人をばかしたり、河童もいるし、それどころか、我々の世界にはすでに地頭はいないけれども、農村にだけはまだ例の到るところの土をつかむ地頭も死なずにいる。だから、私がこれから一つの昔噺《むかしばなし》をつけ加えても、現代に通じていないことはない。農村は昔のままだ。それは土が昔のままで、その土を所有しているからである。だから、この噺は土の中から生れた噺なのだが、それなら、農民が土を私有しなくなったらこんな噺はなくなるかというと、然し、農民が土を私有しなくなる、ところが、困ったことに、農民が土の怨霊から脱けだす時がきても、人間という奴が、死んだあとでは土の中へうめられて土に還ってしまうので、どうも、これは、困った因縁だ。結局、話が人間ということになっては、私の屁理窟やおしゃべりはもう及びもつかない。とにかく私は予定通り、土の中から生れて来た小さな話を書きたしておこう。

★

昔々あるところに（紀州名草郡《なくさのこおり》桜村などという人がある）物部麿《もののべのまろ》という百姓があった。ほかにとりたてて悪いところはないのだけれども、酒が好きだ。それから、女が好きだ。そして、あんまり働くことが好きでない。そのうちに、よその後家で桜大娘《おおおみな》という女の子と懇《ねんごろ》になり、相思相愛で、婚礼をあげようということになったが、何がさて麿は怠け者で余分のたくわえがないから酒が買えない。せっかくの婚礼だからせめて酒でも村の連中にふるまいたいがあいにくで、と女にそれとなくもちかけたのは、女は後家でいくらか握っているだろうという考えからだが、それは困ったねえ、でも、いいことがあるよ、隣の三上村の薬王寺では飲みきれないほど酒があるということだから借りておいでな。なに、働いて、あとで返せばいいのだから。なるほど、お寺なら慈悲があるから頼めば貸してくれるだろう、と早速でかけてかけあってみると、よかろう、その代り利息は倍にして返すのだよ、と二斗の酒をかしてくれた。

とどこおりなく婚礼がすんだが、磨の働きでは二斗の酒が返せない。お寺から催促のたびになんとかごまかして年月を経ているうちに病気になって寝こんでしまった。このへんで医者といえば薬王寺の坊主の薬のやっかいにならねばならぬから女房がでかけて行って頼みこんで坊さんに往診して貰う。坊さんが来てみると、ひどい重病で、とても助かる見込みがない。今日か明日かという容態であった。

「これはとても駄目だ。もう薬をあげたところで、どうなるものでもない。定命《じょうみょう》は仕方のないものだから、心静かに往生をとげるがよい。それに就ては、お前さんの婚礼に二斗のお酒が貸してあったが、あれを返さずに死なれては困る。さればといって、見廻したところお前さんのところにはカタにとるような品物もないが、それでは仕方がないから、死んでから牛に生れ変っておいで」

「なんで牛に生れなければなりませんか」

「それは申すまでもない。この容態ではとてもこの世で酒が返せないのだから、牛に生れ変ってきて、八年間働かねばなりませんぞ。それはちゃんとお釈迦様が経文に説いておいでになることで、物をかりて返せないうちに死ぬ時は、牛に生れてきて八年間働かねばならぬと申されてある」

「たった二斗の酒ぐらいに牛に生れて八年というのはむごいことでございます。どうか、ごかんべん下さいまして」

「いやいや。飛んでもないことを仰有《おっしゃ》るものではない。ちゃんと経文にあることだから、仕方がないと思わっしゃい。それとも地獄へ落ちて火に焼かれ氷につけられる方がよろしいかの。八年ぐらいは夢のうちにすぎてしまう。経文にあることだから、牛になって八年間は働いてもらわねばならぬ」

「お前さん経文にあることだから仕方がないよ。元々お前さんがだらしがなくて返せなかったのだから、牛に生れ変って返さなければいけないよ」

「そうか。なんという情ないことだろう。こんなことになるぐらいなら、もっと早く働いて返せばよかった」

　男はハラハラと涙を流して悲しんだが、仕方がない。その晩、息をひきとった。

　翌朝になって小坊主が門前を掃きにくると牛が一匹しょんぼりしている。別に縄につながれてもいないのに、お寺の門前にしょんぼりして動かないから和尚に告げた。ああ、そうか、よしよし、それではゆうべ死んだものとみえる。それはウチの牛だから今日から野良に使うがよい。オヤ、そうですか。和尚さまが買っておいでになりましたのですか。マア、そうじゃ。どれ、ひとつ、見てやろう、と門前へ出てみると、大変大きなおとなしそうな赤牛だから、うむ、これなら申分なかろう、野良へつれてゆきなさい、と寺男をよんで引渡した。

ところが、この寺男がなんとも牛使いの荒っぽい男で、すこし怠けても情け容赦なくピシピシ打つ。山へ行けば背へつめるだけの木をつませて、それで疲れてちょっと立止っただけでも大きな丸太で力一ぱいブンなぐる。ゆっくり草もたべさせず、縄をつかんで鼻をぐいぐいねじりまわして引廻すものだから辛いこと悲しいこと、それでも五年間は辛抱した。そして、とうとう、たまらなくなってしまった。

その晩から、和尚は毎晩のように、夢の中で必ず牛に蹴とばされる。どうやらスヤスヤ寝ついたと思うと、どこからともなく牛がニューとでてくるのだが、ニューとでてくる、アッと思うともうダメなので、逃げるに逃げられず追いつめられて、そのときキンタマをいやというほど蹴とばされるのである。その痛いこと、全身ただ脂の汗、天地くらむ、ムムム……蹴られぬさきに蹴られる場所も痛さも分るその瞬間の絶望がなんともつらい。

これが毎晩毎晩のことだ。和尚もいまいましくて仕方がない。夢のことだから別にキンタマが腫れあがりもしないけれども、憎らしいことだから、ある日牛を見に野良へでると、牛は寺男にひき廻されておとなしく働いており、和尚を認めると、急にしゃくりあげてポロポロと泣きだした。それが如何にも悲しげに気の毒な様子であるから、和尚も不愍《ふびん》になって、まだ三年あるのに、もったいないことだと思ったが、毎晩キンタマを蹴られるのも迷惑な話だから、まア、このへんで勘弁してやるのも功徳というものだろう、と考えた。

「まだ三年もあるのだが、見れば涙など流して不愍な様子だから、特別に慈悲をしてやろう。こんな慈悲というものは、よくよく果報な者でないと受けられるものではないが、それというのもお前の運がよかったのだから、幸せを忘れぬがよい。さア、好きなところへ行くがよい」

と、さとして許しを与えてやると、牛は大変よろこんだ様子で、どこともなく行ってしまった。それからはもうこの牛を見かけた者がない。

ある日のこと和尚が用たしにでて隣村を通ると、牛になった男の女房だった女が川で洗濯しているのを見かけた。この女は男が死ぬと何日もたたないうちに別の男のところへお嫁に行って暮しており、今しも男のフンドシを洗濯している。

「やア、相変らず御精がでるな、いつも達者で、めでたい」

と、和尚は川の流れのふちに立止って、女に話しかけた。

「オヤ、和尚さん。こんにちは。いつも和尚さんは顔のツヤがいいね」

「ウム、お互いに、まア、達者でしあわせというものだ。ところで、つかぬことを訊くようだが、お前さんはこの一月ほど、牛がでて、そのなんだな、蹴とばされるような夢をみなかったかな」

「なんの話だね。藪から棒に。和尚さんは人をからかっているよ」

「いや、なに、ただ、牛の夢にうなされたことがないかというのだよ」

「そんなおかしい夢を見る者があるものかね。ほんとに意地の悪いいたずら者だよ、和尚さんは」

女は馬鹿みたいにアハハアハハと笑った。和尚はてれて、ひきさがってきた。

桜の森の満開の下

桜の花が咲くと人々は酒をぶらさげたり団子をたべて花の下を歩いて絶景だの春ランマンだのと浮かれて陽気になりますが、これは嘘です。なぜ嘘かと申しますと、桜の花の下へ人がより集って酔っ払ってゲロを吐いて喧嘩して、これは江戸時代からの話で、大昔は桜の花の下は怖しいと思っても、絶景だなどとは誰も思いませんでした。近頃は桜の花の下といえば人間がより集って酒をのんで喧嘩していますから陽気でにぎやかだと思いこんでいますが、桜の花の下から人間を取り去ると怖ろしい景色になりますので、能にも、さる母親が愛児を人さらいにさらわれて子供を探して発狂して桜の花の満開の林の下へ来かかり見渡す花びらの陰に子供の幻を描いて狂い死《じに》して花びらに埋まってしまう（このところ小生の蛇足）という話もあり、桜の林の花の下に人の姿がなければ怖しいばかりです。

昔、鈴鹿峠にも旅人が桜の森の花の下を通らなければならないような道になっていました。花の咲かない頃はよろしいのですが、花の季節になると、旅人はみんな森の花の下で気が変になりました。できるだけ早く花の下から逃げようと思って、青い木や枯れ木のある方へ一目散に走りだしたものです。一人だとまだよいので、なぜかというと、花の下を一目散に逃げて、あたりまえの木の下へくるとホッとしてヤレヤレと思って、すむからですが、二人連は都合が悪い。なぜなら人間の足の早さは各人各様で、一人が遅れますから、オイ待ってくれ、後から必死に叫んでも、みんな気違いで、友達をすてて走ります。それで鈴鹿峠の桜の森の花の下を通過したとたんに今迄仲のよかった旅人が仲が悪くなり、相手の友情を信用しなくなります。そんなことから旅人も自然に桜の森の下を通らないで、わざわざ遠まわりの別の山道を歩くようになり、やがて桜の森は街道を外《はず》れて人の子一人通らない山の静寂へとり残されてしまいました。

そうなって何年かあとに、この山に一人の山賊が住みはじめましたが、この山賊はずいぶんむごたらしい男で、街道へでて情容赦なく着物をはぎ人の命も断ちましたが、こんな男でも桜の森の花の下へくるとやっぱり怖しくなって気が変になりました。そこで山賊はそれ以来花がきらいで、花というものは怖しいものだな、なんだか厭なものだ、そういう風に腹の中では呟《つぶや》いていました。花の下では風がないのにゴウゴウ風が鳴っているような気がしました。そのくせ風がちっともなく、一つも物音がありません。自分の姿と跫音《あしおと》ばかりで、それがひっそり冷めたいそして動かない風の中につつまれていました。花びらがぽそぽそ散るように魂が散っていのちがだんだん衰えて行くように思われます。それで目をつぶって何か叫んで逃げたくなりますが、目をつぶると桜の木にぶつかるので目をつぶるわけにも行きませんから、一そう気違いになるのでした。

けれども山賊は落付いた男で、後悔ということを知らない男ですから、これはおかしいと考えたのです。ひとつ、来年、考えてやろう。そう思いました。今年は考える気がしなかったのです。そして、来年、花がさいたら、そのときじっくり考えようと思いました。毎年そう考えて、もう十何年もたち、今年も亦《また》、来年になったら考えてやろうと思って、又、年が暮れてしまいました。

そう考えているうちに、始めは一人だった女房がもう七人にもなり、八人目の女房を又街道から女の亭主の着物と一緒にさらってきました。女の亭主は殺してきました。

山賊は女の亭主を殺す時から、どうも変だと思っていました。いつもと勝手が違うのです。どこということは分らぬけれども、変てこで、けれども彼の心は物にこだわることに慣れませんので、そのときも格別深く心にとめませんでした。

山賊は始めは男を殺す気はなかったので、身ぐるみ脱がせて、いつもするようにとっとと失せろと蹴とばしてやるつもりでしたが、女が美しすぎたので、ふと、男を斬りすてていました。彼自身に思いがけない出来事であったばかりでなく、女にとっても思いがけない出来事だったしるしに、山賊がふりむくと女は腰をぬかして彼の顔をぼんやり見つめました。今日からお前は俺の女房だと言うと、女はうなずきました。手をとって女を引き起すと、女は歩けないからオブっておくれと言います。山賊は承知承知と女を軽々と背負って歩きましたが、険しい登り坂へきて、ここは危いから降りて歩いて貰おうと言っても、女はしがみついて厭々、厭ヨ、と言って降りません。

「お前のような山男が苦しがるほどの坂道をどうして私が歩けるものか、考えてごらんよ」

「そうか、そうか、よしよし」と男は疲れて苦しくても好機嫌でした。「でも、一度だけ降りておくれ。私は強いのだから、苦しくて、一休みしたいというわけじゃないぜ。眼の玉が頭の後側にあるというわけのものじゃないから、さっきからお前さんをオブっていてもなんとなくもどかしくて仕方がないのだよ。一度だけ下へ降りてかわいい顔を拝ましてもらいたいものだ」

「厭よ、厭よ」と、又、女はやけに首っ玉にしがみつきました。「私はこんな淋しいところに一っときもジッとしていられないヨ。お前のうちのあるところまで一っときも休まず急いでおくれ。さもないと、私はお前の女房になってやらないよ。私にこんな淋しい思いをさせるなら、私は舌を噛んで死んでしまうから」

「よしよし。分った。お前のたのみはなんでもきいてやろう」

山賊はこの美しい女房を相手に未来のたのしみを考えて、とけるような幸福を感じました。彼は威張りかえって肩を張って、前の山、後の山、右の山、左の山、ぐるりと一廻転して女に見せて、

「これだけの山という山がみんな俺のものなんだぜ」

と言いましたが、女はそんなことにはてんで取りあいません。彼は意外に又残念で、

「いいかい。お前の目に見える山という山、木という木、谷という谷、その谷からわく雲まで、みんな俺のものなんだぜ」

「早く歩いておくれ。私はこんな岩コブだらけの崖の下にいたくないのだから」

「よし、よし。今にうちにつくと飛びきりの御馳走をこしらえてやるよ」

「お前はもっと急げないのかえ。走っておくれ」

「なかなかこの坂道は俺が一人でもそうは駈けられない難所だよ」

「お前も見かけによらない意気地なしだねえ。私としたことが、とんだ甲斐性《かいしょ》なしの女房になってしまった。ああ、ああ。これから何をたよりに暮したらいいのだろう」

「なにを馬鹿な。これぐらいの坂道が」

「アア、もどかしいねえ。お前はもう疲れたのかえ」

「馬鹿なことを。この坂道をつきぬけると、鹿もかなわぬように走ってみせるから」

「でもお前の息は苦しそうだよ。顔色が青いじゃないか」

「なんでも物事の始めのうちはそういうものさ。今に勢いのはずみがつけば、お前が背中で目を廻すぐらい速く走るよ」

けれども山賊は身体《からだ》が節々からバラバラに分かれてしまったように疲れていました。そしてわが家の前へ辿《たど》りついたときには目もくらみ耳もなり嗄《しわが》れ声のひときれをふりしぼる力もありません。家の中から七人の女房が迎えに出てきましたが、山賊は石のようにこわばった身体をほぐして背中の女を下すだけで勢一杯でした。

七人の女房は今迄に見かけたこともない女の美しさに打たれましたが、女は七人の女房の汚さに驚きました。七人の女房の中には昔はかなり綺麗な女もいたのですが今は見る影もありません。女は薄気味悪がって男の背へしりぞいて

「この山女は何なのよ」

「これは俺の昔の女房なんだよ」

と男は困って「昔の」という文句を考えついて加えたのはとっさの返事にしては良く出来ていましたが、女は容赦がありません。

「まア、これがお前の女房かえ」

「それは、お前、俺はお前のような可愛いい女がいようとは知らなかったのだからね」

「あの女を斬り殺しておくれ」

女はいちばん顔形のととのった一人を指して叫びました。

「だって、お前、殺さなくっとも、女中だと思えばいいじゃないか」

「お前は私の亭主を殺したくせに、自分の女房が殺せないのかえ。お前はそれでも私を女房にするつもりなのかえ」

男の結ばれた口から呻《うめ》きがもれました。男はとびあがるように一躍りして指された女を斬り倒していました。然《しか》し、息つくひまもありません。

「この女よ。今度は、それ、この女よ」

男はためらいましたが、すぐズカズカ歩いて行って、女の頸《くび》へザクリとダンビラを斬りこみました。首がまだコロコロととまらぬうちに、女のふっくらツヤのある透きとおる声は次の女を指して美しく響いていました。

「この女よ、今度は」

指さされた女は両手に顔をかくしてキャーという叫び声をはりあげました。その叫びにふりかぶって、ダンビラは宙を閃《ひらめ》いて走りました。残る女たちは俄《にわか》に一時に立上って四方に散りました。

「一人でも逃したら承知しないよ。藪の陰にも一人いるよ。上手へ一人逃げて行くよ」

男は血刀をふりあげて山の林を駈け狂いました。たった一人逃げおくれて腰をぬかした女がいました。それはいちばん醜くて、ビッコの女でしたが、男が逃げた女を一人あまさず斬りすてて戻ってきて、無造作にダンビラをふりあげますと
「いいのよ。この女だけは。これは私が女中に使うから」

「ついでだから、やってしまうよ」

「バカだね。私が殺さないでおくれと言うのだよ」

「アア、そうか。ほんとだ」

男は血刀を投げすてて尻もちをつきました。疲れがどッとこみあげて目がくらみ、土から生えた尻のように重みが分ってきました。ふと静寂に気がつきました。とびたつような怖ろしさがこみあげ、ぎょッとして振向くと、女はそこにいくらかやる瀬ない風情でたたずんでいます。男は悪夢からさめたような気がしました。そして、目も魂も自然に女の美しさに吸いよせられて動かなくなってしまいました。けれども男は不安でした。どういう不安だか、

なぜ、不安だか、何が、不安だか、彼には分らぬのです。女が美しすぎて、彼の魂がそれに吸いよせられていたので、胸の不安の波立ちをさして気にせずにいられただけです。

なんだか、似ているようだな、と彼は思いました。似たことが、いつか、あった、それは、と彼は考えました。アア、そうだ、あれだ。気がつくと彼はびっくりしました。

桜の森の満開の下です。あの下を通る時に似ていました。どこが、何が、どんな風に似ているのだか分りません。けれども、何か、似ていることは、たしかでした。彼にはいつもそれぐらいのことしか分らず、それから先は分らなくても気にならぬたちの男でした。

山の長い冬が終り、山のてっぺんの方や谷のくぼみに樹の陰に雪はポツポツ残っていましたが、やがて花の季節が訪れようとして春のきざしが空いちめんにかがやいていました。

今年、桜の花が咲いたら、と、彼は考えました。花の下にさしかかる時はまだそれほどではありません。それで思いきって花の下へ歩いてみます。だんだん歩くうちに気が変になり、前も後も右も左も、どっちを見ても上にかぶさる花ばかり、森のまんなかに近づくと怖しさに盲滅法たまらなくなるのでした。今年はひとつ、あの花ざかりの林のまんなかで、ジッと動かずに、いや、思いきって地べたへ坐ってやろう、と彼は考えました。そのとき、この女もつれて行こうか、彼はふと考えて、女の顔をチラと見ると、胸さわぎがして慌てて目をそらしました。自分の肚《はら》が女に知れては大変だという気持が、なぜだか胸に焼け残りました。

★

女は大変なわがまま者でした。どんなに心をこめた御馳走をこしらえてやっても、必ず不服を言いました。彼は小鳥や鹿をとりに山を走りました。猪も熊もとりました。ビッコの女は木の芽や草の根をさがしてひねもす林間をさまよいました。然し女は満足を示したことはありません。

「毎日こんなものを私に食えというのかえ」

「だって、飛び切りの御馳走なんだぜ。お前がここへくるまでは、十日に一度ぐらいしかこれだけのものは食わなかったものだ」

「お前は山男だからそれでいいのだろうさ。私の喉は通らないよ。こんな淋しい山奥で、夜の夜長にきくものと云えば梟《ふくろう》の声ばかり、せめて食べる物でも都に劣らぬおいしい物が食べられないものかねえ。都の風がどんなものか。その都の風をせきとめられた私の思いのせつなさがどんなものか、お前には察することも出来ないのだね。お前は私から都の風をもぎとって、その代りにお前の呉《く》れた物といえば鴉《からす》や梟の鳴く声ばかり。お前はそれを羞《はず》かしいとも、むごたらしいとも思わないのだよ」

女の怨じる言葉の道理が男には呑みこめなかったのです。なぜなら男は都の風がどんなものだか知りません。見当もつかないのです。この生活この幸福に足りないものがあるという事実に就て思い当るものがない。彼はただ女の怨じる風情の切なさに当惑し、それをどのように処置してよいか目当に就て何の事実も知らないので、もどかしさに苦しみました。

今迄には都からの旅人を何人殺したか知れません。都からの旅人は金持で所持品も豪華ですから、都は彼のよい鴨で、せっかく所持品を奪ってみても中身がつまらなかったりするとチェッこの田舎者め、とか土百姓めとか罵ったもので、つまり彼は都に就てはそれだけが知識の全部で、豪華な所持品をもつ人達のいるところであり、彼はそれをまきあげるという考え以外に余念はありませんでした。都の空がどっちの方角だということすらも考えてみる必要がなかったのです。

女は櫛《くし》だの笄《こうがい》だの簪《かんざし》だの紅《べに》だのを大事にしました。彼が泥の手や山の獣の血にぬれた手でかすかに着物にふれただけでも女は彼を叱りました。まるで着物が女のいのちであるように、そしてそれをまもることが自分のつとめであるように、身の廻りを清潔にさせ、家の手入れを命じます。その着物は一枚の小袖と細紐だけでは事足りず、何枚かの着物といくつもの紐と、そしてその紐は妙な形にむすばれ不必要に垂れ流されて、色々の飾り物をつけたすことによって一つの姿が完成されて行くのでした。男は目を見はりました。そして嘆声をもらしました。彼は納得させられたのです。かくして一つの美が成りたち、その美に彼が満たされている、それは疑る余地がない、個としては意味をもたない不完全かつ不可解な断片が集まることによって一つの物を完成する、その物を分解すれば無意味なる断片に帰する、それを彼は彼らしく一つの妙なる魔術として納得させられたのでした。

男は山の木を切りだして女の命じるものを作ります。何物が、そして何用につくられるのか、彼自身それを作りつつあるうちは知ることが出来ないのでした。それは胡床《こしょう》と肱掛《ひじかけ》でした。胡床はつまり椅子です。お天気の日、女はこれを外へ出させて、日向《ひなた》に、又、木陰に、腰かけて目をつぶります。部屋の中では肱掛にもたれて物思いにふけるような、そしてそれは、それを見る男の目にはすべてが異様な、なまめかしく、なやましい姿に外ならぬのでした。魔術は現実に行われており、彼自らがその魔術の助手でありながら、その行われる魔術の結果に常に訝《いぶか》りそして嘆賞するのでした。

ビッコの女は朝毎に女の長い黒髪をくしけずります。そのために用いる水を、男は谷川の特に遠い清水からくみとり、そして特別そのように注意を払う自分の労苦をなつかしみました。自分自身が魔術の一つの力になりたいということが男の願いになっていました。そして彼自身くしけずられる黒髪にわが手を加えてみたいものだと思います。いやよ、そんな手は、と女は男を払いのけて叱ります。男は子供のように手をひっこめて、てれながら、黒髪にツヤが立ち、結ばれ、そして顔があらわれ、一つの美が描かれ生まれてくることを見果てぬ夢に思うのでした。

「こんなものがなあ」

彼は模様のある櫛や飾のある笄をいじり廻しました。それは彼が今迄は意味も値打もみとめることのできなかったものでしたが、今も尚、物と物との調和や関係、飾りという意味の批判はありません。けれども魔力が分ります。魔力は物のいのちでした。物の中にもいのちがあります。

「お前がいじってはいけないよ。なぜ毎日きまったように手をだすのだろうね」

「不思議なものだなア」

「何が不思議なのさ」

「何がってこともないけどさ」

と男はてれました。彼には驚きがありましたが、その対象は分らぬのです。

そして男に都を怖れる心が生れていました。その怖れは恐怖ではなく、知らないということに対する羞恥と不安で、物知りが未知の事柄に抱く不安と羞恥に似ていました。女が「都」というたびに彼の心は怯《おび》え戦《おのの》きました。けれども彼は目に見える何物も怖れたことがなかったので、怖れの心になじみがなく、羞じる心にも馴れていません。そして彼は都に対して敵意だけをもちました。

何百何千の都からの旅人を襲ったが手に立つ者がなかったのだから、と彼は満足して考えました。どんな過去を思いだしても、裏切られ傷けられる不安がありません。それに気附くと、彼は常に愉快で又誇りやかでした。彼は女の美に対して自分の強さを対比しました。そして強さの自覚の上で多少の苦手と見られるものは猪だけでした。その猪も実際はさして怖るべき敵でもないので、彼はゆとりがありました。

「都には牙のある人間がいるかい」

「弓をもったサムライがいるよ」

「ハッハッハ。弓なら俺は谷の向うの雀の子でも落すのだからな。都には刀が折れてしまうような皮の堅い人間はいないだろう」

「鎧《よろい》をきたサムライがいるよ」

「鎧は刀が折れるのか」

「折れるよ」

「俺は熊も猪も組み伏せてしまうのだからな」

「お前が本当に強い男なら、私を都へ連れて行っておくれ。お前の力で、私の欲しい物、都の粋を私の身の廻りへ飾っておくれ、そして私にシンから楽しい思いを授けてくれることができるなら、お前は本当に強い男なのさ」

「わけのないことだ」

男は都へ行くことに心をきめました。彼は都にありとある櫛や笄や簪や着物や鏡や紅を三日三晩とたたないうちに女の廻りへ積みあげてみせるつもりでした。何の気がかりもありません。一つだけ気にかかることは、まったく都に関係のない別なことでした。

それは桜の森でした。

二日か三日の後に森の満開が訪れようとしていました。今年こそ、彼は決意していました。桜の森の花ざかりのまんなかで、身動きもせずジッと坐っていてみせる。彼は毎日ひそかに桜の森へでかけて蕾《つぼみ》のふくらみをはかっていました。あと三日、彼は出発を急ぐ女に言いました。

「お前に仕度の面倒があるものかね」と女は眉をよせました。「じらさないでおくれ。都が私をよんでいるのだよ」

「それでも約束があるからね」

「お前がかえ。この山奥に約束した誰がいるのさ」

「それは誰もいないけれども、ね。けれども、約束があるのだよ」

「それはマア珍しいことがあるものだねえ。誰もいなくって誰と約束するのだえ」

男は嘘がつけなくなりました。

「桜の花が咲くのだよ」

「桜の花と約束したのかえ」

「桜の花が咲くから、それを見てから出掛けなければならないのだよ」

「どういうわけで」

「桜の森の下へ行ってみなければならないからだよ」

「だから、なぜ行って見なければならないのよ」

「花が咲くからだよ」

「花が咲くから、なぜさ」

「花の下は冷めたい風がはりつめているからだよ」

「花の下にかえ」

「花の下は涯《はて》がないからだよ」

「花の下がかえ」

男は分らなくなってクシャクシャしました。

「私も花の下へ連れて行っておくれ」

「それは、だめだ」

男はキッパリ言いました。

「一人でなくちゃ、だめなんだ」

女は苦笑しました。

男は苦笑というものを始めて見ました。そんな意地の悪い笑いを彼は今まで知らなかったのでした。そしてそれを彼は「意地の悪い」という風には判断せずに、刀で斬っても斬れないように、と判断しました。その証拠には、苦笑は彼の頭にハンを捺《お》したように刻みつけられてしまったからです。それは刀の刃のように思いだすたびにチクチク頭をきりました。そして彼がそれを斬ることはできないのでした。

三日目がきました。

彼はひそかに出かけました。桜の森は満開でした。一足ふみこむとき、彼は女の苦笑を思いだしました。それは今までに覚えのない鋭さで頭を斬りました。それだけでもう彼は混乱していました。花の下の冷めたさは涯のない四方からどっと押し寄せてきました。彼の身体は忽《たちま》ちその風に吹きさらされて透明になり、四方の風はゴウゴウと吹き通り、すでに風だけがはりつめているのでした。彼の声のみが叫びました。彼は走りました。何という虚空でしょう。彼は泣き、祈り、もがき、ただ逃げ去ろうとしていました。そして、花の下をぬけだしたことが分ったとき、夢の中から我にかえった同じ気持を見出しました。夢と違っていることは、本当に息も絶え絶えになっている身の苦しさでありました。

★

男と女とビッコの女は都に住みはじめました。

男は夜毎に女の命じる邸宅へ忍び入りました。着物や宝石や装身具も持ちだしましたが、それのみが女の心を充たす物ではありませんでした。女の何より欲しがるものは、その家に住む人の首でした。

彼等の家にはすでに何十の邸宅の首が集められていました。部屋の四方の衝立《ついたて》に仕切られて首は並べられ、ある首はつるされ、男には首の数が多すぎてどれがどれやら分らなくとも、女は一々覚えており、すでに毛がぬけ、肉がくさり、白骨になっても、どこのたれということを覚えていました。男やビッコの女が首の場所を変えると怒り、ここはどこの家族、ここは誰の家族とやかましく言いました。

女は毎日首遊びをしました。首は家来をつれて散歩にでます。首の家族へ別の首の家族が遊びに来ます。首が恋をします。女の首が男の首をふり、又、男の首が女の首をすてて女の首を泣かせることもありました。

姫君の首は大納言の首にだまされました。大納言の首は月のない夜、姫君の首の恋する人の首のふりをして忍んで行って契りを結びます。契りの後に姫君の首が気がつきます。姫君の首は大納言の首を憎むことができず我が身のさだめの悲しさに泣いて、尼になるのでした。すると大納言の首は尼寺へ行って、尼になった姫君の首を犯します。姫君の首は死のうとしますが大納言のささやきに負けて尼寺を逃げて山科《やましな》の里へかくれて大納言の首のかこい者となって髪の毛を生やします。姫君の首も大納言の首ももはや毛がぬけ肉がくさりウジ虫がわき骨がのぞけていました。二人の首は酒もりをして恋にたわぶれ、歯の骨と噛み合ってカチカチ鳴り、くさった肉がペチャペチャくっつき合い鼻もつぶれ目の玉もくりぬけていました。

ペチャペチャとくッつき二人の顔の形がくずれるたびに女は大喜びで、けたたましく笑いさざめきました。

「ほれ、ホッペタを食べてやりなさい。ああおいしい。姫君の喉もたべてやりましょう。ハイ、目の玉もかじりましょう。すすってやりましょうね。ハイ、ペロペロ。アラ、おいしいね。もう、たまらないのよ、ねえ、ほら、ウンとかじりついてやれ」

女はカラカラ笑います。綺麗な澄んだ笑い声です。薄い陶器が鳴るような爽やかな声でした。

坊主の首もありました。坊主の首は女に憎がられていました。いつも悪い役をふられ、憎まれて、嬲《なぶ》り殺しにされたり、役人に処刑されたりしました。坊主の首は首になって後に却《かえ》って毛が生え、やがてその毛もぬけてくさりはて、白骨になりました。白骨になると、女は別の坊主の首を持ってくるように命じました。新しい坊主の首はまだうら若い水々しい稚《ち》子《ご》の美しさが残っていました。女はよろこんで机にのせ酒をふくませ頬ずりして甜《な》めたりくすぐったりしましたが、じきあきました。

「もっと太った憎たらしい首よ」

女は命じました。男は面倒になって五ツほどブラさげて来ました。ヨボヨボの老僧の首も、眉の太い頬っぺたの厚い、蛙がしがみついているような鼻の形の顔もありました。耳のとがった馬のような坊主の首も、ひどく神妙な首の坊主もあります。けれども女の気に入ったのは一つでした。それは五十ぐらいの大坊主の首で、ブ男で目尻がたれ、頬がたるみ、唇が厚くて、その重さで口があいているようなだらしのない首でした。女はたれた目尻の両端を両手の指の先で押えて、クリクリと吊りあげて廻したり、獅子鼻の孔へ二本の棒をさしこんだり、逆さに立ててころがしたり、だきしめて自分のお乳を厚い唇の間へ押しこんでシャブらせたりして大笑いしました。けれどもじきにあきました。

美しい娘の首がありました。清らかな静かな高貴な首でした。子供っぽくて、そのくせ死んだ顔ですから妙に大人びた憂いがあり、閉じられたマブタの奥に楽しい思いも悲しい思いもマセた思いも一度にゴッちゃに隠されているようでした。女はその首を自分の娘か妹のように可愛がりました。黒い髪の毛をすいてやり、顔にお化粧してやりました。ああでもない、こうでもないと念を入れて、花の香りのむらだつようなやさしい顔が浮きあがりました。

娘の首のために、一人の若い貴公子の首が必要でした。貴公子の首も念入りにお化粧され、二人の若者の首は燃え狂うような恋の遊びにふけります。すねたり、怒ったり、憎んだり、嘘をついたり、だましたり、悲しい顔をしてみせたり、けれども二人の情熱が一度に燃えあがるときは一人の火がめいめい他の一人を焼きこがしてどっちも焼かれて舞いあがる火焔となって燃えまじりました。けれども間もなく悪侍だの色好みの大人だの悪僧だの汚い首が邪魔にでて、貴公子の首は蹴られて打たれたあげくに殺されて、右から左から前から後から汚い首がゴチャゴチャ娘に挑みかかって、娘の首には汚い首の腐った肉がへばりつき、牙のような歯に食いつかれ、鼻の先が欠けたり、毛がむしられたりします。すると女は娘の首を針でつついて穴をあけ、小刀で切ったり、えぐったり、誰の首よりも汚らしい目も当てられない首にして投げだすのでした。

男は都を嫌いました。都の珍らしさも馴れてしまうと、なじめない気持ばかりが残りました。彼も都では人並に水干《すいかん》を着ても脛《すね》をだして歩いていました。白昼は刀をさすことも出来ません。市へ買物に行かなければなりませんし、白首のいる居酒屋で酒をのんでも金を払わねばなりません。市の商人は彼をなぶりました。野菜をつんで売りにくる田舎女も子供までなぶりました。白首も彼を笑いました。都では貴族は牛車で道のまんなかを通ります。水干をきた跣足《はだし》の家来はたいがいふるまい酒に顔を赤くして威張りちらして歩いて行きました。彼はマヌケだのバカだのノロマだのと市でも路上でもお寺の庭でも怒鳴られました。それでもうそれぐらいのことには腹が立たなくなっていました。

男は何よりも退屈に苦しみました。人間共というものは退屈なものだ、と彼はつくづく思いました。彼はつまり人間がうるさいのでした。大きな犬が歩いていると、小さな犬が吠えます。男は吠えられる犬のようなものでした。彼はひがんだり嫉《ねた》んだりすねたり考えたりすることが嫌いでした。山の獣や樹や川や鳥はうるさくはなかったがな、と彼は思いました。

「都は退屈なところだなア」と彼はビッコの女に言いました。「お前は山へ帰りたいと思わないか」

「私は都は退屈ではないからね」

とビッコの女は答えました。ビッコの女は一日中料理をこしらえ洗濯し近所の人達とお喋りしていました。

「都ではお喋りができるから退屈しないよ。私は山は退屈で嫌いさ」

「お前はお喋りが退屈でないのか」

「あたりまえさ。誰だって喋っていれば退屈しないものだよ」

「俺は喋れば喋るほど退屈するのになあ」

「お前は喋らないから退屈なのさ」

「そんなことがあるものか。喋ると退屈するから喋らないのだ」

「でも喋ってごらんよ。きっと退屈を忘れるから」

「何を」

「何でも喋りたいことをさ」

「喋りたいことなんかあるものか」

男はいまいましがってアクビをしました。

都にも山がありました。然し、山の上には寺があったり庵があったり、そして、そこには却《かえ》って多くの人の往来がありました。山から都が一目に見えます。なんというたくさんの家だろう、そして、なんという汚い眺めだろう、と思いました。

彼は毎晩人を殺していることを昼は殆《ほとん》ど忘れていました。なぜなら彼は人を殺すことにも退屈しているからでした。何も興味はありません。刀で叩くと首がポロリと落ちているだけでした。首はやわらかいものでした。骨の手応えはまったく感じることがないもので、大根を斬るのと同じようなものでした。その首の重さの方が彼には余程意外でした。

彼には女の気持が分るような気がしました。鐘つき堂では一人の坊主がヤケになって鐘をついています。何というバカげたことをやるのだろうと彼は思いました。何をやりだすか分りません。こういう奴等と顔を見合って暮すとしたら、俺でも奴等を首にして一緒に暮すことを選ぶだろうさ、と思うのでした。

けれども彼は女の慾望にキリがないので、そのことにも退屈していたのでした。女の慾望は、いわば常にキリもなく空を直線に飛びつづけている鳥のようなものでした。休むひまなく常に直線に飛びつづけているのです。その鳥は疲れません。常に爽快に風をきり、スイスイと小気味よく無限に飛びつづけているのでした。

けれども彼はただの鳥でした。枝から枝を飛び廻り、たまに谷を渉《わた》るぐらいがせいぜいで、枝にとまってうたたねしている梟にも似ていました。彼は敏捷でした。全身がよく動き、よく歩き、動作は生き生きしていました。彼の心は然し尻の重たい鳥なのでした。彼は無限に直線に飛ぶことなどは思いもよらないのです。

男は山の上から都の空を眺めています。その空を一羽の鳥が直線に飛んで行きます。空は昼から夜になり、夜から昼になり、無限の明暗がくりかえしつづきます。その涯に何もなくいつまでたってもただ無限の明暗があるだけ、男は無限を事実に於て納得することができません。その先の日、その先の日、その又先の日、明暗の無限のくりかえしを考えます。彼の頭は割れそうになりました。それは考えの疲れでなしに、考えの苦しさのためでした。

家へ帰ると、女はいつものように首遊びに耽《ふけ》っていました。彼の姿を見ると、女は待ち構えていたのでした。

「今夜は白拍子《しらびょうし》の首を持ってきておくれ。とびきり美しい白拍子の首だよ。舞いを舞わせるのだから。私が今様《いまよう》を唄ってきかせてあげるよ」

男はさっき山の上から見つめていた無限の明暗を思いだそうとしました。この部屋があのいつまでも涯のない無限の明暗のくりかえしの空の筈《はず》ですが、それはもう思いだすことができません。そして女は鳥ではなしに、やっぱり美しいいつもの女でありました。けれども彼は答えました。

「俺は厭だよ」

女はびっくりしました。そのあげくに笑いだしました。

「おやおや。お前も憶病風に吹かれたの。お前もただの弱虫ね」

「そんな弱虫じゃないのだ」

「じゃ、何さ」

「キリがないから厭になったのさ」

「あら、おかしいね。なんでもキリがないものよ。毎日毎日ごはんを食べて、キリがないじゃないか。毎日毎日ねむって、キリがないじゃないか」

「それと違うのだ」

「どんな風に違うのよ」

男は返事につまりました。けれども違うと思いました。それで言いくるめられる苦しさを逃れて外へ出ました。

「白拍子の首をもっておいで」

女の声が後から呼びかけましたが、彼は答えませんでした。

彼は、なぜどんな風に違うのだろうと考えましたが分りません。だんだん夜になりました。彼は又山の上へ登りました。もう空も見えなくなっていました。

彼は気がつくと、空が落ちてくることを考えていました。空が落ちてきます。彼は首をしめつけられるように苦しんでいました。それは女を殺すことでした。

空の無限の明暗を走りつづけることは、女を殺すことによって、とめることができます。そして、空は落ちてきます。彼はホッとすることができます。然し、彼の心臓には孔があいているのでした。彼の胸から鳥の姿が飛び去り、掻き消えているのでした。

あの女が俺なんだろうか？　そして空を無限に直線に飛ぶ鳥が俺自身だったのだろうか？

と彼は疑りました。女を殺すと、俺を殺してしまうのだろうか。俺は何を考えているのだろう？

なぜ空を落さねばならないのだか、それも分らなくなっていました。あらゆる想念が捉えがたいものでありました。そして想念のひいたあとに残るものは苦痛のみでした。夜が明けました。彼は女のいる家へ戻る勇気が失われていました。そして、数日、山中をさまよいました。

ある朝、目がさめると、彼は桜の花の下にねていました。その桜の木は一本でした。桜の木は満開でした。彼は驚いて飛び起きましたが、それは逃げだすためではありません。なぜなら、たった一本の桜の木でしたから。彼は鈴鹿の山の桜の森のことを突然思いだしていたのでした。あの山の桜の森も花盛りにちがいありません。彼はなつかしさに吾を忘れ、深い物思いに沈みました。

山へ帰ろう。山へ帰るのだ。なぜこの単純なことを忘れていたのだろう？　そして、なぜ空を落すことなどを考え耽っていたのだろう？　彼は悪夢のさめた思いがしました。救われた思いがしました。今までその知覚まで失っていた山の早春の匂いが身にせまって強く冷めたく分るのでした。

男は家へ帰りました。

女は嬉しげに彼を迎えました。

「どこへ行っていたのさ。無理なことを言ってお前を苦しめてすまなかったわね。でも、お前がいなくなってからの私の淋しさを察しておくれな」

女がこんなにやさしいことは今までにないことでした。男の胸は痛みました。もうすこしで彼の決意はとけて消えてしまいそうです。けれども彼は思い決しました。

「俺は山へ帰ることにしたよ」

「私を残してかえ。そんなむごたらしいことがどうしてお前の心に棲むようになったのだろう」

女の眼は怒りに燃えました。その顔は裏切られた口惜しさで一ぱいでした。

「お前はいつからそんな薄情者になったのよ」

「だからさ。俺は都がきらいなんだ」

「私という者がいてもかえ」

「俺は都に住んでいたくないだけなんだ」

「でも、私がいるじゃないか。お前は私が嫌いになったのかえ。私はお前のいない留守はお前のことばかり考えていたのだよ」

女の目に涙の滴《しずく》が宿りました。女の目に涙の宿ったのは始めてのことでした。女の顔にはもはや怒りは消えていました。つれなさを恨む切なさのみが溢《あふ》れていました。

「だってお前は都でなきゃ住むことができないのだろう。俺は山でなきゃ住んでいられないのだ」

「私はお前と一緒でなきゃ生きていられないのだよ。私の思いがお前には分らないのかねえ」

「でも俺は山でなきゃ住んでいられないのだぜ」

「だから、お前が山へ帰るなら、私も一緒に山へ帰るよ。私はたとえ一日でもお前と離れて生きていられないのだもの」

女の目は涙にぬれていました。男の胸に顔を押しあてて熱い涙をながしました。涙の熱さは男の胸にしみました。

たしかに、女は男なしでは生きられなくなっていました。新しい首は女のいのちでした。そしてその首を女のためにもたらす者は彼の外にはなかったからです。彼は女の一部でした。女はそれを放すわけにいきません。男のノスタルジイがみたされたとき、再び都へつれもどす確信が女にはあるのでした。

「でもお前は山で暮せるかえ」

「お前と一緒ならどこででも暮すことができるよ」

「山にはお前の欲しがるような首がないのだぜ」

「お前と首と、どっちか一つを選ばなければならないなら、私は首をあきらめるよ」

夢ではないかと男は疑りました。あまり嬉しすぎて信じられないからでした。夢にすらこんな願ってもないことは考えることが出来なかったのでした。

彼の胸は新な希望でいっぱいでした。その訪れは唐突で乱暴で、今のさっき迄の苦しい思いが、もはや捉えがたい彼方へ距《へだ》てられていました。彼はこんなにやさしくはなかった昨日までの女のことも忘れました。今と明日があるだけでした。

二人は直ちに出発しました。ビッコの女は残すことにしました。そして出発のとき、女はビッコの女に向って、じき帰ってくるから待っておいで、とひそかに言い残しました。

★

目の前に昔の山々の姿が現れました。呼べば答えるようでした。旧道をとることにしました。その道はもう踏む人がなく、道の姿は消え失せて、ただの林、ただの山坂になっていました。その道を行くと、桜の森の下を通ることになるのでした。

「背負っておくれ。こんな道のない山坂は私は歩くことができないよ」

「ああ、いいとも」

男は軽々と女を背負いました。

男は始めて女を得た日のことを思いだしました。その日も彼は女を背負って峠のあちら側の山径《やまみち》を登ったのでした。その日も幸せで一ぱいでしたが、今日の幸せはさらに豊かなものでした。

「はじめてお前に会った日もオンブして貰ったわね」

と、女も思いだして、言いました。

「俺もそれを思いだしていたのだぜ」

男は嬉しそうに笑いました。

「ほら、見えるだろう。あれがみんな俺の山だ。谷も木も鳥も雲まで俺の山さ。山はいいなあ。走ってみたくなるじゃないか。都ではそんなことはなかったからな」

「始めての日はオンブしてお前を走らせたものだったわね」

「ほんとだ。ずいぶん疲れて、目がまわったものさ」

男は桜の森の花ざかりを忘れてはいませんでした。然し、この幸福な日に、あの森の花ざかりの下が何ほどのものでしょうか。彼は怖れていませんでした。

そして桜の森が彼の眼前に現れてきました。まさしく一面の満開でした。風に吹かれた花びらがパラパラと落ちています。土肌の上は一面に花びらがしかれていました。この花びらはどこから落ちてきたのだろう？　なぜなら、花びらの一ひらが落ちたとも思われぬ満開の花のふさが見はるかす頭上にひろがっているからでした。

男は満開の花の下へ歩きこみました。あたりはひっそりと、だんだん冷めたくなるようでした。彼はふと女の手が冷めたくなっているのに気がつきました。俄《にわか》に不安になりました。とっさに彼は分りました。女が鬼であることを。突然どッという冷めたい風が花の下の四方の涯から吹きよせていました。

男の背中にしがみついているのは、全身が紫色の顔の大きな老婆でした。その口は耳までさけ、ちぢくれた髪の毛は緑でした。男は走りました。振り落そうとしました。鬼の手に力がこもり彼の喉にくいこみました。彼の目は見えなくなろうとしました。彼は夢中でした。全身の力をこめて鬼の手をゆるめました。その手の隙間から首をぬくと、背中をすべって、どさりと鬼は落ちました。今度は彼が鬼に組みつく番でした。鬼の首をしめました。そして彼がふと気付いたとき、彼は全身の力をこめて女の首をしめつけ、そして女はすでに息絶えていました。

彼の目は霞んでいました。彼はより大きく目を見開くことを試みましたが、それによって視覚が戻ってきたように感じることができませんでした。なぜなら、彼のしめ殺したのはさっきと変らず矢張り女で、同じ女の屍体がそこに在るばかりだからでありました。

彼の呼吸はとまりました。彼の力も、彼の思念も、すべてが同時にとまりました。女の死体の上には、すでに幾つかの桜の花びらが落ちてきました。彼は女をゆさぶりました。呼びました。抱きました。徒労でした。彼はワッと泣きふしました。たぶん彼がこの山に住みついてから、この日まで、泣いたことはなかったでしょう。そして彼が自然に我にかえったとき、彼の背には白い花びらがつもっていました。

そこは桜の森のちょうどまんなかのあたりでした。四方の涯は花にかくれて奥が見えませんでした。日頃のような怖れや不安は消えていました。花の涯から吹きよせる冷めたい風もありません。ただひっそりと、そしてひそひそと、花びらが散りつづけているばかりでした。彼は始めて桜の森の満開の下に坐っていました。いつまでもそこに坐っていることができます。彼はもう帰るところがないのですから。

桜の森の満開の下の秘密は誰にも今も分りません。あるいは「孤独」というものであったかも知れません。なぜなら、男はもはや孤独を怖れる必要がなかったのです。彼自らが孤独自体でありました。

彼は始めて四方を見廻しました。頭上に花がありました。その下にひっそりと無限の虚空がみちていました。ひそひそと花が降ります。それだけのことです。外には何の秘密もないのでした。

ほど経て彼はただ一つのなまあたたかな何物かを感じました。そしてそれが彼自身の胸の悲しみであることに気がつきました。花と虚空の冴えた冷めたさにつつまれて、ほのあたたかいふくらみが、すこしずつ分りかけてくるのでした。

彼は女の顔の上の花びらをとってやろうとしました。彼の手が女の顔にとどこうとした時に、何か変ったことが起ったように思われました。すると、彼の手の下には降りつもった花びらばかりで、女の姿は掻き消えてただ幾つかの花びらになっていました。そして、その花びらを掻き分けようとした彼の手も彼の身体も延した時にはもはや消えていました。あとに花びらと、冷めたい虚空がはりつめているばかりでした。

夜長姫と耳男

オレの親方はヒダ随一の名人とうたわれたタクミであったが、夜長の長者に招かれたのは、老病で死期の近づいた時だった。親方は身代りにオレをスイセンして、

「これはまだ二十の若者だが、小さいガキのころからオレの膝元に育ち、特に仕込んだわけでもないが、オレが工夫の骨法は大過なく会得している奴です。五十年仕込んでも、ダメの奴はダメのものさ。青笠《アオガサ》や古釜《フルカマ》にくらべると巧者ではないかも知れぬが、力のこもった仕事をしますよ。宮を造ればツギ手や仕口にオレも気附かぬ工夫を編みだしたこともあるし、仏像を刻めば、これが小僧の作かと訝《いぶ》かしく思われるほど深いイノチを現します。オレが病気のために余儀なく此奴《こやつ》を代理に差出すわけではなくて、青笠や古釜と技を競って劣るまいとオレが見込んで差出すものと心得て下さるように」

きいていてオレが呆れてただ目をまるくせずにいられなかったほどの過分の言葉であった。オレはそれまで親方にほめられたことは一度もなかった。もっとも、誰をほめたこともない親方ではあったが、それにしても、この突然のホメ言葉はオレをまったく驚愕させた。当のオレがそれほどだから、多くの古い弟子たちが親方はモウロクして途方もないことを口走ってしまったものだと云いふらしたのは、あながち嫉《ねた》みのせいだけではなかったのである。

夜長の長者の使者アナマロも兄弟子たちの言い分に理があるようだと考えた。そこでオレをひそかに別室へよんで、

「お前の師匠はモウロクしてあんなことを云ったが、まさかお前は長者の招きに進んで応じ

るほど向う見ずではあるまいな」

こう云われると、オレはムラムラと腹が立った。その時まで親方の言葉を疑ったり、自分の腕に不安を感じていたのが一時に掻き消えて、顔に血がこみあげた。

「オレの腕じゃア不足なほど、夜長の長者は尊い人ですかい。はばかりながら、オレの刻んだ仏像が不足だという寺は天下に一ツもない筈《はず》だ」

オレは目もくらみ耳もふさがり、叫びたてるわが姿をトキをつくる雞《にわとり》のようだと思ったほどだ。アナマロは苦笑した。

「相弟子どもと鎮守のホコラを造るのとはワケがちがうぞ。お前が腕くらべをするのは、お前の師と並んでヒダの三名人とうたわれている青ガサとフル釜だぞ」

「青ガサもフル釜も、親方すらも怖ろしいと思うものか。オレが一心不乱にやれば、オレのイノチがオレの造る寺や仏像に宿るだけだ」

アナマロはあわれんで溜息をもらすような面持《おももち》であったが、どう思い直してか、オレを親方の代りに長者の邸《やしき》へ連れていった。

「キサマは仕合せ者だな。キサマの造った品物がオメガネにかなう筈はないが、日本中の男という男がまだ見ぬ恋に胸をこがしている夜長姫サマの御身ちかくで暮すことができるのだからさ。せいぜい仕事を長びかせて、一時も長く逗留《とうりゅう》の工夫をめぐらすがよい。どうせかなわぬ仕事の工夫はいらぬことだ」

道々、アナマロはこんなことを云ってオレをイラだたせた。

「どうせかなわぬオレを連れて行くことはありますまい」

「そこが虫のカゲンだな。キサマは運のいい奴だ」

オレは旅の途中でアナマロに別れて幾度か立ち帰ろうと思った。しかし、青ガサやフル釜と技を競う名誉がオレを誘惑した。彼らを怖れて逃げたと思われるのが心外であった。オレは自分に云いきかせた。

「一心不乱に、オレのイノチを打ちこんだ仕事をやりとげればそれでいいのだ。目玉がフシアナ同然の奴らのメガネにかなわなくとも、それがなんだ。オレが刻んだ仏像を道のホコラに安置して、その下に穴を掘って、土に埋もれて死ぬだけのことだ」

たしかにオレは生きて帰らぬような悲痛な覚悟を胸にかためていた。つまりは青ガサやフル釜を怖れる心のせいであろう。正直なところ、自信はなかった。

長者の邸へ着いた翌日、アナマロにみちびかれて奥の庭で、長者に会って挨拶した。長者はまるまるとふとり、頬がたるんで、福の神のような恰好《かっこう》の人であった。

かたわらに夜長ヒメがいた。長者の頭にシラガが生えそめたころにようやく生れた一粒種だから、一夜ごとに二握りの黄金を百夜にかけてしぼらせ、したたる露をあつめて産湯《うぶゆ》をつかわせたと云われていた。その露がしみたために、ヒメの身体《からだ》は生れながらに光りかがやき、黄金の香りがすると云われていた。

オレは一心不乱にヒメを見つめなければならないと思った。なぜなら、親方が常にこう言いきかせていたからだ。

「珍しい人や物に出会ったときは目を放すな。オレの師匠がそう云っていた。そして、師匠はそのまた師匠にそう云われ、そのまた師匠のそのまた師匠のまたまた昔の大昔の大親の師匠の代から順くりにそう云われてきたのだぞ。大蛇に足をかまれても、目を放すな」

だからオレは夜長ヒメを見つめた。オレは小心のせいか、覚悟をきめてかからなければ人の顔を見つめることができなかった。しかし、気おくれをジッと押えて、見つめているうちに次第に平静にかえる満足を感じたとき、オレは親方の教訓の重大な意味が分ったような気がするのだった。のしかかるように見つめ伏せてはダメだ。その人やその物とともに、ひと色の水のようにすきとおらなければならないのだ。

オレは夜長ヒメを見つめた。ヒメはまだ十三だった。身体はノビノビと高かったが、子供の香がたちこめていた。威厳はあったが、怖ろしくはなかった。オレはむしろ張りつめた力がゆるんだような気がしたが、それはオレが負けたせいかも知れない。そして、オレはヒメを見つめていた筈だが、ヒメのうしろに広々とそびえている乗鞍山《ノリクラヤマ》が後々まで強くしみて残ってしまった。

アナマロはオレを長者にひき合せて、

「これが耳男《ミミオ》でございます。若いながらも師の骨法をすべて会得し、さらに独自の工夫も編みだしたほどの師匠まさりで、青ガサやフル釜と技を競ってオクレをとるとは思われぬと師が口をきわめてほめたたえたほどのタクミであります」

意外にも殊勝なことを言った。すると長者はうなずいたが、

「なるほど、大きな耳だ」

オレの耳を一心に見つめた。そして、また云った。

「大耳は下へ垂れがちなものだが、この耳は上へ立ち、頭よりも高くのびている。兎の耳のようだ。しかし、顔相は、馬だな」

オレの頭に血がさかまいた。オレは人々に耳のことを言われた時ほど逆上し、混乱することはない。いかな勇気も決心も、この混乱をふせぐことができないのだ。すべての血が上体にあがり、たちまち汗がしたたった。それはいつものことではあるが、この日の汗はたぐいのないものだった。ヒタイも、耳のまわりも、クビ筋も、一時に滝のように汗があふれて流れた。

長者はそれをフシギそうに眺めていた。すると、ヒメが叫んだ。

「本当に馬にそッくりだわ。黒い顔が赤くなって、馬の色にそッくり」

侍女たちが声をたてて笑った。オレはもう熱湯の釜そのもののようであった。溢《あふ》れたつ湯気も見えたし、顔もクビも胸も背も、皮膚全体が汗の深い河であった。

けれどもオレはヒメの顔だけは見つめなければいけないし、目を放してはいけないと思っ

た。一心不乱にそう思い、それを行うために力をつくした。しかし、その努力と、湧き立ち溢れる混乱とは分離して並行し、オレは処置に窮して立ちすくんだ。長い時間が、そして、どうすることもできない時間がすぎた。オレは突然ふりむいて走っていた。他に適当な行動や落附いた言葉などを発すべきだと思いつきながら、もっとも欲しない、そして思いがけない行動を起してしまったのである。

オレはオレの部屋の前まで走っていった。それから、門の外まで走って出た。それから歩いたが、また、走った。居たたまらなかったのだ。オレは川の流れに沿うて山の雑木林にわけ入り、滝の下で長い時間岩に腰かけていた。午《ひる》がすぎた。腹がへった。しかし、日が暮れかかるまでは長者の邸へ戻る力が起らなかった。

★

オレに五六日おくれて青ガサが着いた。また五六日おくれて、フル釜の代りに伜《せがれ》の小釜(チイサガマ)が到着した。それを見ると青ガサは失笑して云った。

「馬耳の師匠だけかと思ったら、フル釜もか。この青ガサに勝てぬと見たのは殊勝なことだが、身代りの二人の小者が気の毒だ」

ヒメがオレを馬に見立ててから、人々はオレをウマミミとよぶようになっていた。

オレは青ガサの高慢が憎いと思ったが、だまっていた。オレの肚《はら》はきまっていたのだ。ここを死場所と覚悟をきめて一心不乱に仕事に精をうちこむだけだ。

チイサ釜はオレの七ツ兄だった。彼の父のフル釜も病気と称して倅を代りに差し向けたが、取沙汰では仮病であったと云われていた。使者のアナマロが一番おそく彼を迎えにでかけたので腹を立てたのだそうだ。しかし、チイサ釜が父に劣らぬタクミであるということはすでに評判があったから、オレの場合のように意外な身代りではなかったのである。

チイサ釜は腕によほどの覚えがあるのか、青ガサの高慢を眉の毛の一筋すらも動かすことなく聞きながした。そして、青ガサにも、またオレにも、同じように鄭重《ていちょう》に挨拶した。ひどく落附いた奴だと思って薄気味がわるかったが、その後だんだん見ていると、奴はオハヨウ、コンチハ、コンバンハ、などの挨拶以外には人に話しかけないことが分った。

オレが気がついたと同じことを、青ガサも気がついた。そして彼はチイサ釜に云った。

「オメエはどういうわけで挨拶の口上だけはヌカリなく述べやがるんだ。まるでヒタイへとまったハエは手で払うものだときめたようにウルサイぞ。タクミの手はノミを使うが、一々ハエを追うために肩の骨が延びてきたわけではあるまい。人の口は必要を弁じるために孔があいているのだが、朝晩の挨拶なんぞは、舌を出しても、屁をたれても間に合うものだ」

オレはこれをきいて、ズケズケと物を云う青ガサがなんとなく気に入った。

三人のタクミが揃ったので、正式に長者の前へ召されて、このたびの仕事を申し渡された。

ヒメの持仏をつくるためだと聞いていたが、くわしいことはまだ知らされていなかったのだ。

長者はかたえのヒメを見やって云った。

「このヒメの今生後生をまもりたもう尊いホトケの御姿を刻んでもらいたいものだ。持仏堂におさめて、ヒメが朝夕拝むものだが、ミホトケの御姿と、それをおさめるズシがほしい。ミホトケはミロクボサツ。その他は銘々の工夫にまかせるが、ヒメの十六の正月までに仕上げてもらいたい」

三名のタクミがその仕事を正式に受けて挨拶を終ると、酒肴が運ばれた。長者とヒメは正面に一段高く、左手には三名のタクミの膳が、右手にも三ツの膳が並べられた。そこにはまだ人の姿が見えなかったが、たぶんアナマロと、その他の二名の重立つ者の座であろうとオレは考えていた。ところが、アナマロがみちびいてきたのは二人の女であった。

長者は二人の女をオレたちにひき合せて、こう云った。

「向うの高い山をこえ、その向うのミズウミをこえ、そのまた向うのひろい野をこえると、石と岩だけでできた高い山がある。その山を泣いてこえると、またひろい野があって、そのまた向うに霧の深い山がある。またその山を泣いてこえると、ひろいひろい森があって森の中を大きな川が流れている。その森を三日がかりで泣きながら通りぬけると、何千という、泉が湧き出している里があるのだよ。その里には一ツの木蔭の一ツの泉ごとに一人の娘がハタを織っているそうな。その里の一番大きな木の下の一番キレイな泉のそばでハタを織っていたのが一番美しい娘で、ここにいる若い方の人がその娘だよ。この娘がハタを織るようになるまでは娘のお母さんが織っていたが、それがこッちの年をとった女の人だよ。その里から虹の橋を渡ってはるばるとヒメの着物を織るためにヒダの奥まで来てくれたのだ。お母さんを月待（ツキマチ）と云い、娘を江奈古（エナコ）と云う。ヒメの気に入ったミホトケを造った者には、美しいエナコをホービに進ぜよう」

長者が金にあかして買い入れたハタを織る美しい奴隷なのだ。オレの生れたヒダの国へも他国から奴隷を買いにくる者があるが、それは男の奴隷で、そしてオレのようなタクミが奴隷に買われて行くのさ。しかし、やむにやまれぬ必要のために遠い国から買いにくるのだから、奴隷は大切に扱われ、第一等のお客様と同じようにもてなしを受けるそうだが、それも仕事が出来あがるまでの話さ。仕事が終って無用になれば金で買った奴隷だから、人にくれてやることも、ウワバミにくれてやることも主人の勝手だ。だから遠国へ買われて行くことを好むタクミはいないが、女の身なら尚さらのことであろう。

可哀そうな女たちよ、とオレは思った。けれども、ヒメの気に入った仏像を造った者にエナコをホービにやるという長者の言葉はオレをビックリさせた。

オレはヒメの気に入るような仏像を造る気持がなかったのだ。馬の顔にそッくりだと云われて山の奥へ夢中で駈けこんでしまったとき、オレは日暮れちかくまで滝壺のそばにいたあげく、オレはヒメの気に入らない仏像を造るために、いや、仏像ではなくて怖ろしい馬の顔の化け物を造るために精魂を傾けてやると覚悟をかためていたのだから。

だから、ヒメの気に入った仏像を造った者にエナコをホービにやるという長者の言葉はオレに大きな驚愕を与えた。また、激しい怒りも覚えた。また、この女はオレがもらう女ではないと気がついたために、ムラムラと嘲《あざけ》りも湧いた。

その雑念を抑えるために、タクミの心になりきろうとオレは思った。親方が教えてくれたタクミの心構えの用いどころはこの時だと思った。

そこでオレはエナコを見つめた。大蛇が足にかみついてもこの目を放しはしないぞと我とわが胸に云いきかせながら。

「この女が、山をこえ、ミズウミをこえ、野をこえ、また山を越えて、野をこえて、また山をこえて、大きな森をこえて、泉の湧く里から来たハタを織る女だと？　それは珍しい動物だ」

オレの目はエナコの顔から放れなかったが、一心不乱ではなかった。なぜなら、オレは驚愕と怒りを抑えた代りに、嘲りが宿ってしまったのを、いかんともすることができなかったから。

その嘲りをエナコに向けるのは不当であると気がついていたが、オレの目をエナコに向けてそこから放すことができなければ、目に宿る嘲りもエナコの顔に向けるほかにどう仕様もない。

エナコはオレの視線に気がついた。次第にエナコの顔色が変った。オレはシマッタと思ったが、エナコの目に憎しみの火がもえたつのを見て、オレもにわかに憎しみにもえた。オレとエナコは全てを忘れ、ただ憎しみをこめて睨《にら》み合った。

エナコのきびしい目が軽くそれた。エナコは企みの深い笑いをうかべて云った。

「私の生国は人の数より馬の数が多いと云われておりますが、馬は人を乗せて走るために、また、畑を耕すために使われています。こちらのお国では馬が着物をきて手にノミを握り、お寺や仏像を造るのに使われていますね」

オレは即座に云い返した。

「オレの国では女が野良を耕すが、お前の国では馬が野良を耕すから、馬の代りに女がハタを織るようだ。オレの国の馬は手にノミを握って大工はするが、ハタは織らねえな。せいぜい、ハタを織ってもらおう。遠路のところ、はなはだ御苦労」

エナコの目がはじかれたように開いた。そして、静かに立ち上った。長者に軽く目礼し、ズカズカとオレの前へ進んだ。立ち止って、オレを見おろした。むろんオレの目もエナコの顔から放れなかった。

エナコは膳部の横を半周してオレの背後へまわった。そして、そッとオレの耳をつまんだ。

「そんなことか!……」

と、オレは思った。所詮、先に目を放したお前の負けだと考えた。その瞬間であった。オレは耳に焼かれたような一撃をうけた。前へのめり、膳部の中に手を突ッこんでしまったことに気がついたのと、人々のざわめきを耳の底に聞きとめたのと同時であった。

オレはふりむいてエナコを見た。エナコの右手は懐剣のサヤを払って握っていたが、その手は静かに下方に垂れ、ミジンも殺意が見られなかった。エナコがなんとなく用ありげに、不器用に宙に浮かして垂れているのは、左手の方だ。その指につまれている物が何物であるかということにオレは突然気がついた。

オレはクビをまわしてオレの左の肩を見た。なんとなくそこが変だと思っていたが、肩一面に血でぬれていた。ウスベリの上にも血がしたたっていた。オレは何か忘れていた昔のことを思いだすように、耳の痛みに気がついた。

「これが馬の耳の一ツですよ。他の一ツはあなたの斧《おの》でそぎ落して、せいぜい人の耳に似せなさい」

エナコはそぎ落したオレの片耳の上部をオレの酒杯の中へ落して立去った。

★

それから六日すぎた。

オレたちは邸内の一部に銘々の小屋をたて、そこに籠って仕事をすることになっていたから、オレも山の木を伐《き》りだしてきて、小屋がけにかかっていた。

オレは蔵の裏の人の立ち入らぬ場所を選んで小屋をつくることにした。そこは一面に雑草が生え繁り、蛇やクモの棲み家であるから、人々は怖れて近づかぬ場所であった。

「なるほど。馬小屋をたてるとすれば、まずこの場所だが、ちと陽当りがわるくはないか」

アナマロがブラリと姿を現して、からかった。

「馬はカンが強いから、人の姿が近づくと仕事に身が入りません。小屋がけが終って仕事にかかって後は、一切仕事場に立ち入らぬように願います」

オレは高窓を二重造りに仕掛け、戸口にも特別の仕掛けを施して、仕事場をのぞくことができないように工夫しなければならないのだ。オレの仕事はできあがるまで秘密にしなければならなかった。

「ときに馬耳よ。長者とヒメがお召しであるから、斧を持って、おれについてくるがよい」

アナマロがこう云った。

「斧だけでいいんですか」

「ウン」

「庭木でも伐ろと仰有《おっしゃ》るのかね。斧を使うのもタクミの仕事のうちではあるが、木地屋《きじや》とタクミは違うものだ。木を叩ッ切るだけなら、他に適役があらア。つまらねえことでオレの気を散らさねえように願いますよ」

ブツブツ云いながら、手に斧をとってくると、アナマロは妙な目附で上下にオレを見定めたあとで、

「まア、坐れ」

彼はこう云って、まず自分から材木の切れッ端に腰をおろした。オレも差向いに腰をおろした。

「馬耳よ。よく聞け。お主《ヌシ》が青ガサやチイサ釜とあくまで腕くらべをしたい気持は殊勝であるが、こんなウチで仕事をしたいとは思うまい」

「どういうわけで！」

「フム。よく考えてみよ。お主、耳をそがれて、痛かったろう」

「耳の孔にくらべると、耳の笠はよけい物と見えて、血どめに毒ダミの葉のきざんだ奴を松ヤニにまぜて塗りたくッておいたら、事もなく痛みもとれたし、結構、耳の役にも立つようですよ」

「この先、ここに居たところで、お主のためにロクなことは有りやしないぞ。片耳ぐらいで済めばよいが、命にかかわることが起るかも知れぬ。悪いことは云わぬ。このまま、ここから逃げて帰れ。ここに一袋の黄金がある。お主が三ヵ年働いて立派なミロク像を仕上げたところで、かほど莫大な黄金をいただくわけには参るまい。あとはオレが良いように申上げておくから、今のうちに早く帰れ」

アナマロの顔は意外に真剣だった。それほどオレが追いだしたいのか。三ヵ年の手当にまさる黄金を与えてまで追いだしたいほど、オレが不要なタクミなのか。こう思うと、怒りがこみあげた。オレは叫んだ。

「そうですかい。あなた方のお考えじゃア、オレの手はノミやカンナをとるタクミの手じゃアなくて、斧で木を叩ッきるキコリの腕だとお見立てですかい。よかろう。オレは今日かぎりここのウチに雇われたタクミじゃアありません。この小屋で仕事だけはさせていただきましょう。食うぐらいは自分でやれるから、一切お世話にはなりませんし、一文もいただく必要はありません。オレが勝手に三ヵ年仕事をする分には差支えありますまい」

「待て。待て。お主はカン違いしているようだ。誰もお主が未熟だから追出そうとは言っておらぬぞ」

「斧だけ持って出て行けと云われるからにゃア、ほかに考え様がありますまい」

「さ。そのことだ」

アナマロはオレの両肩に手をかけて、変にシミジミとオレを見つめた。そして云った。

「オレの言い方がまずかった。斧だけ持って一しょに参れと申したのは御主人様の言いつけだ。しかし、斧をもって一しょに参らずに、ただ今すぐにここから逃げよと申すのは、オレだけの言葉だ。イヤ、オレだけではなく、長者も実は内々それを望んでおられる。じゃによって、この一袋の黄金をオレに手渡して、お主を逃がせ、とさとされているのだ。それと申すのが、もしもお主がオレと一しょに斧をもって長者の前へまかりでると、お主のために良からぬことが起るからだ。長者はお主の身のためを考えておられる」

思わせぶりな言葉が、いっそうオレをいらだたせた。

「オレの身のためを思うなら、そのワケをザックバランに言ってもらおうじゃありませんか」

「それを言ってやりたいが、言ったが最後タダではすまぬ言葉というものもあるものだ。だが、先程から申す通り、お主の一命にかかわることが起るかも知れぬ」

オレは即座に肚をきめた。斧をぶらさげて立上った。

「お供しましょう」

「これさ」

「ハッハッハ。ふざけちゃアいけませんや。はばかりながら、ヒダのタクミはガキの時から仕事に命を打込むものと叩きこまれているのだ。仕事のほかには命をすてる心当りもないが、腕くらべを怖れて逃げだしたと云われるよりは、そッちの方を選ぼうじゃありませんか」

「長生きすれば、天下のタクミと世にうたわれる名人になる見込みのある奴だが、まだ若いな。一時の恥は、長生きすればそそがれるぞ」

「よけいなことは、もう、よしてくれ。オレはここへ来たときから、生きて帰ることは忘れていたのさ」

アナマロはあきらめた。すると、にわかに冷淡だった。

「オレにつづいて参れ」

彼は先に立ってズンズン歩いた。

★

奥の庭へみちびかれた。縁先の土の上にムシロがしかれていた。それがオレの席であった。オレと向い合せにエナコが控えていた。後手にいましめられて、じかに土の上に坐っていた。

オレの跫音《あしおと》をききつけて、エナコは首をあげた。そして、いましめを解けば跳びかかる犬のようにオレを睨んで目を放さなかった。小癪《こしゃく》な奴め、とオレは思った。

「耳を斬り落されたオレが女を憎むならワケは分るが、女がオレを憎むとはワケが分らないな」

こう考えてオレはふと気がついたが、耳の痛みがとれてからは、この女を思いだしたこともなかった。

「考えてみるとフシギだな。オレのようなカンシャク持ちが、オレの耳を斬り落した女を咒《のろ》わないとは奇妙なことだ。オレは誰かに耳を斬り落されたことは考えても、斬り落したのがこの女だと考えたことはめッたにない。あべこべに、女の奴めがオレを仇のように憎みきっているというのが腑に落ちないぞ」

オレの咒いの一念はあげて魔神を刻むことにこめられているから、小癪な女一匹を考えるヒマがなかったのだろう。オレは十五の歳に仲間の一人に屋根から突き落されて手と足の骨を折ったことがある。この仲間はササイなことでオレに恨みを持っていたのだ。オレは骨を折ったので三ヵ月ほど大工の仕事はできなかったが、親方はオレがたった一日といえども仕事を休むことを許さなかった。オレは片手と片足で、欄間のホリモノをきざまなければならなかった。骨折の怪我《けが》というものは、夜も眠ることができないほど痛むものだ。オレは泣き泣きノミをふるッていたが、泣き泣き眠ることができない長夜の苦しみよりも、泣き泣き仕事する日中の凌ぎよいことが分ってきた。折からの満月を幸いに、夜中に起きてノミをふるい、痛さに堪えかねて悶え泣いたこともあったし、手をすべらせてモモにノミを突きたててしまったこともあったが、苦しみに超えたものは仕事だけだということを、あの時ほどマザマザと思い知らされたことはない。片手片足でほった欄間だが、両手両足が使えるようになってから眺め直して、特に手を入れる必要もなかった。

その時のことが身にしみているから、片耳を斬り落された痛みぐらいは、仕事の励みになっただけだ。今に思い知らせてやるぞと考えた。そして、いやが上にも怖ろしい魔神の姿を思いめぐらしてゾクゾクしたが、思い知らせてやるのがこの女だとは考えたことがなかったようだ。

「オレが女を咒わないのは、ワケが分るフシもあるような気がするが、女がオレを仇のように憎むのはワケが分らない。ひょッとすると、長者があんなことを云ったから、オレが女をほしがっていると思って咒っているのかも知れないな」

こう考えると、ワケが分ってきたように思われた。そこでムラムラと怒りがこみあげた。バカな女め。キサマ欲しさに仕事をするオレと思うか。連れて帰れと云われても、肩に落ちた毛虫のように手で払って捨てて行くだけのことだ。こう考えたから、オレの心は落附いた。

「耳男をつれて参りました」

アナマロが室内に向って大声で叫んだ。するとスダレの向うに気配があって、着席した長者が云った。

「アナマロはあるか」

「これにおります」

「耳男に沙汰を申し伝えよ」

「かしこまりました」

アナマロはオレを睨みつけて、次のように申し渡した。

「当家の女奴隷が耳男の片耳をそぎ落したときこえては、ヒダのタクミ一同にも、ヒダの国人一同にも申訳が立たない。よってエナコを死罪に処するが、耳男が仇をうけた当人だから、耳男の斧で首を打たせる。耳男、うて」

オレはこれをきいて、エナコがオレを仇のように睨むのは道理と思った。この疑いがはれてしまえば、あとは気にかかるものもない。オレは云ってやった。

「御親切は痛みいるが、それには及びますまい」

「うてぬか」

オレはスックと立ってみせた。斧をとってズカズカと進み、エナコの直前で一睨み、凄みをきかせて睨みつけてやった。

エナコの後へまわると、斧を当てて縄をブツブツ切った。そして、元の座へさッさと戻ってきた。オレはわざと何も言わなかった。

アナマロが笑って云った。

「エナコの死に首よりも生き首がほしいか」

これをきくとオレの顔に血がのぼった。

「たわけたことを。虫ケラ同然のハタ織女にヒダの耳男はてんでハナもひッかけやしねえや。東国の森に棲む虫ケラに耳をかまれただけだと思えば腹も立たない道理じゃないか。虫ケラの死に首も生き首も欲しかアねえや」

こう喚《わめ》いてやったが、顔がまッかに染まり汗が一時に溢れでたのは、オレの心を裏切るものであった。

顔が赤く染まって汗が溢れでたのは、この女の生き首が欲しい下心のせいではなかった。

オレを憎むワケがあるとは思われぬのに女がオレを仇のように睨んでいるから、さてはオレが女をわが物にしたい下心でもあると見て咒っているのだなと考えた。そして、バカな奴め。キサマを連れて帰れと云われても、肩に落ちた毛虫のように払い落して帰るだけだと考えていた。

有りもせぬ下心を疑られては迷惑だとかねて甚だ気にかけていたことを、思いもよらずアナマロの口からきいたから、オレは虚をつかれて、うろたえてしまったのだ。一度うろたえてしまうと、それを恥じたり気に病んだりして、オレの顔は益々熱く燃え、汗は滝の如くに湧き流れるのはいつもの例であった。

「こまったことだ。残念なことだ。こんなに汗をビッショリかいて慌ててしまえば、まるでオレの下心がたしかにそうだと白状しているように思われてしまうばかりだ」

こう考えて、オレは益々うろたえた。額から汗の玉がポタポタとしたたり落ちて、いつやむ気色《けしき》もなくなってしまった。オレは観念して目を閉じた。オレにとってこの赤面と汗はマトモに抵抗しがたい大敵であった。観念の眼をとじてつとめて無心にふける以外に汗の雨ダレを食いとめる手段がなかった。

そのとき、ヒメの声がきこえた。

「スダレをあげて」

そう命じた。たぶん侍女もいるのだろうが、オレは目を開けて確かめるのを控えた。一時も早く汗の雨ダレを食いとめるには、見たいものも見てはならぬ。オレはもう一度ジックリとヒメの顔が見たかったのだ。

「耳男よ。目をあけて。そして、私の問いに答えて」

と、ヒメが命じた。オレはシブシブ目をあけた。スダレはまかれて、ヒメは縁に立っていた。

「お前、エナコに耳を斬り落されても、虫ケラにかまれたようだッて？　ほんとうにそう？」

無邪気な明るい笑顔だとオレは思った。オレは大きくうなずいて、

「ほんとうにそうです」と答えた。

「あとでウソだと仰有ッてはダメよ」

「そんなことは言いやしません。虫ケラだと思っているから、死に首も、生き首もマッピラでさア」

ヒメはニッコリうなずいた。ヒメはエナコに向って云った。

「エナコよ。耳男の片耳もかんでおやり。虫ケラにかまれても腹が立たないそうですから、存分にかんであげるといいわ。虫ケラの歯を貸してあげます。なくなったお母様の形見の品の一ツだけど、耳男の耳をかんだあとではお前にあげます」

ヒメは懐剣をとって侍女に渡した。侍女はそれをささげてエナコの前に差出した。

オレはエナコがよもやそれを受けとるとは考えていなかった。斧でクビを斬る代りにイマ

シメの縄をきりはらってやったオレの耳を斬る刀だ。

しかし、エナコは受けとった。なるほど、ヒメの与えた刀なら受けとらぬワケにはゆくまいが、よもやそのサヤは払うまいとまたオレは考えた。

可憐なヒメは無邪気にイタズラをたのしんでいる。その明るい笑顔を見るがよい。虫も殺さぬ笑顔とは、このことだ。イタズラをたのしむ亢奮《こうふん》もなければ、何かを企む翳《かげ》りもない。童女そのものの笑顔であった。

オレはこう思った。問題は、エナコが巧みな言葉で手に受けた懐剣をヒメに返すことができるかどうか、ということだ。まんまと懐剣をせしめることができるほど巧みな言葉を思いつけば、尚のこと面白い。それに応じて、オレがうまいこと警句の一ツも合せることができれば、この上もなしであろう。ヒメは満足してスダレをおろすに相違ない。

オレがこう考えたのは、あとで思えばフシギなことだ。なぜなら、ヒメはエナコに懐剣を与えて、オレの耳を斬れと命じているのだし、オレが片耳を失ったのもその大本は云えばヒメからではないか。そして、オレが怖ろしい魔神の像をきざんでやるぞと心をきめたのもヒメのため。その像を見ておどろく人もまずヒメでなければならぬ筈だ。そのヒメがエナコに懐剣を与えてオレの耳を斬り落せと命じているのに、オレがそれを幸福な遊びのひとときだとふと考えていたのは、思えばフシギなことであった。ヒメの冴え冴えとした笑顔、澄んだツブラな目のせいであろうか。オレは夢を見たようにフシギでならぬ。

オレはエナコが刀のサヤを払うまいと思ったから、その思いを目にこめてウットリとヒメの笑顔に見とれた。思えばこれが何よりの不覚、心の隙であったろう。

オレがすさまじい気魄《きはく》に気がついて目を転じたとき、すでにエナコはズカズカとオレの目の前に進んでいた。

シマッタ！　とオレは思った。エナコはオレの鼻先で懐剣のサヤを払い、オレの耳の尖《さき》をつまんだ。

オレは他の全てを忘れて、ヒメを見た。ヒメの言葉がある筈だ。エナコに与えるヒメの言葉が。あの冴え冴えと澄んだ童女の笑顔から当然ほとばしる鶴の一声が。

オレは茫然とヒメの顔を見つめた。冴えた無邪気な笑顔を。ツブラな澄みきった目を。そしてオレは放心した。このようにしているうちに順を追うてオレの耳が斬り落されるのをオレはみんな知っていたが、オレの目はヒメの顔を見つめたままどうすることもできなかったし、オレの心は目にこもる放心が全部であった。オレは耳をそぎ落されたのちも、ヒメをボンヤリ仰ぎ見ていた。

オレの耳がそがれたとき、オレはヒメのツブラな目が生き生きとまるく大きく冴えるのを見た。ヒメの頬にやや赤みがさした。軽い満足があらわれて、すぐさま消えた。すると笑いも消えていた。ひどく真剣な顔だった。考え深そうな顔でもあった。なんだ、これで全部か、とヒメは怒っているように見えた。すると、ふりむいて、ヒメは物も云わず立ち去ってしまった。

ヒメが立ち去ろうとするとき、オレの目に一粒ずつの大粒の涙がたまっているのに気がついた。

★

それからの足かけ三年というものは、オレの戦いの歴史であった。

オレは小屋にとじこもってノミをふるッていただけだが、オレがノミをふるう力は、オレの目に残るヒメの笑顔に押されつづけていた。オレはそれを押し返すために必死に戦わなければならなかった。

オレがヒメに自然に見とれてしまったことは、オレがどのようにあがいても所詮勝味がないように思われたが、オレは是が非でも押し返して、怖ろしいモノノケの像をつくらなければとあせった。

オレはひるむ心が起ったとき水を浴びることを思いついた。十パイ二十パイと気が遠くなるほど水を浴びた。また、ゴマをたくことから思いついて、オレは松ヤニをいぶした。また足のウラの土フマズに火を当てて焼いた。それらはすべてオレの心をふるい起して、襲いかかるように仕事にはげむためであった。

オレの小屋のまわりはジメジメした草むらで無数の蛇の棲み家だから、小屋の中にも蛇は遠慮なくもぐりこんできたが、オレはそれをひッさいて生き血をのんだ。そして蛇の死体を天井から吊るした。蛇の怨霊がオレにのりうつり、また仕事にものりうつれとオレは念じた。

オレは心のひるむたびに草むらにでて蛇をとり、ひッさいて生き血をしぼり、一息に呷《あお》って、のこるのを造りかけのモノノケの像にしたたらせた。

日に七匹、また十匹ととったから、一夏を終らぬうちに、小屋のまわりの草むらの蛇は絶えてしまった。オレは山に入って日に一袋の蛇をとった。

小屋の天井は吊るした蛇の死体で一パイになった。ウジがたかり、ムンムンと臭気がたちこめ、風にゆれ、冬がくるとカサカサと風に鳴った。

吊るした蛇がいッせいに襲いかかってくるような幻を見ると、オレはかえって力がわいた。蛇の怨霊がオレにこもって、オレが蛇の化身となって生れ変った気がしたからだ。そして、こうしなければ、オレは仕事をつづけることができなかったのだ。

オレはヒメの笑顔を押し返すほど力のこもったモノノケの姿を造りだす自信がなかったのだ。オレの力だけでは足りないことをさとっていた。それと戦う苦しさに、いッそ気が違ってしまえばよいと思ったほどだ。オレの心がヒメにとりつく怨霊になればよいと念じもした。しかし、仕事の急所に刻みかかると、必ず一度はヒメの笑顔に押されているオレのヒルミに気がついた。

三年目の春がきたとき、七分通りできあがって仕上げの急所にかかっていたから、オレは蛇の生き血に飢えていた。オレは山にわけこんで兎や狸や鹿をとり、胸をさいて生き血をしぼり、ハラワタをまきちらした。クビを斬り落して、その血を像にしたたらせた。

「血を吸え。そして、ヒメの十六の正月にイノチが宿って生きものになれ。人を殺して生き血を吸う鬼となれ」

それは耳の長い何ものかの顔であるが、モノノケだか、魔神だか、死神だか、鬼だか、怨霊だか、オレにも得体が知れなかった。オレはただヒメの笑顔を押し返すだけの力のこもった怖ろしい物でありさえすれば満足だった。

秋の中ごろにチイサ釜が仕事を終えた。また秋の終りには青ガサも仕事を終えた。オレは冬になって、ようやく像を造り終えた。しかし、それをおさめるズシにはまだ手をつけていなかった。

ズシの形や模様はヒメの調度にふさわしい可愛いものに限ると思った。扉をひらくと現れる像の凄味をひきたてるには、あくまで可憐な様式にかぎる。

オレはのこされた短い日数のあいだ寝食も忘れがちにズシにかかった。そしてギリギリの大晦日の夜までかかって、ともかく仕上げることができた。手のこんだ細工はできなかったが、扉には軽く花鳥をあしらった。豪奢《ごうしゃ》でも華美でもないが、素朴なところにむしろ気品が宿ったように思った。

深夜に人手をかりて運びだして、チイサ釜と青ガサの作品の横へオレの物を並べた。オレはとにかく満足だった。オレは小屋へ戻ると、毛皮をひッかぶって、地底へひきずりこまれるように眠りこけた。

★

オレは戸を叩く音に目をさました。夜が明けている。陽はかなり高いようだ。そうか。今日がヒメの十六の正月か、とオレはふと思いついた。戸を叩く音は執拗につづいた。オレは食物を運んできた女中だと思ったから、

「うるさいな。いつものように、だまって外へ置いて行け。オレには新年も元日もありやしねえ。ここだけは娑婆がちがうということをオレが口をすッぱくして言って聞かせてあるのが、三年たってもまだ分らないのか」

「目がさめたら、戸をおあけ」

「きいた風なことを言うな。オレが戸を開けるのは目がさめた時じゃアねえや」

「では、いつ、あける？」

「外に人が居ない時だ」

「それは、ほんとね？」

オレはそれをきいたとき、忘れることのできない特徴のあるヒメの抑揚をききつけて、声の主はヒメその人だと直覚した。にわかにオレの全身が恐怖のために凍ったように思った。どうしてよいのか分らなくて、オレはウロウロとむなしく時間を費した。

「私が居るうちに出ておいで。出てこなければ、出てくるようにしてあげますよ」

静かな声がこう云った。ヒメが侍女に命じて戸の外に何か積ませていたのをオレはさとっていたが、火打石をうつ音に、それは枯れ柴だと直感した。オレははじかれたように戸口へ走り、カンヌキを外して戸をあけた。

戸があいたのでそこから風が吹きこむように、ヒメはニコニコと小屋の中へはいってきた。オレの前を通りこして、先に立って中へはいった。

三年のうちにヒメのカラダは見ちがえるようにオトナになっていた。顔もオトナになっていたが、無邪気な明るい笑顔だけは、三年前と同じように澄みきった童女のものであった。

侍女たちは小屋の中をみてたじろいだ。ヒメだけはたじろいだ気色がなかった。ヒメは珍しそうに室内を見まわし、また天井を見まわした。蛇は無数の骨となってぶらさがっていたが、下にも無数の骨が落ちてくずれていた。

「みんな蛇ね」

ヒメの笑顔に生き生きと感動がかがやいた。ヒメは頭上に手をさしのばして垂れ下っている蛇の白骨の一ツを手にとろうとした。その白骨はヒメの肩に落ちくずれた。それを軽く手で払ったが、落ちた物には目もくれなかった。一ツ一ツが珍しくて、一ツの物に長くこだわっていられない様子に見えた。

「こんなことを思いついたのは、誰なの？　ヒダのタクミの仕事場がみんなこうなの？　それとも、お前の仕事場だけのこと？」

「たぶん、オレの小屋だけのことでしょう」

ヒメはうなずきもしなかったが、やがて満足のために笑顔は冴えかがやいた。三年昔、オレが見納めにしたヒメの顔は、にわかに真剣にひきしまって退屈しきった顔であったが、オレの小屋では笑顔の絶えることがなかった。

「火をつけなくてよかったね。燃してしまうと、これを見ることができなかったわ」

ヒメは全てを見終ると満足して呟いたが、

「でも、もう、燃してしまうがよい」

侍女に枯れ柴をつませて火をかけさせた。小屋が煙につつまれ、一時にどッと燃えあがるのを見とどけると、ヒメはオレに云った。

「珍しいミロクの像をありがとう。他の二ツにくらべて、百層倍も、千層倍も、気に入りました。ゴホービをあげたいから、着物をきかえておいで」

明るい無邪気な笑顔であった。オレの目にそれをのこしてヒメは去った。オレは侍女にみちびかれて入浴し、ヒメが与えた着物にきかえた。そして、奥の間へみちびかれた。

オレは恐怖のために、入浴中からウワの空であった。いよいよヒメに殺されるのだとオレは思った。

オレはヒメの無邪気な笑顔がどのようなものであるかを思い知ることができた。エナコがオレの耳を斬り落すのを眺めていたのもこの笑顔だし、オレの小屋の天井からぶらさがった無数の蛇を眺めていたのもこの笑顔だ。オレの耳を斬り落せとエナコに命じたのもこの笑顔であるが、エナコのクビをオレの斧で斬り落せと沙汰のでたのも、実はこの笑顔がそれを見たいと思ったからに相違ない。

あのとき、アナマロが早くここを逃げよとオレにすすめて、長者も内々オレがここから逃げることを望んでおられると言ったが、まさしく思い当る言葉である。この笑顔に対しては、長者も施す術がないのであろう。ムリもないとオレは思った。

人の祝う元日に、ためらう色もなくわが家の一隅に火をかけたこの笑顔は、地獄の火も怖れなければ、血の池も怖れることがなかろう。ましてオレが造ったバケモノなぞは、この笑顔が七ツ八ツのころのママゴト道具のたぐいであろう。

「珍しいミロクの像をありがとう。他のものの百層倍、千層倍も、気に入りました」

というヒメの言葉を思いだすと、オレはその怖ろしさにゾッとすくんだ。

オレの造ったあのバケモノになんの凄味があるものか。人の心をシンから凍らせるまことの力は一ツもこもっていないのだ。

本当に怖ろしいのは、この笑顔だ。この笑顔こそは生きた魔神も怨霊も及びがたい真に怖ろしい唯一の物であろう。

オレは今に至ってようやくこの笑顔の何たるかをさとったが、三年間の仕事の間、怖ろしい物を造ろうとしていつもヒメの笑顔に押されていたオレは、分らぬながらも心の一部にそれを感じていたのかも知れない。真に怖ろしいものを造るためなら、この笑顔に押されるのは当り前の話であろう。真に怖ろしいものは、この笑顔にまさるものはないのだから。

今生の思い出に、この笑顔を刻み残して殺されたいとオレは考えた。オレにとっては、ヒメがオレを殺すことはもはや疑う余地がなかった。それも、今日、風呂からあがって奥の間へみちびかれて匆々《そうそう》にヒメはオレを殺すであろう。蛇のようにオレを裂いて逆さに吊すかも知れないと思った。そう思うと恐怖に息の根がとまりかけて、オレは思わず必死に合掌の一念であったが、真に泣き悶えて合掌したところで、あの笑顔が何を受けつけてくれるものでもあるまい。

この運命をきりぬけるには、ともかくこの一ツの方法があるだけだとオレは考えた。それはオレのタクミとしての必死の願望にもかなっていた。とにかくヒメに頼んでみようとオレは思った。そして、こう心がきまると、オレはようやく風呂からあがることができた。

オレは奥の間へみちびかれた。長者がヒメをしたがえて現れた。オレは挨拶ももどかしく、ヒタイを下にすりつけて、必死に叫んだ。オレは顔をあげる力がなかったのだ。

「今生のお願いでございます。お姫サマのお顔お姿を刻ませて下さいませ。それを刻み残せば、あとはいつ死のうとも悔いはございません」

意外にもアッサリと長者の返答があった。

「ヒメがそれに同意なら、願ってもないことだ。ヒメよ。異存はないか」

それに答えたヒメの言葉もアッサリと、これまた意外千万であった。

「私が耳男にそれを頼むつもりでしたの。耳男が望むなら申分ございません」

「それは、よかった」

長者は大そう喜んで思わず大声で叫んだが、オレに向って、やさしく云った。

「耳男よ。顔をあげよ。三年の間、御苦労だった。お前のミロクは皮肉の作だが、彫りの気魄、凡手の作ではない。ことのほかヒメが気に入ったようだから、それだけでオレは満足のほかにつけ加える言葉はない。よく、やってくれた」

長者とヒメはオレに数々のヒキデモノをくれた。そのとき、長者がつけ加えて、言った。

「ヒメの気に入った像を造った者にはエナコを与えると約束したが、エナコは死んでしまったから、この約束だけは果してやれなくなったのが残念だ」

すると、それをひきとって、ヒメが言った。

「エナコは耳男の耳を斬り落した懐剣でノドをついて死んでいたのよ。血にそまったエナコの着物は耳男がいま下着にして身につけているのがそれよ。身代りに着せてあげるために、男物に仕立て直しておいたのです」

　オレはもうこれしきのことでは驚かなくなっていたが、長者の顔が蒼ざめた。ヒメはニコニコとオレを見つめていた。

★

　そのころ、この山奥にまでホーソーがはやり、あの村にも、この里にも、死ぬ者がキリもなかった。疫病はついにこの村にも押し寄せたから、家ごとに疫病除けの護符をはり、白昼もかたく戸を閉して、一家ヒタイを集めて日夜神仏に祈っていたが、悪魔はどの隙間から忍びこんでくるものやら、日ましに死ぬ者が多くなる一方だった。

　長者の家でも広い邸内の雨戸をおろして家族は日中も息を殺していたが、ヒメの部屋だけは、ヒメが雨戸を閉めさせなかった。

「耳男の造ったバケモノの像は、耳男が無数の蛇を裂き殺して逆吊《さかさづ》りにして、生き血をあびながら咒いをこめて刻んだバケモノだから、疫病よけのマジナイぐらいにはなるらしいわ。ほかに取得もなさそうなバケモノだから、門の外へ飾ってごらん」

　ヒメは人に命じて、ズシごと門前へすえさせた。長者の邸には高楼があった。ヒメは時々高楼にのぼって村を眺めたが、村はずれの森の中に死者をすてに行くために運ぶ者の姿を見ると、ヒメは一日は充ち足りた様子であった。

オレは青ガサが残した小屋で、今度こそヒメの持仏のミロクの像に精魂かたむけていた。ホトケの顔にヒメの笑顔をうつすのがオレの考えであった。

この邸内で人間らしくうごいているのは、ヒメとオレの二人だけであった。

ミロクにヒメの笑顔をうつして持仏を刻んでいるときいてヒメは一応満足の風ではあったが、実はオレの仕事を気にかけている様子はなかった。ヒメはオレの仕事のはかどりを見に来たことはついぞなかった。小屋に姿を現すのは、死者を森へすてに行く人群れを見かけたときにきまっていた。特にオレを選んでそれをきかせに来るのではなく、邸内の一人一人にもれなく聞かせてまわるのがヒメのたのしみの様子であった。

「今日も死んだ人があるのよ」

それをきかせるときも、ニコニコとたのしそうであった。ついでに仏像の出来ぐあいを見て行くようなことはなかった。それには一目もくれなかった。そして長くはとどまらなかった。

オレはヒメになぶられているのではないかと疑っていた。さりげない風を見せているが、実はやっぱり元日にオレを殺すつもりであったに相違ないとオレは時々考えた。なぜなら、ヒメはオレの造ったバケモノを疫病よけに門前へすえさせたとき、

「耳男が無数の蛇を裂き殺して逆さに吊り、蛇の生き血をあびながら咒いをかけて刻んだバ

ケモノだから、疫病よけのマジナイぐらいにはなりそうね。ほかに取得もなさそうですから、門の前へ飾ってごらん」

と云ったそうだ。オレはそれを人づてにきいて、思わずすくんでしまったものだ。オレが咒いをかけて刻んだことまで知りぬいていて、オレを生かしておくヒメが怖ろしいと思った。三人のタクミの作からオレの物を選んでおいて、疫病よけのマジナイにでも使うほかに取得もなさそうだとシャアシャアと言うヒメの本当の腹の底が怖ろしかった。オレにヒキデモノを与えた元日には、ヒメの言葉に長者まで蒼ざめてしまった。ヒメの本当の腹の底は、父の長者にも量りかねるのであろう。ヒメがそれを行う時まで、ヒメの心は全ての人に解きがたい謎であろう。いまはオレを殺すことが念頭になくとも、元日にはあったかも知れないし、また明日はあるかも知れない。ヒメがオレの何かに興味をもったということは、オレがヒメにいつ殺されてもフシギではないということであろう。

オレのミロクはどうやらヒメの無邪気な笑顔に近づいてきた。ツブラな目。尖端に珠玉をはらんだようなミズミズしいまるみをおびた鼻。だが、そのような顔のかたちは特に技術を要することではない。オレが精魂かたむけて立向わねばならぬものは、あどりない笑顔の秘密であった。一点の翳りもなく冴えた明るい無邪気な笑顔。そこには血を好む一筋のキザシも示されていない。魔神に通じるいかなる色も、いかなる匂いも示されていない。ただあどけない童女のものが笑顔の全てで、どこにも秘密のないものだった。それがヒメの笑顔の秘密であった。

「ヒメの顔は、形のほかに何かが匂っているのかも知れないな。黄金をしぼった露で産湯をつかったからヒメのからだは生れながらにかがやいて黄金の匂いがすると云われているが、俗の眼はむしろ鋭く秘密を射当てることがあるものだ。ヒメの顔をつつんでいる目に見えぬ匂いを、オレのノミが刻みださなければならないのだな」

オレはそんなことを考えた。

そして、このあどけない笑顔がいつオレを殺すかも知れない顔だと考えると、その怖れがオレの仕事の心棒になった。ふと手を休めて気がつくと、その怖れが、だきしめても足りないほどなつかしく心にしみる時があった。

ヒメがオレの小屋へ現れて、

「今日も人が死んだわ」

と云うとき、オレは何も言うことがなくて、概《おおむ》ねヒメの笑顔を見つめているばかりであった。

オレはヒメの本心を訊いてみたいとは思わなかった。俗念は無益なことだ。ヒメに本心があるとすれば、あどけない笑顔が、そして匂いが全てなのだ。すくなくともタクミにとってはそれが全てであるし、オレの現身《うつしみ》にとってもそれが全てであろう。三年昔、オレがヒメの顔に見とれたときから、それが全部であることがすでに定められたようなものだった。

どうやらホーソー神が通りすぎた。この村の五分の一が死んでいた。長者の邸には多数の人々が住んでいるのに、一人も病人がでなかったから、オレの造ったバケモノが一躍村人に信心された。

長者がまッさきに打ちこんだ。

「耳男があまたの蛇を生き裂きにして逆吊りにかけ生き血をあびながら咒いをこめて造ったバケモノだから、その怖ろしさにホーソー神も近づくことができないのだな」

ヒメの言葉をうけうりして吹聴《ふいちょう》した。

バケモノは山上の長者の邸の門前から運び降ろされて、山の下の池のフチの三ツ又のにわか造りのホコラの中に鎮座した。遠い村から拝みにくる人も少くなかった。そしてオレはたちまち名人ともてはやされたが、その上の大評判をとったのは夜長ヒメであった。オレの手になるバケモノが間に合って長者の一家を護ったのもヒメの力によるというのだ。尊い神がヒメの生き身に宿っておられる。尊い神の化身であるという評判がたちまち村々へひろがった。

山下のホコラへオレのバケモノを拝みにきた人々のうちには、山上の長者の邸の門前へきてぬかずいて拝んで帰る者もあったし、門前へお供え物を置いて行く者もあった。

ヒメはお供え物のカブや菜ッ葉をオレに示して、言った。

「これはお前がうけた物よ。おいしく煮てお食べ」

ヒメの顔はニコニコとかがやいていた。オレはヒメがからかいに来たと見て、ムッとした。そして答えた。

「天下名題《なだい》のホトケを造ったヒダのタクミはたくさん居りますが、お供え物をいただいた話はききませんや。生き神様のお供え物にきまっているから、おいしく煮ておあがり下さい」

ヒメの笑顔はオレの言葉にとりあわなかった。ヒメは言った。

「耳男よ。お前が造ったバケモノはほんとうにホーソー神を睨み返してくれたのよ。私は毎日楼の上からそれを見ていたわ」

オレは呆れてヒメの笑顔を見つめた。しかし、ヒメの心はとうてい量りがたいものであった。

ヒメはさらに云った。

「耳男よ。お前が楼にあがって私と同じ物を見ていても、お前のバケモノがホーソー神を睨み返してくれるのを見ることができなかったでしょうよ。お前の小屋が燃えたときから、お前の目は見えなくなってしまったから。そして、お前がいまお造りのミロクには、お爺さんやお婆さんの頭痛をやわらげる力もないわ」

ヒメは冴え冴えとオレを見つめた。そして、ふりむいて立去った。オレの手にカブと菜ッ葉がのこっていた。

オレはヒメの魔法にかけられてトリコになってしまったように思った。怖ろしいヒメだと思った。たしかに人力を超えたヒメかも知れぬと思った。しかし、オレがいま造っているミロクには爺さん婆さんの頭痛をやわらげる力もないとは、どういうことだろう。

「あのバケモノには子供を泣かせる力もないが、ミロクには何かがある筈だ。すくなくともオレという人間のタマシイがそッくり乗りうつッているだろう」

オレは確信をもってこう云えるように思ったが、オレの確信の根元からゆりうごかしてくずすものはヒメの笑顔であった。オレが見失ってしまったものが確かにどこかにあるようにも思われて、たよりなくて、ふと、たまらなく切ない思いを感じるようになってしまった。

★

ホーソー神が通りすぎて五十日もたたぬうちに、今度はちがった疫病が村をこえ里をこえて渡ってきた。夏がきて、熱い日ざかりがつづいていた。

また人々は日ざかりに雨戸をおろして神仏に祈ってくらした。しかし、ホーソー神の通るあいだ畑を耕していなかったから、今度も畑を耕さないと食べる物が尽きていた。そこで百姓はおののきながら野良へでてクワを振りあげ振りおろしたが、朝は元気で出たのが、日ざかりの畑でキリキリ舞いをしたあげく、しばらく畑を這いまわってことぎれる者も少くなかった。

山の下の三ツ又のバケモノのホコラを拝みにきて、ホコラの前で死んでいた者もあった。

「尊いヒメの神よ。悪病を払いたまえ」

長者の門前へきて、こう祈る者もあった。

長者の邸も再び日ざかりに雨戸をとざして、人々は息をころして暮していた。ヒメだけが雨戸をあけ、時に楼上から山下の村を眺めて、死者を見るたびに邸内の全ての者にきかせて歩いた。

オレの小屋へきてヒメが云った。

「耳男よ。今日は私が何を見たと思う？」

ヒメの目がいつもにくらべて輝きが深いようでもあった。ヒメは云った。

「バケモノのホコラへ拝みにきて、ホコラの前でキリキリ舞いをして、ホコラにとりすがって死んだお婆さんを見たのよ」

オレは云ってやった。

「あのバケモノの奴も今度の疫病神は睨み返すことができませんでしたかい」

ヒメはそれにとりあわず、静かにこう命じた。

「耳男よ。裏の山から蛇をとっておいで。大きな袋にいっぱい」

こう命じたが、オレはヒメに命じられては否応もない。黙って意のままに動くことしかできないのだ。その蛇で何をするつもりだろうという疑いも、ヒメが立去ってからでないとオレの頭に浮かばなかった。

オレは裏の山にわけこんで、あまたの蛇をとった。去年の今ごろも、そのまた前の年の今ごろも、オレはこの山で蛇をとったが、となつかしんだが、そのときオレはふと気がついた。

去年の今ごろも、そのまた前の年の今ごろも、オレが蛇とりにこの山をうろついていたのは、ヒメの笑顔に押されてひるむ心をかきたてようと悪戦苦闘しながらであった。ヒメの笑顔に押されたときには、オレの造りかけのバケモノが腑抜けのように見えた。ノミの跡の全てがムダにしか見えなかった。そして腑抜けのバケモノを再びマトモに見直す勇気が湧くまでには、この山の蛇の生き血を飲みほしても足りないのではないかと怯えつづけていたものだった。

そのころに比べると、いまのオレはヒメの笑顔に押されるということがない。イヤ、押されてはいるかも知れぬが、押し返さねばならぬという不安な戦いはない。ヒメの笑顔が押してくるままの力を、オレのノミが素直に表すことができればよいという芸本来の三昧境にひたっているだけのことだ。

いまのオレは素直な心に立っているから、いま造りかけのミロクにもわが身の拙さを嘆く思いは絶えるまもないが、バケモノが腑抜けに見えたほど見るも無慚《むざん》な嘆きはなかった。バケモノを刻むノミの跡は、ヒメの笑顔に押されては、すべてがムダなものにしか見えなかったものであった。

いまのオレはともかく心に安らぎを得て、素直に芸と戦っているから、去年のオレも今年のオレも変りがないように思っていたが、大そう変っているらしいな、ということをふと考えた。そして今年のオレの方がすべてに於て立ちまさっていると思った。

オレは大きな袋にいっぱい蛇をつめて戻った。そのふくらみの大きさにヒメの目は無邪気にかがやいた。ヒメは云った。

「袋をもって、楼へ来て」

楼へ登った。ヒメは下を指して云った。

「三ツ又の池のほとりにバケモノのホコラがあるでしょう。ホコラにすがりついて死んでいる人の姿が見えるでしょう。お婆さんよ。あそこまで辿りついてちょッと拝んでいたと思うと、にわかに立ち上ってキリキリ舞いをはじめたのよ。それからヨタヨタ這いまわって、やっとホコラに手をかけたと思うと動かなくなってしまったわ」

ヒメの目はそこにそそがれて動かなかった。さらにヒメは下界の諸方に目を転じて飽かず眺めふけった。そして、呟いた。

「野良にでて働く人の姿が多いわ。ホーソーの時には野良にでている人の姿が見られなかったものでしたのに。バケモノのホコラへ拝みに来て死ぬ人もあるのに、野良の人々は無事なのね」

オレは小屋にこもって仕事にふけっているだけだから、邸内の人々とも殆《ほとん》ど交渉がなかったし、まして邸外とは交渉がなかった。だから村里を襲っている疫病の怖ろしい噂を時たま聞くことがあっても、オレにとっては別天地の出来事で、身にしみる思いに打たれたことはなかった。オレのバケモノが魔よけの神様にまつりあげられ、オレが名人ともてはやされているると聞いても、それすらも別天地の出来事であった。

オレははじめて高楼から村を眺めた。それは裏の山から村を見下す風景の距離をちぢめただけのものだが、バケモノのホコラにすがりついて死んでいる人の姿を見ると、それもわが身にかかわりのないソラゾラしい眺めながらも、人里の哀れさが目にしみもした。あんなバケモノが魔よけの役に立たないのは分りきっているのに、そのホコラにすがりついて死ぬ人があるとは罪な話だ。いッそ焼き払ってしまえばいいのに、とオレは思った。オレが罪を犯しているような味気ない思いにかられもした。

ヒメは下界の眺めにタンノーして、ふりむいた。そして、オレに命じた。

「袋の中の蛇を一匹ずつ生き裂きにして血をしぼってちょうだい。お前はその血をしぼって、どうしたの？」

「オレはチョコにうけて飲みましたよ」

「十匹も、二十匹も？」

「一度にそうは飲めませんが、飲みたくなけりゃそのへんへぶッかけるだけのことですよ」

「そして裂き殺した蛇を天井に吊るしたのね」

「そうですよ」

「お前がしたと同じことをしてちょうだい。生き血だけは私が飲みます。早くよ」

ヒメの命令には従う以外に手のないオレであった。オレは生き血をうけるチョコや、蛇を天井へ吊るすための道具を運びあげて、袋の蛇を一匹ずつ裂いて生き血をしぼり、順に天井へ吊るした。

オレはまさかと思っていたが、ヒメはたじろぐ色もなく、ニッコリと無邪気に笑って、生き血を一息にのみほした。それを見るまではさほどのこととは思わなかったが、その時からはあまりの怖ろしさに、蛇をさく馴れた手までが狂いがちであった。

オレも三年の間、数の知れない蛇を裂いて生き血をのみ死体を天井に逆吊りにしたが、オレが自分ですることだから怖ろしいとも異様とも思わなかった。

ヒメは蛇の生き血をのみ、蛇体を高楼に逆吊りにして、何をするつもりなのだろう。目的の善悪がどうあろうとも、高楼にのぼり、ためらう色もなくニッコリと蛇の生き血を飲みほすヒメはあまり無邪気で、怖ろしかった。

ヒメは三匹目の生き血までは一息に飲みほした。四匹目からは屋根や床上へまきちらした。

オレが袋の中の蛇をみんな裂いて吊るし終ると、ヒメは言った。

「もう一ッぺん山へ行って袋にいっぱい蛇をとってきてよ。陽のあるうちは、何べんもよ。この天井にいっぱい吊るすまでは、今日も、明日も、明後日も。早く」

もう一度だけ蛇とりに行ってくると、その日はもうたそがれてしまった。ヒメの笑顔には無念そうな翳がさした。吊るされた蛇と、吊るされていない空間とを、充ち足りたように、また無念げに、ヒメの笑顔はしばし高楼の天井を見上げて動かなかった。

「明日は朝早くから出かけてよ。何べんもね。そして、ドッサリとってちょうだい」

ヒメは心残りげに、たそがれの村を見下した。そして、オレに言った。

「ほら。お婆さんの死体を片づけに、ホコラの前に人が集っているわ。あんなに、たくさんの人が」

ヒメの笑顔はかがやきを増した。

「ホーソーの時は、いつもせいぜい二三人の人がションボリ死体を運んでいたのに、今度は人々がまだ生き生きとしているのね。私の目に見える村の人々がみんなキリキリ舞いをして死んで欲しいわ。その次には私の目に見えない人たちも。畑の人も、野の人も、山の人も、森の人も、家の中の人も、みんな死んで欲しいわ」

オレは冷水をあびせかけられたように、すくんで動けなくなってしまった。ヒメの声はすきとおるように静かで無邪気であったから、尚のこと、この上もなく怖ろしいものに思われた。ヒメが蛇の生き血をのみ、蛇の死体を高楼に吊るしているのは、村の人々がみんな死ぬことを祈っているのだ。

オレは居たたまらずに一散に逃げたいと思いながら、オレの足はすくんでいたし、心もすくんでいた。オレはヒメが憎いとはついぞ思ったことがないが、このヒメが生きているのは怖ろしいということをその時はじめて考えた。

★

しらじら明けに、ちゃんと目がさめた。ヒメのいいつけが身にしみて、ちょうどその時間に目がさめるほどオレの心は縛られていた。

オレは心の重さにたえがたかったが、袋を負うて明けきらぬ山へわけこまずにもいられなかった。そして山へわけこむと、オレは蛇をとることに必死であった。少しも早く、少しでも多く、とあせっていた。ヒメの期待に添うてやりたい一念が一途《いちず》にオレをかりたててやまなかった。

大きな袋を負うて戻ると、ヒメは高楼に待っていた。それをみんな吊し終ると、ヒメの顔はかがやいて、

「まだとても早いわ。ようやく野良へ人々がでてきたばかり。今日は何べんも、何べんも、とってきてね。早く、できるだけ精をだしてね」

オレは黙ってカラの袋を握ると山へ急いだ。オレは今朝からまだ一言もヒメに口をきかなかった。ヒメに向って物を言う力がなかったのだ。今に高楼の天井いっぱいに蛇の死体がぶ

らさがるに相違ないが、そのとき、どうなるのだろうと考えると、オレは苦しくてたまらなかった。

ヒメがしていることはオレが仕事小屋でしていたことのマネゴトにすぎないようだが、オレは単純にそう思うわけにはいかなかった。オレがあんなことをしたのは小さな余儀ない必要によってであったが、ヒメがしていることは人間が思いつくことではなかった。たまたまオレの小屋を見たからそれに似せているだけで、オレの小屋を見ていなければ、他の何かに似せて同じような怖ろしいことをやっている筈なのだ。

しかも、かほどのことも、まだヒメにとっては序の口であろう。ヒメの生涯に、この先なにを思いつき、なにを行うか、それはとても人間どもの思量しうることではない。とてもオレの手に負えるヒメではないし、オレのノミもとうていヒメをつかむことはできないのだとオレはシミジミ思い知らずにいられなかった。

「なるほど。まさしくヒメの言われる通り、いま造っているミロクなんぞはただのチッポケな人間だな。ヒメはこの青空と同じぐらい大きいような気がするな」

あんまり怖ろしいものを見てしまったとオレは思った。こんな物を見ておいて、この先なにを支えに仕事をつづけて行けるだろうかとオレは嘆かずにいられなかった。

二度目の袋を背負って戻ると、ヒメの頬も目もかがやきに燃えてオレを迎えた。ヒメはオレにニッコリと笑いかけながら小さく叫んだ。

「すばらしい！」

ヒメは指して云った。

「ほら、あすこの野良に一人死んでいるでしょう。つい今しがたよ。クワを空高くかざしたと思うと取り落してキリキリ舞いをはじめたのよ。そしてあの人が動かなくなったと思うと、ほら、あすこの野良にも一人倒れているでしょう。あの人がキリキリ舞いをはじめたのよ。そして、今しがたまで這ってうごめいていたのに」

ヒメの目はそこにジッとそそがれていた。まだうごめきやしないかと期待しているのかも知れなかった。

オレはヒメの言葉をきいているうちに汗がジットリ浮んできた。怖れとも悲しみともつかない大きなものがこみあげて、オレはどうしてよいのか分らなくなってしまった。オレの胸にカタマリがつかえて、ただハアハアとあえいだ。

そのときヒメの冴えわたる声がオレによびかけた。

「耳男よ。ごらん！　あすこに、ほら！　キリキリ舞いをしはじめた人がいてよ。ほら、キリキリと舞っていてよ。お日さまがまぶしいように。お日さまに酔ったよう」

オレはランカンに駈けよって、ヒメの示す方を見た。長者の邸のすぐ下の畑に、一人の農夫が両手をひろげて、空の下を泳ぐようにユラユラとよろめいていた。カガシに足が生えて、左右にくの字をふみながらユラユラと小さな円を踏み廻っているようだ。バッタリ倒れて、這いはじめた。オレは目をとじて、退いた。顔も、胸も、背中も、汗でいっぱいだった。

「ヒメが村の人間をみな殺しにしてしまう」

オレはそれをハッキリ信じた。オレが高楼の天井いっぱいに蛇の死体を吊し終えた時、この村の最後の一人が息をひきとるに相違ない。

オレが天井を見上げると、風の吹き渡る高楼だから、何十本もの蛇の死体が調子をそろえてゆるやかにゆれ、隙間からキレイな青空が見えた。閉めきったオレの小屋では、こんなことは見かけることができなかったが、ぶらさがった蛇の死体までがこんなに美しいということは、なんということだろうとオレは思った。こんなことは人間世界のことではないとオレは思った。

オレが逆吊りにした蛇の死体をオレの手が斬り落すか、ここからオレが逃げ去るか、どっちか一ツを選ぶより仕方がないとオレは思った。オレはノミを握りしめた。そして、いずれを選ぶべきかに尚も迷った。そのとき、ヒメの声がきこえた。

「とうとう動かなくなったわ。なんて可愛いのでしょうね。お日さまが、うらやましい。日本中の野でも里でも町でも、こんな風に死ぬ人をみんな見ていらッしゃるのね」

それをきいているうちにオレの心が変った。このヒメを殺さなければ、チャチな人間世界はもたないのだとオレは思った。

ヒメは無心に野良を見つめていた。新しいキリキリ舞いを探しているのかも知れなかった。

なんて可憐なヒメだろうとオレは思った。そして、心がきまると、オレはフシギにためらわなかった。むしろ強い力がオレを押すように思われた。

オレはヒメに歩み寄ると、オレの左手をヒメの左の肩にかけ、だきすくめて、右手のキリを胸にうちこんだ。オレの肩はハアハアと大きな波をうっていたが、ヒメは目をあけてニッコリ笑った。

「サヨナラの挨拶をして、それから殺して下さるものよ。私もサヨナラの挨拶をして、胸を突き刺していただいたのに」

ヒメのツブラな瞳はオレに絶えず、笑みかけていた。

オレはヒメの言う通りだと思った。オレも挨拶がしたかったし、せめてお詫びの一言も叫んでからヒメを刺すつもりであったが、やっぱりのぼせて、何も言うことができないうちにヒメを刺してしまったのだ。今さら何を言えよう。オレの目に不覚の涙があふれた。

するとヒメはオレの手をとり、ニッコリとささやいた。

「好きなものは呪うか殺すか争うかしなければならないのよ。お前のミロクがダメなのもそのせいだし、お前のバケモノがすばらしいのもそのためなのよ。いつも天井に蛇を吊して、いま私を殺したように立派な仕事をして……」

ヒメの目が笑って、とじた。

オレはヒメを抱いたまま気を失って倒れてしまった。

文学のふるさと

シャルル・ペローの童話に「赤頭巾」という名高い話があります。既に御存知とは思いますが、荒筋を申上げますと、赤い頭巾をかぶっているので赤頭巾と呼ばれていた可愛い少女が、いつものように森のお婆さんを訪ねて行くと、狼がお婆さんに化けていて、赤頭巾をムシャムシャ食べてしまった、という話であります。まったく、ただ、それだけの話であります。

童話というものには大概教訓、モラル、というものが有るものですが、この童話には、それが全く欠けております。それで、その意味から、アモラルであるということで、仏蘭西《フランス》では甚だ有名な童話であり、そういう引例の場合に、屢々《しばしば》引合いに出されるので知られております。

童話のみではありません。小説全体として見ても、いったい、モラルのない小説というのがあるでしょうか。小説家の立場としても、なにか、モラル、そういうものの意図がなくて、小説を書きつづける——そういうことが有り得ようとは、ちょっと、想像ができません。

ところが、ここに、凡《およ》そモラルというものが有って始めて成立つような童話の中に、全然モラルのない作品が存在する。しかも三百年もひきつづいてその生命を持ち、多くの子供や多くの大人の心の中に生きている——これは厳たる事実であります。

シャルル・ペローといえば「サンドリヨン」とか「青髯《あおひげ》」とか「眠りの森の少女」というような名高い童話を残していますが、私はまったくそれらの代表作と同様に、「赤頭巾」を愛読しました。

否、むしろ、「サンドリヨン」とか「青髯」を童話の世界で愛したとすれば、私はなにか大人の寒々とした心で「赤頭巾」のむごたらしい美しさを感じ、それに打たれたようでした。

愛くるしくて、心が優しくて、すべて美徳ばかりで悪さというものが何もない可憐な少女が、森のお婆さんの病気を見舞に行って、お婆さんに化けて寝ている狼にムシャムシャ食べられてしまう。

私達はいきなりそこで突き放されて、何か約束が違ったような感じで戸惑いしながら、然《しか》し、思わず目を打たれて、プツンとちょん切られた空しい余白に、非常に静かな、しかも透明な、ひとつの切ない「ふるさと」を見ないでしょうか。

その余白の中にくりひろげられ、私の目に沁《し》みる風景は、可憐な少女がただ狼にムシャムシャ食べられているという残酷ないやらしいような風景ですが、然し、それが私の心を打つ打ち方は、若干やりきれなくて切ないものではあるにしても、決して、不潔とか、不透明というものではありません。何か、氷を抱きしめたような、切ない悲しさ、美しさ、であります。

もう一つ、違った例を引きましょう。

これは「狂言」のひとつですが、大名が太郎冠者《たろうかじゃ》を供につれて寺詣でを致します。突然大名が寺の屋根の鬼瓦を見て泣きだしてしまうので、太郎冠者がその次第を訊《たず》ねますと、あの鬼瓦はいかにも自分の女房に良く似ているので、見れば見るほど悲しい、と言って、ただ、泣くのです。

まったく、ただ、これだけの話なのです。四六判の本で五、六行しかなくて、「狂言」の中でも最も短いものの一つでしょう。

これは童話ではありません。いったい狂言というものは、真面目な劇の中間にはさむ息ぬきの茶番のようなもので、観衆をワッと笑わせ、気分を新《あらた》にさせればそれでいいような役割のものではありますが、この狂言を見てワッと笑ってすませるか、どうか、尤《もっと》も、こんな尻切れトンボのような狂言を実際舞台でやれるかどうかは知りませんが、決して無邪気に笑うことはできないでしょう。

この狂言にもモラル——或いはモラルに相応する笑いの意味の設定がありません。お寺詣でに来て鬼瓦を見て女房を思いだして泣きだす、という、なるほど確かに滑稽で、一応笑わざるを得ませんが、同時に、いきなり、突き放されずにもいられません。

私は笑いながら、どうしても可笑《おか》しくなるじゃないか、いったい、どうすればいいのだ……という気持になり、鬼瓦を見て泣くというこの事実が、突き放されたあとの心の全てのものを攫《さら》いとって、平凡だの当然だのというものを超躍した驚くべき厳しさで襲いかかってくることに、いわば観念の眼を閉じるような気持になるのでした。逃げるにも、逃げようがありません。それは、私達がそれに気付いたときには、どうしても組みしかれずにはいられない性質のものであります。宿命などというものよりも、もっと重たい感じのする、のっぴきならぬものであります。これも亦《また》、やっぱり我々の「ふるさと」でしょうか。

そこで私はこう思わずにはいられぬのです。つまり、モラルがない、とか、突き放す、ということ、それは文学として成立たないように思われるけれども、我々の生きる道にはどうしてもそのようでなければならぬ崖があって、そこでは、モラルがない、ということ自体がモラルなのだ、と。

晩年の芥川龍之介の話ですが、時々芥川の家へやってくる農民作家――この人は自身が本当の水呑百姓の生活をしている人なのですが、あるとき原稿を持ってきました。芥川が読んでみると、ある百姓が子供をもうけましたが、貧乏で、もし育てれば、親子共倒れの状態になるばかりなので、むしろ育たないことが皆のためにも自分のためにも幸福であろうという考えで、生れた子供を殺して、石油缶だかに入れて埋めてしまうという話が書いてありました。

芥川は話があまり暗くて、やりきれない気持になったのですが、彼の現実の生活からは割りだしてみようのない話ですし、いったい、こんな事が本当にあるのかね、と訊ねたのです。

すると、農民作家は、ぶっきらぼうに、それは俺がしたのだがね、と言い、芥川があまりの事にぼんやりしていると、あんたは、悪いことだと思うかね、と重ねてぶっきらぼうに質問しました。

芥川はその質問に返事することができませんでした。何事にまれ言葉が用意されているような多才な彼が、返事ができなかったということ、それは晩年の彼が始めて誠実な生き方と文学との歩調を合せたことを物語るように思われます。

さて、農民作家はこの動かしがたい「事実」を残して、芥川の書斎から立去ったのですが、この客が立去ると、彼は突然突き放されたような気がしました。たった一人、置き残されてしまったような気がしたのです。彼はふと、二階へ上り、なぜともなく門の方を見たそうですが、もう、農民作家の姿は見えなくて、初夏の青葉がギラギラしていたばかりだという話であります。

この手記ともつかぬ原稿は芥川の死後に発見されたものです。

ここに、芥川が突き放されたものは、やっぱり、モラルを超えたものであります。子を殺す話がモラルを超えているという意味ではありません。その話には全然重点を置く必要がないのです。女の話でも、童話でも、なにを持って来ても構わぬでしょう。とにかく一つの話があって、芥川の想像もできないような、事実でもあり、大地に根の下りた生活でもあった。芥川は、その根の下りた生活に、突き放されたのでしょう。いわば、彼自身の生活が、根が下りていないためであったかも知れません。けれども、彼の生活に根が下りていないにしても、根の下りた生活に突き放されたという事実自体は立派に根の下りた生活であります。

つまり、農民作家が突き放したのではなく、突き放されたという事柄のうちに芥川のすぐれた生活があったのであります。

もし、作家というものが、芥川の場合のように突き放される生活を知らなければ、「赤頭巾」だの、さっきの狂言のようなものを創りだすことはできないでしょう。

モラルがないこと、突き放すこと、私はこれを文学の否定的な態度だとは思いません。むしろ、文学の建設的なもの、モラルとか社会性というようなものは、この「ふるさと」の上に立たなければならないものだと思うものです。

もう一つ、もうすこし分り易い例として、伊勢物語の一つの話を引きましょう。

昔、ある男が女に懸想《けそう》して頻《しき》りに口説いてみるのですが、女がうんと言いません。ようやく三年目に、それでは一緒になってもいいと女が言うようになったので、男は飛びたつばかりに喜び、さっそく、駈落《かけおち》することになって二人は都を逃げだしたのです。芥の渡しという所をすぎて野原へかかった頃には夜も更け、そのうえ雷が鳴り雨が降りだしました。男は女の手をひいて野原を一散に駈けだしたのですが、稲妻にてらされた草の葉の露をみて、女は手をひかれて走りながら、あれはなに？　と尋ねました。然し、男はあせっていて、返事をするひまもありません。ようやく一軒の荒れ果てた家を見つけたので、飛びこんで、女を押入の中へ入れ、鬼が来たら一刺しにしてくれようと槍をもって押入れの前にがんばっていたのですが、それにも拘《かかわ》らず鬼が来て、押入の中の女を食べてしまったのです。生憎《あいにく》そのとき、荒々しい雷が鳴りひびいたので、女の悲鳴もきこえなかったのでした。夜が明けて、男は始めて女がすでに鬼に殺されてしまったことに気付いたのです。そこで、ぬばたまのなにかと人の問ひしとき露と答へてけなましものを——つまり、草の葉の露を見てあれはなにと女がきいたとき、露だと答えて、一緒に消えてしまえばよかった——という歌をよんで、泣いたという話です。

この物語には男が断腸の歌をよんで泣いたという感情の附加があって、読者は突き放された思いをせずに済むのですが、然し、これも、モラルを越えたところにある話のひとつではありましょう。

この物語では、三年も口説いてやっと思いがかなったところでまんまと鬼にさらわれてしまうという対照の巧妙さや、暗夜の曠野《こうや》を手をひいて走りながら、草の葉の露をみて女があれは何ときくけれども男は一途《いちず》に走ろうとして返事すらもできない——この美しい情景を持ってきて、男の悲嘆と結び合せる綾とし、この物語を宝石の美しさにまで仕上げています。

つまり、女を思う男の情熱が激しければ激しいほど、女が鬼に食われるというむごたらしさが生きるのだし、男と女の駈落のさまが美しくせまるものであればあるほど、同様に、むごたらしさが生きるのであります。女が毒婦であったり、男の情熱がいい加減なものであれば、このむごたらしさは有り得ません。又、草の葉の露をさしてあれは何と女がきくけれども男は返事のひますらもないという一挿話がなければ、この物語の値打の大半は消えるものと思われます。

つまり、ただモラルがない、ただ突き放す、ということだけで簡単にこの凄然《せいぜん》たる静かな美しさが生れるものではないでしょう。ただモラルがない、突き放すというだけならば、我々は鬼や悪玉をのさばらせて、いくつの物語でも簡単に書くことができます。そういうものではありません。

この三つの物語が私達に伝えてくれる宝石の冷めたさのようなものは、なにか、絶対の孤独――生存それ自体が孕《はら》んでいる絶対の孤独、そのようなものではないでしょうか。

この三つの物語には、どうにも、救いようがなく、慰めようがありません。鬼瓦を見て泣いている大名に、あなたの奥さんばかりじゃないのだからと言って慰めても、石を空中に浮かそうとしているように空しい努力にすぎないでしょうし、又、皆さんの奥さんが美人であるにしても、そのためにこの狂言が理解できないという性質のものでもありません。

それならば、生存の孤独とか、我々のふるさとというものは、このようにむごたらしく、救いのないものでありましょうか。私は、いかにも、そのように、むごたらしく、救いのないものだと思います。この暗黒の孤独には、どうしても救いがない。我々の現身《うつしみ》は、道に迷えば、救いの家を予期して歩くことができる。けれども、この孤独は、いつも曠野を迷うだけで、救いの家を予期すらもできない。そうして、最後に、むごたらしいこと、救いがないということ、それだけが、唯一の救いなのであります。モラルがないということ自体がモラルであると同じように、救いがないということ自体が救いであります。

私は文学のふるさと、或いは人間のふるさとを、ここに見ます。文学はここから始まる――私は、そうも思います。

アモラルな、この突き放した物語だけが文学だというのではありません。否、私はむしろ、このような物語を、それほど高く評価しません。なぜなら、ふるさとは我々のゆりかごではあるけれども、大人の仕事は、決してふるさとへ帰ることではないから。……

だが、このふるさとの意識・自覚のないところに文学があろうとは思われない。文学のモラルも、その社会性も、このふるさとの上に生育したものでなければ、私は決して信用しない。そして、文学の批評も。私はそのように信じています。

神伝魚心流開祖

カメは貧乏大工の一人息子であったが、やたらに寸法をまちがえるので、末の見込みがなかった。頭が足りなかったのである。そのくせ、大飯をくう。両親は末怖しくなって、人夫をさがしていた山の木コリにあずけた。木コリが試験してみると、鋸《のこぎり》だけはうまくひく。器用なことはできない代りに、根気がよくて、バカ力があるので、木コリには向いている。しかし、まだ十の子供のことだから、

「山へ行くと、友だちはいないぞ。人間の顔も見ることができないぞ。ムジナや蛇が親類だ。それでも我慢できるか」

「腹いっぱい食わせてくれれば、どこにでも、いられる」

それがカメの返事であった。試験に合格して、山にこもった。

山の木をきりだして、筏《いかだ》にくんで、両親のすむ城下町まで運んでくる。子供だから、木コリの仕事は一人前にはできないが、筏はたちまち一人前以上にやれるようになった。

しかし、筏を町へつけると、両親の顔も見ないで、山へ走って帰った。山には好物の食べ物が彼を待っている。彼はほしいものをタラフク食うことができる。町で人間どもの面相など見ていたって、腹のタシにならない。

山にいると、米の飯はめったに食えない。しかし城下の町人どもは、米の飯を食わないことには馴れている。貧乏大工の倅《せがれ》の彼は、米の飯を食わないことには馴れていた。タラフク食えばタクサンだ。

山にいると、食うものは算《かぞ》えきれない。キノコ、山の芋、ワラビ、ゼンマイ、木の実等々。しかし、彼は動物性食物をより多く好む。蛇は特に好物の一つである。蝉、トンボ、ゲンゴロウ（水虫）なども不時のオヤツとして、いける。赤蛙が、また、うまい。ムジナ、ネズミ、モモンガー、町の生活では味えない美食である。風味が変って、特によろしいのが渓流の魚で、岩石をもちあげて、カニや小魚をつかみとり、滝ツボや深い淵へもぐって岩蔭の銀の魚をつかみとる。

それから、十数年すぎた。

カメの父の大工が死んで、中風の母がのこった。町内の者は中風の母の世話が面倒なので、山からカメをつれてきた。

カメはただは降りなかった。町には食物がないからという彼の偏見は頑強であった。使いの者は一晩山の小屋に泊ったあげく、山の幸のモテナシに降参して、逃げて帰った。

そこで多茂平という町内の世話役の旦那が自身出馬して説得におもむいた。

「のう。カメ。お前、こんなもの、食うか」

多茂平は谷底の岩へ腰を下して、おもむろに包みをといて、子供の頭ほどあるお握りをとりだして、あたえた。カメはアリアリおどろいて、叫んだ。

「これは、米のムスビだぞ！」

「そうだ。米のムスビだ。ほしかったら、くえ。いくつでもある」

「よし。いくつでも、あるな」

「食えるだけ、やる」

カメはムスビにがぶりついた。多茂平は自分用のムスビをとりだして、たべた。カメはそれをのぞきこんで、自分のものと見くらべながら、

「それは変なものがはいっているな？　それは、なんだ？　ウヌだけ変なものを食っているな」

「どれ？　お前のは何がはいっとる？」

「オレのは、梅干だ」

「そうか。オレのはミソ漬だ。ミソ漬のムスビがよければ、それをやるぞ」

カメはいそいで梅干のムスビをくい終ると、ミソ漬のムスビをくった。そして、心底から嘆声をもらした。

「ミソ漬のムスビは、うまいなア！」

カメの離山の決心は、これでどうやら、ついたらしい。しかし、カメは、もう一つ、条件をだした。

「オレにヨメくれるか。ヨメくれると、町に住んでやってもいいと思うな」

なるほどカメも二十五六にはなっているはずだ。生れついてのバカでも、ヨメは欲しかろう。多茂平は粋な男だから、カメの飽くこともない大食にくらべれば、この方には親身な同

情がもてる。

「お前はよいとこへ気がついた。ヨメはいいものだ。お前の着物もぬってくれるし、お前が木挽《こびき》の仕事につかれて帰ってくると、ちゃんとゴハンの支度ができていて、つかれた肩をもんでくれるなア。ヨメは山の人には来てくれないから、お前はどうしても町に住まねばいかんわい」

約束をむすんで、山を降りた。バカにマチガイをさせないのには、ヨメをもたせるに限るから、多茂平も熱心にさがして、ちょうど運よく、ほかの男はヨメにもらってくれそうもない売れ残りの下女がいたから、お前カメのヨメになるか、ときくと、大そうよろこんで二ツ返事であった。

カメはヨメをもらって満足し、木挽や、人足の仕事にでて賃銀をかせぐが、カメが大ぐらいのところへ、ヨメも大ぐらい、中風病人が大ぐらいである。中風はよく食うという話であるが、キリもなく食いたがる。カメは怒って、

「この女は化け物だ。毎日ねていて、こんなに食うのは、大蛇の化けた奴だろう。あれぐらい大食いはないということだ。もう、なんにも食わすな」

病人は立腹して、

「実の母をとらえて、大蛇の化け物などと云うと、バチが当るぞ」

「大蛇の化け物がずるいもんだということは、オレがきいて知っているから、だまされない

ぞ。しかし、大蛇の化け物が中風で動けないのは、よかったわい。そうでないと、ねているヒマにペロッとのまれるとこだった」

それから食物をなめるぐらいしか与えないので、病人はまもなく死んでしまった。

一人へってもカメの空腹はみたされない。食物の不平マンマンであるが、女房に頭が上らないから、

「このコクツブシめ！　腹いっぱい食べたかったら、もっとゼニもらってこい」

こう怒鳴られると、いばるわけにいかない。

「もっとゼニくれる人って、誰だ？」

「バカヤロー。お前がもっと働けば、誰でもゼニをよけいくれるわ」

「もっと働けというのはムリだ」

「どこがムリだ」

「ムニャムニャ」

「ナニ？」

「腹がすいてるから、働かれない」

「このウスノロのコクツブシめ！」

女房は怒って、ありあわせの棒をつかんでカメの脳天をぶんなぐった。ゲッ！　カメは尻もちをついたが、一撃ぐらいで女房の怒りはおさまらない。

「たすけてくれ」

「たすけてくれ、だと？　ヒョウロクダマめが。ウヌが腹がへると思ったら、腹いっぱい食えるだけ、ウヌがゼニもらって帰ってこい。ウヌのおかげで、オラの腹までヘッているぞ。これが、たすけてやられるか！」

女房は再び棒をふりあげて、前よりも気勢するどく振りおろした。こはかなわじ、とカメは外へにげた。怒りくるった女房は、カメが外へにげると、益々気勢があがって、追いつめては、なぐりつけ、追いせまっては、突き倒す。井戸端へ追いつめられたカメは、井戸を見るなり手をかけると、中へドブンととびこんでしまった。

「井戸が見つかって、よかったナ。これで、助かった」

と、カメは井戸の底でよろこんだ。彼は生れつき水の冷めたさというものを、あんまり感じない。奥山の谷川というものは、一分間と足を入れていられないぐらい冷めたいものだが、カメは淵の底へもぐりこんで魚をとることがなんでもない。

それやこれやで、カメは食慾の一念から自然水にたわむれることが好きになり、水練の技術を独学によって体得したのである。何より必要なのは、長息法。もともとカメは常人の倍の余も息が長かったが、長い上にも、長くもぐっていることができると、収穫はぐんと大きく確実になる。息の切れそうな状態では、つかめる魚もつかみそこなってしもう。

胸へ吸いこむ息はタカが知れているが、カメは腹へのむ。堅くギッシリと腹へつめる。この息は重い。それをシッカとたたみこんでおいて、その又上に胸いっぱい吸って水中へくぐる。胸の息は軽くて、すぐ切れるが、腹の息は長くジットリしている。この息でゆっくり魚を追うと、魚もこの落ちついた追跡の手ぶりを見て、もうダメだと感じる。魚は大へん感じやすいのである。観念すると、ゲッソリ気力が衰えて、やすやすつかまえられてしまう。

次に必要なのは、水中の深い底を長くさまよっているための沈身法。人間の生きた身体《からだ》にはは浮力がそなわっているから、水底へ沈むためには速力でハズミをつけて、スイスイと水をかき水を蹴っていなければ、水底にいることはできないものだ。何物にも摑まらずに、停止していたり、水の底をユックリ歩くということはできない。

そこでカメは研究した。常人は人間の常識的な限界に見切りをつけるからダメであるが、カメは必要の一念によって、何物にも絶望しないから、隠された真理を見出すのである。これを奥儀とよんでもよい。

胸の息をぬくことによって、人間の身体は自然に水底へ沈むことをカメは発見した。しかもカメはうまいことを、すぐ、さとった。胸の息をぬいて自然に水底へ沈み落ちる時には、先ず足の方から下へ落ちて行くものだ。人間の足が頭よりも重いわけはないのだが、胸に空気があるために、足の方に重みがかかって、足の方から沈む。胸の空気がなくなるにつれて、だんだん水平に沈むことになる。

つまり、胸の空気の加減によって、人間は水底へ沈んで直立することもできるのである。

直立することができれば、歩くこともできる。

沈身法の奥儀は、まず第一に、胸の軽い息をぬいて、水中へ沈む。第二、軽い息の出し加減によって直立する。第三は、そこで腹の底へギッシリたたんでおいた重い息をジリジリとなめながら、静かに水中をさまよって、水底ならば安心と心得ている魚をつかまえる。魚は水底を安住の地と心得、敵が襲ってきても、それは彼の本能に馴れた方法で襲うもので、それに応じて逃げる術が本能的に具《そなわ》っている。本能に馴れない方法で襲う敵は、ムヤミに急襲するものであり、それに対しては彼も向うみずに逃げる本能の用意がある。カメの沈身法は魚の本能の逆手をとって、不動金しばりにするもので、これが奥儀中の奥儀である。水底を静かに歩く。そして水底の魚に魂魄《こんぱく》をもって話しかける。お前、どうだ、オレのところへこいよ。オレの指の中へはいれ。こう言うと、魚は指を見て、合点して、指の股へ身をすくめてはいってきてジッとしている。こうして両手の指の股へ合せて六匹ぐらいまでは魚をはさんで帰ってくることができる。

カメはすべてこれらの奥儀を独学によって自得したのである。彼は水面を泳ぐことはできない。彼は泳ぐ必要を認めないからだ。魚は泳がない。魚は水をくぐるのである。人間は水面を泳ぐから、魚をとらえることができない。

カメは水面へ姿を見せないけれども、一里の河を誰にも姿を見られずに横断することができる。フトコロに葉ッパが一枚あればタクサンだ。水中をくぐり、息がきれると、静かに直立して水面ちかく浮きあがり、鼻の孔だけ外へだす。これを葉ッパでチョイと隠す。直立したカメの身体は水流と共に流れているから、人々の目には一枚の葉ッパが浮いて流れているとしか見えない。これを葉隠れという。カメは水中に魚をとる姿を人に見られるのがキライだから、自然に体得した隠身法であった。

これらの秘術をカメが体得していることは、町の人々は知らなかった。

カメが井戸へとびこんで、それッきり物音ひとつきこえないから、ワッと泣きだしたのは女房で、

「旦那さま。髪をふりみだして多茂平のところへ駈けこんで、

「旦那さま。オラがあんまりジャケンなことをしたから、カメが井戸へとびこんで死にました。カメが死んでは、生きているハリアイもないから、オラも後を追ってとびこんで死にます。お騒がせしてすみませんが、チョックラ挨拶にあがりました。どうぞ線香の一本もあげて下さい」

と言い残して駈け去ろうとするから、

「オイ。待て、待て。井戸といえば、町内には共同井戸が一つあるだけじゃないか。そんなところへ飛びこまれてたまるもんか。オーイ。町内の皆さん方。出てきてくれ。大変なことになりやがった」

そこで町内の連中が井戸のまわりへ集った。

「え？　なに？　ひもじかったらゼニもうけてこい。エ、オイ。お前がそう言われたんじゃ

ないんだろう。なにが、ハイ、そうですだ。このアマめ。とんでもない野郎だ。このコクツブシとは何のことだ。亭主をつかまえて、おまけに亭主の脳天を棒でぶんなぐりゃ、カメが死にたくなるのは当り前だ。お前は亭主殺しだぞ。火アブリにしてやるから、そう思え」

町内の連中が、いきりたって、責めたてる。ムリもないことである。

井戸の底へ、これがきこえるから、カメは気が気じゃない。自分の大事の女房だ。火アブリにされてはたまらない。たまりかねて、

「オーイ。オレ、生きてるよ」

「アレ。なんか、きこえるぜ。アッ！　カメが生きてるよ」

ワアッと一同は大よろこび。多茂平は井戸をのぞきこんで、

「オーイ。カメ。しッかりしろ。傷は浅いぞ。いま、綱を下して助けてやるからな。お前、綱につかまって、一人で、あがれるか」

「あがってやるが、女房を火アブリにしないか」

「あんなことを言ってやがる。あまい野郎だ。よしよし。お前が一人であがってくれれば、女房を火アブリにもしないし、おいしい物をタント食べさせてやるぞ。元気をだして、辛抱してあがってこい」

「ありがたいな。そんなら、ミソ漬けのムスビを五ツだせ。それをださないと、いつまでも、あがってやらないぞ」

「五ツでも十でも食えるだけだしてやる。早くあがってこい」

「ヨシキタ！」

と、カメは綱につかまって、とびあがってきた。一同も愁眉をひらいて、

「やア、よく生きていてくれた。バカの身体は不死身だというが、よくしたもんだなア。カスリ傷ひとつないじゃないか。これに越したことはない。めでたい。めでたい」

と、皆々よろこんで、ミソ漬をいれた大きなムスビを五ツこしらえてくれた。

★

カメの女房はひどく膏《あぶら》をしぼられて、亭主というものは一家の大黒柱である。お前も亭主のオカゲで生きていけるんじゃないか。コクツブシとは、お前のことだ。このフウテンアマメが、と多茂平はじめ町内の旦那方に口々に叱りつけられて、この一夜のケリがついた。

家へ帰って二人きりになると、ほんとにアンタすまなかった、怪我《けが》はないかえ、さぞ冷めたかったろう、などと、たいへんグアイがいい。いいアンバイだと思ってカメはよろこんだが、翌日になって、腹いっぱい食わせてくれるわけでもない。

「オカカカ。オレ、このウチの大黒柱だな」

オカカというのは女房という意味の方言だ。しかし歴とした旦那の家では用いない。裏長

屋の言葉である。これに対して、亭主をオトトと云うが、軽蔑しきって云う時には、トッツァという。しかし、トッツァマとマの字がつくと尊敬の意がふくまれる。

カメのオカカはむくれて、

「なんだと。この腐れトッツァ。なにが大黒柱だ。大黒柱というもんは、大きな屋根を支えているもんだぞ。お前、なに、支えてる？　たった一人のオラに腹三分マンマ食わせることもできないじゃないか。このカボチャトッツァめが」

こう言って怒られると、どうすることもできない。町内の奴めら、いらぬ世話をやいて、亭主は一家の大黒柱だなどとおだてるから、かえってオカカに怒鳴られるばかりだ。全然、腹のタシにならない。大黒柱とは、なんだ。嘘ばッかり、こきやがる。——嘘をつくということを、カメの城下では、嘘をこくというのである。嘘ツキを嘘コキという。

町内の奴らは、みんな嘘コキだ。余計な言葉を教えるから、又オカカを怒らせてしまった。鋸をひいていても、空腹がしみわたるばかり、かえって、あの日以来、空腹が身にしみて仕様がない。

数日たつうちに、カメはとうとう我慢ができなくなって、

「そうだ。井戸へとびこむと、ミソ漬のムスビ五ツくれるぞ。あのムスビは、うまいな。オレが悪いわけじゃない。あの嘘コキども、オレのことを大黒柱だなどと余計なことを教えるから、オカカが怒って、オレのマンマの分量をへらしたのだ。よし。井戸へとびこんで、ミ

ソ漬けのムスビ五ツまきあげてやれ」

共同井戸だから、宵のうちは井戸端がにぎわっている。カメは洗濯のオカカ連をかきわけて、いきなり井戸へドブンととびこんだ。

「カメが身投げしたぞ」

「カメが、又、死んだぞ」

そう何べんも死ねない。一人でもうるさいオカカどもが、つれだって口々に叫ぶから、たまらない。オトト連は耳をおさえて、とびだしてきて、

「なんだ。なんだ」

「なに？　又カメの奴が身投げしたと？　さア、大変だ。オレが月番だから、名主のハゲアタマと一しょに御奉行様に叱りつけられる。だから、あの野郎を山からつれてくるのは考えもんだとオレが言ったことだ」

「今さら、そんなことを云っても、仕方がない。これでこの井戸が使えないのが、大変だ。死に場所はいくらもあるのに、ひどい野郎だ」

ワイワイ云っていると、井戸の底から、

「オーイ」

「アレ？」

「オーイ」

「アレ。カメが生きてやがる。オーイ。お前、生きてるか」

「生きてるぞ」

「ウーン。運のいい野郎だなア。この深い井戸へとびこんで、二度も生きてやがる。バカの身体というものは特別なものだ。しかし、これで井戸がえをせずに、助かった。ヤーイ、怪我はないか」

「怪我はないぞ」

「いばってやがら。なぜ、とびこんだ？」

「あがってやるから、ツルベをおろせ」

「身投げしておいてツルベをサイソクしてやがる。お前、一人であがれるか」

「ミソ漬けのムスビ五ツだせば、あがってやるぞ。五ツだすか」

「ハハア」

　ようやく一同は気がついた。さては奴め、前回に味をしめてムスビをサイソクに井戸へとびこみおったか。バカの一念というものは思いきったものだ。しかし、憎い野郎だ。いッそ一晩井戸の底へとじこめて、こらしめてやりたいが、カメのオカカは不精な奴じ、ろくにカメの下帯のセンタクもしてやらないから、色が変っている。一晩つけて、それが自然に色が白くなったのでは、町内のものはカメのフンドシの垢をのむことになってしもう。井戸へ漬けておくわけにもいかない。

「お前の願いは、なんでも、きいてやる。ミソ漬けのムスビをウンと食わせてやるから、早くあがってこい」

「そうか。ありがたいな」

大よろこび、スルスルとあがってくる。待ちかまえていた町内の連中が、襟首をつかんで、ひッとらえて、いきなりポカポカなぐりつける。

「この野郎、ふてえ野郎だ。だれがキサマにミソ漬けのムスビをくわせるもんか。これでも、くらえ」

よってたかって、こづきまわす、ぶんなぐる。カメはおどろき、泡をくらって、隙をみると、人々の手をスルリとぬけて、再び井戸の中へドブゥンととびこんでしまった。

町内の連中の魂胆を見とどけたから、もう、どんなにうまいことを言っても、カメはあがってこない。

「この嘘コキ！　ダメだ！」

カメは井戸の底にむくれて、大いに腹を立てている。なアに、窮屈な思をして、家の中に住むことはない。井戸の中の方が、どれぐらい静かで邪魔がなくて、暮しいいか分らない。カメは困るどころか、処を得て、安心している。地上の連中はそんなこととは知らないから、こうなると、カメのフンドシの垢をのむぐらいで渋い顔をしていられない。カメが井戸の中で死にでもしたら、町内一同獄門にかけられてしもう。大変なことになったと、ウロウロしているうちに、一夜があけてしまった。

もはや呼んでも返事がないから、一同も顔色を変えて、井戸の底へ紐につけたローソクを下してみたが、カメの姿が見えない。さア、大変だ。みんなガタガタふるえだした。昭和の我々が空襲だ原子バクダンだと云っても生きる希望はあるが、カメが死んだとなると一同の獄門はハッキリしている。死から逃げ道がないのであるから、言い合したように歯の根が合わなくなって、みんなの足がコチコチ、コチコチと井戸端のタタキを自然にこまかくふんで合唱をおこす。ローソクの紐を持っている男は、手の自由を失って、上げることも下げることもできず、ただ、ふるえが止まらない。ローソクがプランプランゆれて、水面へ突きだしているカメの鼻をやいたから、カメは水中でとびあがった。

「ワアッ。人殺し！」

「ワッ。カメの幽霊が出た」

「待て。待て。そうじゃないぞ。幽霊が人殺しなんて叫ぶのはきいたことがない。まだカメは生きているらしいぞ。オーイ。カメや。生きているか。たのむから、返事をしてくれ」

「この嘘コキども。オレは井戸から上ってやらないぞ。ツルベの水をくませてやらないから、そう思え」

「ワア、生きている」

にわかに安心して、ヘタヘタと腰をぬかしたのが、十五人も二十人もいる。

多茂平も生色をとりもどして、

「カメ。たのむ。もう、嘘はこかんから、あがってくれ」

「ダメだ」

「そんなら、井戸の底へザルに入れてミソ漬けのムスビを降してやるから、それを食って、嘘をこかんところを見とどけてから、上ってこい。どうだ。承知してくれるか」

カメは腹がペコペコだから、待っていました、文句はない。

「よし。それなら、上ってやる。五ツでは、今度は、ダメだぞ。今度は二度目だから、十よこせ。見せただけではダメだぞ。食ってから、上ってやる」

さっそくミソ漬けのムスビをしこたまこしらえてザルに入れて綱をつけて降してやる。カメはこれを一つ余さず平らげて、とうとう望みを達したから、この上の慾はない。

「ようし。分った。ただ、とびこんだだけではダメだ。一晩井戸の中にいると、ムスビをくれるな。シメ、シメ。これで野郎どもの考えが分った」

カメは安心してスルスルあがってきた。

「この野郎」

よってたかって、ふんづかまえる。ぶんなぐる。

「アッ」

カメはおどろいて井戸へとびこもうと思ったが、ちゃんと手筈《てはず》がついている。二手に別れて、一手は素早く井戸のフタを閉じてしまった。

こうなっては、仕方がない。オカにいると、何をされるか分らない。井戸がなければ、川の中へ逃げこむ以外に手がないから、カメは人々の手の下をくぐって、一目散に逃げる。

「野郎まて！　今度こそはカンベンしないぞ」

井戸のフタをとじておけば、大丈夫。ウンとこらして、ウップンを晴らさなければ、胸のうちがおさまらない。そろってカメの後を追っかけた。

カメは必死であるから、その早いこと。ムジナやウサギを追いまくった執念のこもった脚であるから、オカを走っても早い。町をぬけ、タンボを突ッ走ッて、阿賀ノ川の堤へでると、もう安心、ドブゥンととびこんでしまった。

「野郎め、水に心得があるな。身投げじゃないぞ。だまされるな」

井戸とちがって、川には舟というものがある。もうカンベンはできない。ここで奴めを見逃して引きあげると、つけあがらせてしまうから、是が非でもフンづかまえて、ギュウという目に合わしてやらなければならない。

町内の一同は十何艘という舟をつらねて、こぎだした。

阿賀ノ川は猪苗代湖に水源を発して日本海へそそぐ川である。太平洋側の河川は、越すに越されぬ大井川などと大きなことを言うが、大水がでた時のほかは至って水がすくない。ひろい河原をチョロチョロと小川が流れているだけのことだ。たいがいの川がそうである。

ところが日本海へそそぐ川は、河口から相当さかのぼっても、一般に水量が多い。阿賀ノ川はそれほどの大河ではないが、常に水は満々としている。

カメのとびこんだところは、流れの幅がタップリ二百米《メートル》はあって、その全部がほとんど背が立たない。この二三里下流へさがると、日本でたった一カ所のツツガ虫の生息地で、この区域の川へはいると命が危い。もっとも当時は、人々がそんなことを考えていたか、どうかは分らない。

人々は十数艘の舟をつらねて漕ぎだしたが、カメの姿はどこにも見えない。

「奴め。苦しまぎれに本当に身投げしたのかな。そうすると、大変だが、イヤ、イヤ。一晩中井戸の中にいて平気な野郎だ。バカの智恵というものもバカにはならないぞ。ひょッとすると、沖へ逃げたとみせて、岸の浅瀬に身をひそめて鼻で息をしているかも知れないぞ」

手わけして探しまわっているうち、ふと対岸をみると、カメがオカへあがって一休みしている。

「この野郎」

対岸へ漕ぎよせたのを見すまして、カメは又ドブゥン。気がつくと、反対側のオカへあがって休息している。一同は舟で行ったり、戻ったり、それだけでヘトヘトだ。

「野郎め。姿を一度も見せないで、どうして河を渡りやがるのだろう。よッく水の上を見張ってろ。息を吸いに顔をださない筈はないから」

要所要所に舟をかまえて、目を皿にして見張っている。カメは土手の畑から芋の葉をとってフトコロに入れて水中にもぐっている。カメが水錬の奥儀に達していても、顔の造作は生れながらのもので、河馬《かば》のように目と鼻の孔だけ水面へでてあとは一切水中に没して見えないという都合の良い出来ではない。いかほどの名人がやっても、鼻と一しょにオデコかアゴか、どっちかでる。カメは出ッ歯であるから、鼻と一しょに出ッ歯がでる。鼻の孔よりも出ッ歯の方が上にでるから、口でチュウチュウ息をした方がよい。

そこでカメは浮きあがると芋の葉をチョイと水平にかざして、葉ッパの裏へ口を吸いつけて、チュウチュウ息を吸う。

「オイ。見ろ、見ろ。芋の葉ッパが沈んだぞ。どうも怪しいと思っていたわい。芋の葉ッパに限って、時々、方々に流れているのが変だな、と思っていたのだ。カメの奴、時々浮きあがって、芋の葉ッパの下に顔を隠して息を吸っていやがるに相違ない。芋の葉ッパを見つけたら、その下を櫂でかきまわせ」

とうとう見破った。けれども葉ッパを見つけて漕ぎ寄せるうちには、もう沈んでいる。今度現れる時は、大変遠い思いもよらないところである。わざとその近くまで漕ぎ寄せてくるのを待って、フッと沈んで遠いところへ逃げてしまう。どうしても、つかまらない。

そのとき土手の上で、この一部始終を見物していた数名の武士があった。家老柳田源左衛門その他の者。遠乗の途中であった。

「コレコレ。その方どもが追いまわしているのは河童であるか」

「いえ。カメの野郎でござんす」

「ハハア。カメが芋の葉の下に隠れて息を使うか」

「いえ。カメという人間でござんす」

「まったくの人間か」

「へえ。もう、親の代からの人間でござんす。オカにいるときはバカでござんすが、水へくぐると河童のような野郎で、手に負えません」

ここの殿様は大変武芸熱心であった。諸国から武芸達者な浪人をさがして召し抱えるのが道楽である。しかし、パッとせぬ小藩だから、天下名題《なだい》の名人上手は来てくれない。自慢の種になるような手錬《しゅれん》の者がいないから、殿様は快々《おうおう》としてたのしまない。

源左は不思議な術者を発見したから、これを殿に差し上げたら面目をほどこすだろう、と大そうよろこんだ。

「コレ、者ども、控えろ。カメをこれへ連れてまいれ」

「へい」

鶴の一声。御家老様の命であるから、舟の者はオカへあがって控えたが、カメをつれてまいれたって、これだけ追いまわしてつかまらないのに、ムリなことを云う人だ。

「アッ。そうだ。オイ。一ッ走り、ミソ漬のムスビをこしらえて、持ってこい」

こういうわけで、カメは家老にしたがって、殿様の前へつれて行かれた。

★

家来に武芸者は多いが、水泳の指南番は観海流の扇谷十兵衛という初老の達人が一人であった。とは云え、こんな小藩で水錬の指南番を召抱えているのは珍しい。

殿様は源左から話をきいて、大そうよろこんだ。

「扇谷十兵衛をよべ。阿賀ノ川へ遠乗いたすから用意いたせ」

気の早い殿様である。

源左、十兵衛、カメ、その他数名の者をひきつれて、さっそく川岸へ到着した。

殿様は十兵衛に命じて、

「カメの手錬をためしてみよ」

「ハッ」

そこで十兵衛はカメをよんで、

「殿の御前に技を披露いたすのは末代までの名誉であるから、心して、充分にやるがよい。向う岸まで泳いで戻って参れ」

「行って戻ってくるのかね」

「そうだ」

「一息はダメだ」

「どうしてダメだ」

「あんた、一息で行って戻ってくるかね」

「一息で行って戻ってこいとは言わんぞ。なんべん息をしてもいい」

「そう何べんもできないもんだ。一々面倒だからね。向うの岸へついて、いっぺん息を吸う」

「勝手にやれ」

「コレコレ。衣服をぬがんのか」

「そういうわけには、いかんもんだて」

「どうして、いかん」

「はずかしいからね」

「なにが、はずかしい」

「フンドシを忘れてきた」

「水褌《みずふんどし》をかしてやるからハダカになれ。衣服のままでは手が思うようにならんぞ」

「手はいらないもんだ」

「特別の芸をせんでもよい。手も足も用いて、存分にやれ」

「そういうわけにはいかないもんだて。あんた、歩くときハダカにならないだろう」

「歩くのは、衣服のままで不自由はない」

「それみろ」

「なんだ」

「オレは歩くのだからね。手をバタバタやると、魚がにげてしもう」

「水の上を歩けるか」

「水の下を歩くんだ」

　カメはへそに手を当てる。キッと腹を押してみる。それから、よく、もむ。平息。腹をよくととのえる。充分に腹をととのえておいて、いよいよ長く息をすいこんで、腹の底から積み重ねていく。息と息の間に隙間がないように、一息ごとに、積み重ねてはギッシリとよくととのえる。腹が終って胃へくる。ここの積み方が特にむずかしい。一手、気を散じると、軽い空気になってしもう。一息ごとに存分に押しつけて重く堅く積み重ねていかなければならない。重い空気をつむのが長息法の極意で、長い修業を重ねないと、思うように積むことはできない。

　カメは充分に重い空気をつめこんだから、今度は一息、胸へつめる軽い空気をグゥーッと吸う。

　そして水の中へ歩きだす。歩きながら胸の軽い空気をだして行く。ちょうど鼻までかかったときに軽い空気をだしてしもう。すると、もう、浮くことがないのである。

鼻が隠れる。目が隠れる。額まで隠れる。とうとう、スッポリ、水中に没してしまった。カメは少しずつ重い息をだして舌でなめて呑みこんで肺へ送って、又なめて外へ出す。そして、あくまで静かに、歩く。この静かさも極意で、絶対速度というものがあるのであるが、これを発見するまでには、長い試みの時間が必要なのである。言葉で教えたり教わったりして知ることは、ちょッと不可能である。

急いで歩くと、かえって重い息を浪費してしもうし、魚もにげてしもう。初心のうちは、爪先で歩きがちだが、こういう時は絶対速度を会得するには遠いのである。踵《かかと》が川底へつくようになると、そろそろ魚の心がわかりかけるが、まだ魚をつかむことはできない。

踵が常にピッタリと川底へ落ちてそれが自然になると、魚をつかむことができる。しかし、絶対速度を会得しないと、魚がすくんで、自ら人間の指の股へはさまりにくるところまでは行くことができないのである。

いかに極意をきわめても、二百米の川幅を一息に歩いて渡るのは、ほぼ限度である。カメは極意に達しているから、限度もわきまえている。これはむずかしいぞ。一足狂うと失敗すると見てとったから、万全の構えを立て、存分に極意を用いて、静かに対岸に渡りきってしまった。頭がでる。顔がでる。肩がでる。

殿様はじめ一同ヤンヤの大カッサイ。茫然としているのは、扇谷十兵衛だ。専門家の彼は無邪気にカッサイはできない。それ以上に、驚愕が大きいのである。

とても人間業ではない。

対岸へあがったカメが、再び腹をさすり、まず平息をととのえ、心機熟して、慎重に長息法を用いているをジッと見つめて十兵衛は感きわまってしまった。

このような息のたたみ方があるということを十兵衛は今まで気がつかなかった。しかし水中に半生をささげた十兵衛である。カメの長息法を熟視すれば、それがまさしく極意の仕業であり、人間にもそんなことができる名人がありうるという可能性はハッキリ身にしみてくるのである。

再びカメの目が没し、額が没し、頭が没してしまうと、その絶対速度に神気を感じて、十兵衛は思わずブルブルッとふるえてしまった。

彼は殿様の前へにじりすすむと平伏して、ハラハラと涙を流して、

「殿。十兵衛は不覚でござった。カメ殿こそは天下一の名人でござる。かほどの名人がおわすものを、身の未熟を知りも致さず、今日に至るまで殿の寵《ちょう》に甘えたわが身が羞しゅうござる。拙者本日よりカメ殿に弟子入り致し、せめて神技の一端を会得したいと存じまする」

そしてカメが水から静々とあがってくると、十兵衛はその水際へ狂気の如くに駈けつけて、カメの膝下にひれふし、

「おお、わが師」

と叫んだまま、地に伏して、しばし身動きもしなかった。

こうしてカメは、水泳指南番として、召抱えられることになった。誰よりよろこんだのは、十兵衛であった。カメはサムライの行儀作法が窮屈だから、甚しく喜ばなかった。しかし、彼が我慢したのは、メシがタラフク食えたからである。

カメは五頭亀甲斎魚則といういかめしい姓名をもらった。

禄高は五石二人扶持《ぶち》という指南番にしては甚しい小禄であるが、オカへあがるとバカであるから、領下の民にサムライをバカにさせる気風をつくってはこまる。そこで源左が、

「カメはミソ漬けのムスビを腹いっぱい食えばいいのだから、五石二人扶持でタクサンだ」

と、きめてしまったのだそうである。

カメは扶持に不足はなかった。それに川へ稽古にでかけさえすれば窮屈な御殿づとめをはなれることができるから、サムライの生活をいとわないようになった。

そして、厳寒をのぞいて、たいがい川へ稽古にでかけて、御殿づとめを怠けていた。だから好んで弟子になる者がない。ただ十兵衛だけが益々よろこんで、寒中でもカメの後につきしたがって、稽古を休んだことがなかった。

十兵衛がカメから最初の稽古をうけたとき、カメが長いこと考えて、第一に教示したのは次のようなことであった。

「そうだね。一番先に大事なのは、朝のうちに、ネンボをこいておくことだ」

ネンボとはクソのことである。毎朝よくクソをしておけ、というのだ。十兵衛はこの第一

課を先ずノートに記入した。

神伝魚心流極意。師口伝。

初心。

その一。朝ごとにネンボよくこけ。

十兵衛の書き残した口伝書の第一巻第一頁にちゃんとそう書いてある。

神伝魚心流という名は、カメがそういうことに興味をもたないから、十兵衛が源左に相談し、殿の許可をうけて、きめたものである。

兆青流開祖

彼は子供の時から、ホラブンとよばれていた。ブンの下にはブン吉とかブン五とか、つくのだろうが、今では誰も知っている者がいない。ホラブンは子供の時から大きなことばかり言っていて、本当のことを喋ったことは一度もなかったそうである。

彼の生家は水呑百姓であったが、鶏やケダモノを食うので、村中から嫌われていた。彼の父は怠け者で大酒飲みであったが、冬になると、どこかへ稼ぎに行って、春さきに、まとまった金を持って帰ってきた。村の者は、奴は他国で泥棒してくるのだと蔭口をたたいていたのである。

ホラブンには二人の姉があって、雪のように白く、絵の中からぬけでたように美しい。けれども村の若者は、四ツ足食いの無法者の娘を恐しがって、手をだす者もいない。

長姉は城下へでて家老の妾になり、次姉も江戸へでて、水茶屋だか遊芸小屋だかで名を売ったあげく、さる大家の妾になったという。イヤ嘘だ、イヤ本当らしい、と村でも真偽定かではないが、ホラブンはおかげで子供の時から、敬遠されて、遊んでくれる友だちがない。時々村の子供と大喧嘩して、ナグリコミをかけると、相手は三十人ぐらいかたまって逃げまわり、大人もソッポをむいて知らん顔をしたり、一しょに逃げまわッたりした。

ホラブンは十二の年に村へ渡ってきた獅子舞いの一行に加えてもらって江戸へ行った。越後獅子の国柄で、獅子舞いは一向に珍しくはなかったが、その年の一行には唐渡《からわた》り秘伝皿まわしというのが一枚加わっていて、彼はこの妙技にほれこんだのである。

すぐ戻ってくるだろうと、誰も気にかけていなかったが、それから二十五年間、戻らなかった。両親は死んで、その小屋は羽目板が外れ、ペンペン草が生え繁り、蛇や蜂や野良犬の住家になっていた。

ホラブンが戻ってきたのである。

彼はお寺へ泊めてもらって、村中へ挨拶して歩いた。六尺有余、見上げるような大男、立派な身体《からだ》である。姉たちがそうであったように、彼も幼少から美童であったが、戻ってきた彼は由比正雪もかくやと思う気品と才気がこもり、大そうおだやかで、いつもニコニコしていた。

彼は大そう学があった。町から大工をたのんで、小屋をつぶして、立派な家を新築したが、その出来上るまで、お寺に泊りこんで、坊主に代って、寺小屋へあつまる小僧どもに詩文を教えた。

又、彼には色々の芸があった。

お寺の門に熊蜂が巣をかけている。この巣は直径一尺五寸もあって、子供たちは門を通過するのに一苦労であるが、坊主は至って弱虫で、殺生はいかんぞ、蜂に手をだしてはイカン、ナンマミダブ、ナンマミダブとふるえながら門の下を走って通っている。

「和尚さんは熊蜂を飼っていなさるのかね」

「そうではないが、実は怖しくて十何年というもの手が出ない。これがあるばッかりに、この十年どんなに心細い思いをしているか分らない。ひとつ、なんとかしてくれまいか」

「お安い御用さ」

ホラブンは竹竿を一本もって気軽にでかけようとするから、

「ブンさんや。それは、いかんな。どうも、あんたは、長の江戸ぐらしで、田舎のことには素人らしいな。蜂というものは棒を伝って手もとへ忍んできて、ワッととびかかってチクリとさす。熊蜂にやられると死んでしもう。棒は禁物だから、やめなさい」

「ナニ、大丈夫」

「コレ、ブンさんや。アレ、行っちゃった。こまったな。悪い人にたのんでしまった。オーイ。子供たちはみんなコッチへ来い。本堂の中へあつまれ。顔をだしてはイカンゾ。大変なことになるぞ」

あの大男が熊蜂の総攻撃をうけて、ふくれ上って死んだぶんには、葬式はお手のものでも、棺桶に一苦労しなければならない。お寺の障子をしめきって、細目にあけて、ナンマンダブ、ナンマンダブ、ふるえながらのぞいていると、ホラブンは何の構えもなくノコノコと門の下へ行って、棒をつきだして、

「チョーセイ。チョーセイ。チョーセイ」

浜の漁師がイワシ網をあげているような至ってノンキなカケ声をかけながら、チョイ、チョイ、チョイ、と棒の先をふって、たちまち蜂の巣を落してしまった。

熊蜂はワッと真ッ黒にむらがって、門の下一面にまいくるっているが、ホラブンの身体にはフシギにたからぬようである。目の前に熊蜂がワンワンむらがるのに彼はちッとも気にとめず、

「チョーセイ。チョーセイ。チョーセイ。チョーセイ」

チョイ、チョイ、チョイと、棒の先で蜂の巣をころがすこと五十米《メートル》あまり、肥ダメの中へ突き落して、

「ホレ。チョーセイ。チョーセイ」

蜂どもを棒の先でなだめて、ニコニコ笑いながら戻ってきた。

「あんた、本当に、どこもやられなかったのか」

「アッハッハ。ほれ。ごらんの通りだよ」

ホラブンは帯をといて、ハダカになって、全身を裏表あらためて見せた。胸板は厚く、二枚腰、よく焼きあげた磁器のようなツヤがあって、見事なこと。

「フーム。豪傑のカラダには蜂がたからないと見える。フシギなことだ」

「なアに。虫は人間のカラダを怖れてたからないのが自然なのさ。ひとつもフシギなことはない」

ホラブンは、大そうケンソンなことをいって、すましこんでいる。

「ブンさん、強いなア」

と、寺小屋の小僧どもは感服して、

「蜂でも山犬でもブンさんを見ると逃げてしもうぞ」

「バカ言うな。虫も山犬も、みんなオレの仲よしだ。オレの顔を見ると、イラッシャイと云って、逃げるようなことはしない。ほれ、見てろ」

子供のモチ竿をかりて庭へでて、杏の木の蟬にむかって、

「チョーセイ。チョーセイ。チョーセイ。チョーセイ」

チョイ、チョイ、チョイと、竿の先をふるわせて近づけると、何匹でも蟬がくッついてしまう。

「ワア。すごいな。でもなア。ブンさんでも、雀はとれねえな」

「なんだと。どこのガキだ。とんでもないことをぬかしやがったのは。このガキめ、見てろ」

モチ竿をつきだして、庭の木の雀にニコニコと竿を近かづかせて、

「チョーセイ。チョーセイ。チョーセイ。チョーセイ」

チョイ、チョイ、チョイ、と近かまへ持って行くが、雀はキョトンとしてジッとしている。

なんなくモチにかかってしまった。

「どうだ。このガキども」

「ワア。おどろいたな」

子供たちの人気は大変なものである。坊主は寺小屋には手をやいていた。百姓の子供に文

字を教えても仕様がないが、庄屋の長兵衛がうるさい老人で、雪国の百姓は冬出稼ぎにでる。他国へ行って文字の一ツも読めなくては不自由であるし、多少とも素養があると、人間、礼儀をわきまえる。百姓だからといって文字を知らなくていいという道理はない。手紙の用が足りるぐらいは覚えておきなさい。こういうわけで、坊主は寺小屋を押しつけられたが、村のガキどもは野良とお寺の区別なく鼠のようにあたけて寺のいたむこと。おまけに無給のサービス、一文の収入にもならない。農村では七ツ八ツになると、多少の手助けにはなるものだが、役にも立たぬ寺小屋通いに手伝いの手をとられて百姓どもは大ボヤキ、坊主はモライにならないどころか、ウラミをかう始末で、こんな迷惑なことはない。

ホラブンが子供に人気があるから、坊主は大そうよろこんだ。新居ができて引越しというときに、

「ブンさんや、今生のお願いだが、あんたのところへ寺小屋をひきとってくれないか。末代まで恩にきるよ」

「オレも家ができれば遊んで暮すわけにはいかない。しかし、女房が読み書きに多少の心得があるから、よろしい、寺小屋をやってあげましょう」

寺小屋をひきうけることになった。

しかし、遊んで暮すわけには行かない。女房と二人、夜ナベにセンベイを焼き、アメをつくる。ちゃんとその設計にしてあるから、アメを柱にまきつけて、しごいて、ねって、これ

をきざんで、重箱につめて、二尺に三尺の大きな二つの荷に造って、これを天ビン棒で、かついで、城下町や、天領の新潟港や、近在の賑やかなところへ売りに行く。

彼は花サカ爺イのような赤い扮装、タイコをたたいて、

「チョーセイ、チョーセイ。ドンドン、ドンドコドンドン」

辻へ箱を下し、人をあつめて、皿まわし、タマの使い分け、虫の鳴きマネ、などをやってみせる。いつもニコニコと愛想がよくて、オマケにして見せる芸が至芸であるから、大そうな人気。とぶように売れる。元祖チョーセイアメ、ホラセンベイといえば近郷近在になりとどろき、遠い所から珍芸を見物がてら買いにくる人もある。ホラブンが六尺有余の大きなカラダに持てるだけ持って出た品物が、店をひらくと忽ち売りきれてしまう。

寺小屋はアメとセンベイの製造工場に早変りして、ガキどもはせッせとセンベイをやいている。駄賃にアメとセンベイがもらえて、面白くもない字を習う必要もなく、皿まわしを習うことができるから、大そうな喜びようで、寺小屋の繁昌すること、みんな口をそろえて、

「チョーセイ、チョーセイ、チョーセイ、チョーセイ」

と、呪文《じゅもん》を唱えながら、一心不乱にセンベイをひっくりかえして焼いている。

これを知った庄屋の長兵衛、大そう怒って、のりこんできて、

「コレ、ブンや。お前、とんだことをする。猫の手もかりたいような百姓の子供をセンベイ焼きにコキ使われてたまるものか。お前のような札ツキに寺小屋をまかせたのが、こっちの

手落ちだが、今日かぎりセンベイ焼きにコキ使うのをやめるか、やめないか、ハッキリ返事をきかせてもらおう」

「アッハッハ。子供というものはタワイもないもので、ハゲミをつける方法を講じておかないといけない。オジジは、失礼だが、田舎ずまいの世間知らず。世道人心にうといな。オレにまかせておけば文武両道、仁義忠孝をわきまえた一人前の人物に仕込んでやる。そろそろ仕込んでやろうか」

「オジジとは無礼千万な奴だ。なにが、文武両道だ。このホラフキめ。仁義忠孝がきいてあきれるわい。そんなら、きっと、仕込んでみせるか」

「どのぐらい仕込んでやろう。四書五経、史記などは、どうだ」

「大きなことを言うな。名前が書けて、ちょッとした用むきの手紙が書ければタクサンだ。今は八月だが年の暮までに仕込んでみせるか、どうだ」

「お安い御用だが、オジジも慾がないな。ほかに注文はないかな」

「生意気なことを云うな。やりそこなッたら、キサマ、村構えにするから、そう思え」

「アッハッハ。心得た」

翌日から子供たちに、日に五ツずつ字を教えて、センベイに書かせる。

「チョーセイ、チョーセイ、フノ字ノ番ダヨ、チョーセイ、チョーセイ」

こう唱えてやらせる。できたセンベイを重箱につめて、辻に立って、

「東西東西。チョーセイ元祖の梵字《ぼんじ》センベイ。わけのわからない字のようで、わけのわかる字もある。わけのわからない字をよオく見ていると、わけがわかるようになるし、わけのわかる字もよオく見ていると、わけがわからなくなる。睨《にら》めば睨むほど、ハッキリとして又もやボンヤリとするマジナイの文字。これを朝に五枚夕べに五枚、日に十枚ずつよオく睨んでからポリポリとたべる。御利益は良い子宝にめぐまれる。寝小便がとまる。精がつく。石頭が利巧になる。オタフクの鼻がとんがって少しずつ美人になる。よいことずくめで、悪いことは一つもない。ポリポリポリポリとかじりながら願をかけると、よろずかなわぬものはないぞ。さア、たべり。チョーセイ元祖の梵字センベイ」

売れるわ、売れるわ。羽が生えて飛ぶように売れる。たちまち産をなした。そこで新居の隣に道場をつくった。センベイ焼きのヒマに文武両道を教えるツモリかなと思うと、大マチガイで、ここで子供たちを勝手に遊ばせておく。なるほど、遊び場所が必要なわけで、村のガキどもが全部集って押すな押すなの盛況であるから、運動場がないと始末がつかない。順番にセンベイをやいたり遊んだりしている。

村の者は大そうこまった。子供を叱りつけて、野良へつれだして手伝いをさせる。いつのまにやら見えなくなってしまう。

子供が三人あつまれば、野良仕事はそッちのけで、モチ竿を突きだして、

「チョーセイ、チョーセイ、チョーセイ、チョーセイ」

妖しい手ツキで虫や雀を追いまわしている。食事時には、皿まわしをやる。ヒンピンと皿が盗まれる。こわれる。村の子供は、チョーセイ、チョーセイと咒文を唱えると、どんな怪物も疫病も退散すると心得ているらしくて、親父どもが叱りつけたり追っかけたりしても、おどろかず、たちまち妖しい手ツキをして、

「チョーセイ。チョーセイ。チョーセイ。チョーセイ」

親の鼻の先で、両手の指を妖しくふるわせて親を咒文にかけようとする。トンボとまちがえているらしい。

そこで村の大人が庄屋の屋敷へ集って相談会をひらいたが、一同は殺気を帯びて、評定前《ひょうじょう》からむやみに興奮している。

「あの野郎、くらすけてやらねばならねが、ハテどうしたもんだろう」

くらすける、というのは、ブン殴るということである。

「それには先ず、てんでが棒、鳶口《とびぐち》、クワを持って野郎のウチへ押しよせる。野郎の屋敷をたたきこわして、川へぶちこんでしまえ」

「そうだ。そうだ。野郎逃げやがったら、ぼったくって、天ビン棒でしわぎつけてやれ。ころんだところをキンタマしめあげて、くらすけてから、ふんじばって村の外へ捨ててしまえ」

ぼッたくる、というのは、追ッかける、という意味である。殺気横溢《おういつ》、大そう乱暴な雰囲気であるから、長兵衛が一同を制して、

「待たッしゃい。待たッしゃい。手荒なことをしても、なんにもならない。ホラブンは金があるから、再び、村へ戻ってきて屋敷をつくれば元のモクアミ。腹イセに村の子供をたきつけて、どんな悪さを企むか分らない。子供に火ツケでも教えこまれると、村が灰になってしまうぞ」

「それは困ったこんだ」

「さア、そこだ。奴めが自然村に居たたまらないような計略をめぐらさなくちゃアいけない。例年通り、お諏訪様の祭礼がちかづいたが、知っての通り、この祭礼に限って藪神《やぶがみ》の非人頭段九郎が境内を宰領することになっている。段九郎は配下の非人二十人と山犬十匹をつれて宵宮の前夜に山を降りてくるが、配下と山犬は河原へ小屋がけして祭礼のあいだ住んでいるが、村や祭礼へは遠慮して出てこない慣例になっている。段九郎だけが当日に限って紋服を許され、祭礼の世話人席に控えることになっている。オレが思うには、段九郎の手をかりて、ホラブンを退治してやろうと思うが、どうだえ」

「なるほど。雀とりの競争をやらせて、負けた方を、くらすける」

「ただくらすけるぐらいでは仕様がない。お前たちも知っての通り、段九郎の山犬は狼の一族だ。あの山犬の遠吠えをきくと、村や町の飼い犬は小屋へ隠れてふるえているということだ。今年は四年目の大祭であるし、何十年来の豊作だから、特にさし許す、と称して、段九郎の配下と山犬をお諏訪様の裏の藪へ小屋がけさせる」

「それは大ごとら。参詣人が山犬に食べられてしまうがね」

大ごとら、というのは、大変だ、ということである。

「山犬は段九郎になついているから、命令がなければ人にかみつく心配はない。四年目の大祭には近郷近在から参詣人があつまる。ちょうど稚子舞いの始るころが、参詣人の出盛りだな。ドン、ドオン、と大太鼓を打ちならす。いよいよ稚子舞いが始まるところだ。そのときワアッという騒ぎが起る。十四の犬があばれて、境内へとびこんできたのだな」

「大ごとら。あんたどうしてくれるねー」

「オーイ。段九郎。早く犬をしずめろ、と云うと、段九郎が蒼くなって、イヤ、オレはダメら。ウッカリ忘れていたが、山犬は太鼓の音を耳の近くにきくと気がちがってわけがわからなくなってしもう。オレが止めに行っても噛まれてしもう。仕方がないから、四人五人食べられてもらおう。食べるだけ食べれば、気がしずまる」

「馬鹿《ウスラ》げな。あんたが食べられて了《しま》いなれや」

「そのときオレが段九郎の手をひッぱッて、ホラブンのとこへ駈けつける。奴めは村の大祭だから、ここがもうけドコロと、十日も前から村の子供にセンベイをシコタマやかせ、アメの一石もこねて、境内の広場に店を構えてけつかるに相違ない。そこへオレがとんで行って、ヤイ、ホラブンめ。お前は日頃野の鳥も山の犬もオレの友達だからモチ竿をつきだすとみんなおとなしくなってオレのモチにかかると言っていたな。まさか後へはひくわけにはいくまい。さ、あの山犬をしずめてこい。段九郎や。お前からも、よく、たのめ。それ、段九郎もたのんでいるぞ。まさか、できないとは言うまいな。出来ないと言うたら、段九郎の配下どもにウヌの屋敷へ糞をまかせて何百年も住めないようにしてくれるから、そう思え」

「ワー。オモッシェなア」

というのは、ワー、オモシロイナア、ということである。舌のまわらない子供じゃなくて、オヤジどもが喋っているレッキとした大人の言葉なのである。

「こう言われると後へはひかれないから、奴が山犬をしずめにゆく。それをみて段九郎が山犬をケシかけるから、たちまち十匹の山犬がホラブンにとびかかって、ところきらわず嚙みついてしもう。いい加減のところで段九郎が山犬をしずめてくれるから、ホラブンの奴め、一命は助かるけれども、全身血だらけの重傷はまぬがれないな。これで奴めは、顔向けができないから、家をたたんで、夜逃げをしてしもう」

「そうだ。そうだ。それが、いッち、いいがんだ」

と、皆々大そう喜んだ。

祭礼がきたので、長兵衛は自ら段九郎のもとへ赴いて、密々に相談する。段九郎が快くひきうけてくれたから、例を破って神社の裏の藪へ非人小屋をかけさせて、前夜には、酒や米を存分にふるまってやった。

当日は秋ばれの一天雲もない好天気。田は上々のミノリであるから、あとはトリイレを待つばかり、心にかかる雲もない近郷近在の農民がドッと祭礼へおし出してくる。

この諏訪神社の祭礼には、ミコの舞いもあるが、近郷八ケ町村の中から、年々良家の美童一人を選んで、祭神の化身にたて、多くのミコにかしずかれて稚子舞いをやる、これが名物。今年の稚子はどんなに可愛いだろうと、遠近から参詣人があつまってくる。老婆連は本当に祭神の化身と信じて、ありがたや、もッたいなや、ナンマンダブ、ナンマンダブと拝んでいる。

ドン、ドドオンと大太鼓が鳴りだしたから、さア、いよいよオ稚子サマが現れるぞ、というので、人々は舞台のまわりにひしめいて待ちかまえるところへ、

「キァーッ。助けてくれえ」

「オラ、ダメられーキャッ。オラ死ぬれねー」

「助けてくんなれやア。犬がオラこと、ぼッたくッてくるれねー。どうしたもんだてバア」

などと、大変な騒ぎになった。万事予定通りに、うまく運んで、長兵衛は段九郎の手をひッぱって、ホラブンのところへ駈けつけて、

「ヤイ。ホラブン。キサマ日頃大きなことをぬかしてけつかッたが、今日こそ広言通りの手並を見せてもらわねばならんぞ。キサマあの山犬をしずめてしまえ。今になって、できませんとぬかしたぶんには、キサマの屋敷に糞をまかせて何百年間寝る瀬がないようにしてくれるから、そう思え」

「ホ。そうか。ドレ。ドレ。ホ。山犬があたけてけつかる。よし、よし。オレがしずめてやろう」

大そう気を入れて、たのまれなくても、という打ちこみ方。彼の顔はかがやいている。

「オ。千吉。コラ、このガキ、きこえないか」

ホラブンは村中の子供の名前を一人のこらず知っている。みんな友だちだからである。

「ホラ。千吉テバ、ブンさんがウナこと呼んでるろ」

「なんだね」

「モチ竿かせ」

千吉のモチ竿をかりて、ちょッと一ぺん、ふってみて、出かけて行く。

「アレ。あの野郎。蟬とまちがえてやがる。何をするつもりだろう」

ホラブンが出陣したから、段九郎は先へ廻って、山犬をケシかける。十匹が一とかたまりに、ホラブンめがけて襲いかかろうとする。

「オットット」

ホラブンはヘッピリ腰にモチ竿を犬の方へつきだして、竿の先をチョイ、チョイ、チョイ、とゆさぶりながら、

「チョーセイ。チョーセイ。チョーセイ」

右にまわし、左にかえし、後へひき、前へだす。モチ竿の尖端が、生あるごとくに、微妙

に震動して、何ごとか話しかけているようである。山犬は竿の先に向って吠えるだけで、とびかかることができない。

「ホレ。チョーセイ。チョーセイ。ホレ。チョーセイ。ホレ。チョーセイ。チョーセイ」

十匹の山犬は一様にシッポをたれて、後足の中へシッポをまきこんでしまった。大きな口をあいて、長い舌をだして、苦しそうに息をしている。疲れきった時の様子である。もう吠える力はない。モチ竿の先端を見ている犬の目は、恐怖と、アワレミを乞う断末魔の目である。

「ホレ。チョーセイ。ホレ。チョーセイ。チョーセイ。チョーセイ。チョーセイ」

山犬は一かたまりに口をあけノドをふるわせて、恐怖のあまりに泣きだしそうだ。ホラブンのヘッピリにあやつられつつモチ竿は寸一寸と前進する。犬はジリジリと悲しい息の音をたてながら後退する。境内を出外れて藪へかかったが、モチ竿の前進はやまない。非人小屋をも過ぎると、犬は目立って絶望した。もはやポタリポタリ涙を流している。モチ竿はまだまだキリもなく進む。ついに前の一匹が空を見上げてクビと肩をふるわせて悲鳴をあげたのを合図に、十匹がひとかたまりに、すくんで、ガタガタふるえた。その瞬間、

「エイッ！」

モチ竿の一閃。山犬の頭上まッすぐさしぬくように突き閃《ひらめ》いて、電光石火、横に虚空を切りはらう。山犬はハッと一かたまりにうずくまって目をとじ、前肢に目をかくして、虫のよ

うにすくみ、死んだように動かなくなってしまった。

ホラブンはモチ竿をぶらさげてニコニコもどってきた。

「イヤハヤ。雀とちがって、山犬は疲れるわい。犬はどうしてもモチ竿にかからんもんだて。イヤハヤ、一手狂うと、庄屋のオジジに糞をまかれるところだった」

非人頭の段九郎。山犬のカタキをうつどころの段ではない。ホラブンの威にうたれて、顔色を失い、しびれたようになっている。

人だかりにまじって、この一部始終を見ていたのが、遠乗りのついでに祭礼を見物にきた家老の柳田源左である。舌をまいて、驚いた。若党をかえりみて、

「コレ、コレ、あれなる偉丈夫は何者であるか、きいてまいれ」

「ハ。きかなくとも、分っております。ちかごろ城下でも高名なチョーセイ、チョーセイのアメ売りでござる」

「左様か。これへつれてまいれ。殿に推挙いたしたら、大そうお喜びであろう」

こういうわけで、ホラブンは源左につきしたがって、殿様の前へつれて行かれた。

★

「山犬は進退敏活、隙を見てかかるに鋭く、目録ほどの使い手に相当いたす。目録十名にと

りまかれては、一流の使い手も太刀先をしのぐのは容易の業ではござらん。かのチョーセイ、チョーセイは、十匹の山犬を赤子をねじふせるように易々とねじふせてしまい申した。まことに稀代な神業でござった」

こう云って、源左が殿様に吹聴したから、殿様は大そう喜び、当藩の剣術師範、真庭《まにわ》念流の使い手、石川淳八郎をよんで、

「チョーセイ、チョーセイの手のうちを験《ため》してみよ。目録十名の使い手にとりまかれて、赤子のようにねじふせる手のうちであるから、その方も油断いたすな」

「心得申した」

面小手の用意をととのえ、ホラブンを御前へ召しよせる。聞きしにまさる偉丈夫。何クックタクなくニコニコして、大そう愛想がよさそうである。

淳八郎がホラブンに向って、

「しからば、一手お手合せを願い申すが、貴公は何流でござろう」

「これは、どうも恐れ入りました。手前のは唐渡り祥碌流という皿まわし、それから、海道筋を興行中に、彦根の山中にて里人から習い覚えた鳥刺しの一手、その後に美濃、熊野、阿蘇、伊賀、遠江、甲斐、信濃、阿波等の山中に於きまして里人の鳥刺しの手を加えて工夫いたしましたが、別に流名はございません」

「しからば、貴殿が開祖でござるな。鳥刺しの手をみて工夫せられたと申すと、貴公は槍術

でござろう」

「イエ、モチ竿でございます。手前は剣も槍も使ったことがございません」

石川淳八郎、ホラブンの返答がチンプンカンプンで、わけがわからないから、ままよ、問答無用、手合せが早手まわしと見て、

「殿の御所望である故、卒爾《そつじ》ながら一手御教示おねがい致す」

淳八郎はキリキリとハチマキをしめて、面小手をつける。ホラブンは鼻の脇を人差指でかいて、

「こまッたなア。オレは人間を刺したことがないが、しかし、まア、刺して刺せんこともないかも知れん。ひとつ、やってやれ。家老様にお願い致しますが、モチ竿をかしておくんなさい」

モチ竿をとりよせてもらッて、仕方がないから、立ちあがる。

「面小手は、いかがいたす」

「そういうものは、いりません」

「殴られると、痛いぞ」

「どうも仕方がございません。そういうものを身につけたことがございませんから、かえって勝手が悪うございます」

「コレ、コレ。もそッと前へでて立ち会いをいたせ」

「いえ、そう前へでてはいけません。先ず、このへんのところへ、こう、腰の位をキッときめまして」

腰をキッときめたのだそうだが、まことに見なれないヘッピリ腰。トンボをつるのと同じ手ツキでモチ竿を突きだして、チョイ、チョイ、チョイと先のフリをためしてみる。

「よござんすか。そろそろ、やりますよ」

そろそろやる剣術なんてものはない。

石川淳八郎は、こんな奇妙な試合は、見たことも、聞いたこともない。まことに奇怪な曲《くせ》者《もの》であると思ったが、イヤ、イヤ、腹を立ててはいかん、敵をあなどってもいかん、天下は広大であるから、油断して不覚をとってはならぬぞ。さすがに老成した達人であるから、血気の荒武者とちがって、心得がよろしい。

「しからば、ごめん。エイッ！」

サッと青眼に身構える。するとホラブンのモチ竿がスルスルとのびてくる。

「チョーセイ、チョーセイ、チョーセイ」

剣術の試合とちがって、間《マ》がちがっている。勝手がわるい。ホラブンのモチ竿は間ということを考えていないように見える。青眼に構えた刀の先とモチ竿の先が、同じように両者の力点となっていることは剣術の試合と変りはない。

しかし、剣の試合とちがうのは、刀の先にくらべると、モチ竿の先には、甚しく変化がこもっているかに見えることである。変化が多いということは、それだけこもった力の量が大きくて深いということでもある。竿の先がピリピリプルンプルンとふるえている。その力をたどって行くとホラブンの手もとへ行くが、その手もとは容易ならぬ変化の量を感じさせるに充分だ。しかしホラブンの目の方により大きな力の源泉がこもっているということが、竿の先の振動から身に沁みて分ってくる。しかし、目を見るヒマがない。ただ、目にこもる力の源泉を感じさせられているだけである。

ところが力は分派して、もっと別の宙天から、別行動を起して、彼にかかってくるものがある。それはホラブンの絶え間なしにつぶやいている咒文である。

「チョーセイ、チョーセイ、チョーセイ、チョーセイ」

剣の気合というものは、内にこもった緊張のハケロのようなもので、剣自体にこもった緊張にくらべると、時には、なくもがなである。有ってよい時も、剣と一如である。

ホラブンのチョーセイは、そんなに緊張したものではない。まったくイワシ網をたぐっている漁師のカケ声と同じようなノンキなものでしかない。しかし、やがて、気がつくと、そんなにノンキなものだと見ることができなくなっている。モチ竿の先がホラブンの手からくりだしてくる力量であるとすれば、チョーセイは別の力の源泉からたぐりだしてくる両刀使いのようなもので、ハテナと思うと、いつのまにか、チョーセイの咒文にこもる力量に身体の周囲をグルリグルリ、グルリグルリと三巻き四巻き七巻き半もされているということが感じられてくる。

「ヤ、これはイカン」

敵の力量の大きさが、ハッキリ分った。格段の差が身にヒシヒシとせまる。

彼は焦って、一気に勝負を決しようと全身の力を刀のキッ先にこめたが、敵にはウの毛をついたほどの隙もない。

モチ竿の先はビリビリ、プルプルン、ジリジリと目にせまる。チョーセイの咒文が頭をしめつけて、だんだん、しびれてきた。

石川淳八郎はジリジリと後退した。己れの力が次第にくずれてくるのが分る。それに比して、敵の力が倍加して身にせまってくる。

脂汗が目にしみる。モチ竿の振動が目の中にくいこんで、彼の目玉をゆりうごかしているような気がする。次第に力がつきて、ついに、全身がしびれ、荒い息使いすら、自分の耳にききとれなくなった。そして、淳八郎は、とうてい、敵にあらず、バタバタバタッ、と倒れて、ガバとふし、額を庭の土へすりつけてしまった。

「参りました」

ハア、ハア、という荒い息使いの知覚が戻ってきた。とにかく、心臓がとまらなかったのがフシギというものだ。

「恐れいった。とうてい敵ではござらん。世にかほどの達人があろうとは、夢にも思い申さなんだ。拙者の太刀筋などは児戯に類するものでござる。アア、天下は広大也」

淳八郎、溜息をもらし、嘆息している。

「ヤ。天晴《あっぱれ》である。淳八郎も嘆くでないぞ。チョーセイは神業である。その方の不覚ではない。世にも稀代な神業があるもの哉」

と、殿様は大変な大感服。そこでホラブンはお召抱えとなり、諏訪文碌斎竹則と名乗る。百石とりの武芸師範となり、兆青流の開祖となった。

淳八郎はじめ多くの若侍が弟子入りして、チョーセイ、チョーセイの咒文は城下にみちみちたが、兆青流が今日に伝わらないところをみると、誰も極意をきわめる者がなかったのだろうと思う。

花天狗流開祖

「オラトコのアネサには困ったもんだて。オメサン助けてくんなれや」

と云って、馬吉のオカカが庄屋のところへ泣きこんだ。オラトコは我が家。お前の家はンナトコという。ンナはウヌ（汝）がウナに変じ、ンナとなったものらしい。日本海岸でンナという言葉をきくと語源を按ずるに苦しむが、奇妙なことに、私のすむ太平洋岸の伊東温泉地方では汝をウヌと云い、それを自然にウナと呼びならわしているので、ンナという雪国の方言の変化の順序が分るのである。

馬吉のオカカがアネサのことで音をあげているのは年百年中のことである。アネサとよばれた人物はオカカの倅《せがれ》、キンカの野郎のヨメのオシンのこと。キンカの野郎というのは、彼は時々耳がきこえなくなるから、そう呼ばれている。ツンボをキンカというのである。

しかし、彼はキンカではない。ただ、自分に都合のわるい時、ふと耳がきこえなくなるというモーロー状態におちこむ作用に恵まれていて、気が小さいから本当にとりのぼせてキンカになるのだか、ずるくて聴えないフリをするのだか、その正体はわからない。そこで馬吉の家族は倅のことを「オラトコのキンカの野郎が」という。そこで村の人々は「ンナトコのキンカの野郎が」と云うわけで、今は彼の本名を誰も呼ばなくなったし知らなくなったが、名というものは間違いなく当人を指すのが一ツあればそのほかの物は無用にきまったものだ。

キンカの野郎のヨメ、つまりアネサがオシンであるが、村の者はこのアネサも本名では呼ぶことがない。アネサが子供のときは男ジャベとよばれたが、今は熊ジャベと云うのである。

ジャベは女のこと。つまり幼少の時はオトコオンナとよばれたが、今では熊オンナとよばれているというワケだ。現代では女ターザンと云うところだろう。飜訳《ほんやく》にヒマがかかって仕様がない。

熊ジャベとよばれる通り、大そうふとっている。五尺六寸、二十六貫ぐらいなのだが、女のことだから、六尺、五十貫ぐらいに見える。しかし、顔は案外キリリとして、眉毛は毛虫の如く、眼光鷲の如くに鋭く、口は大きくへの字にグイと曲っている。人相の悪いアンコ型の角力《すもう》取りと思えばマチガイない。

米俵を片手に一俵ずつ、二俵ぶらさげて歩くのはなんでもない。角力取りのアンコ型は案外非力だそうであるが、女のアンコ型は怪力無双なのかも知れない。アネサの道筋に男が立話をしたり立小便でもしていると、襟首に片手をかけて一ひねりする。すると男が二間ほど横ッチョへ取りはらわれているから、アネサはワキ目もくれずに行ってしまう。ひどく気が短い。しかし、そこの道をあけてくれと頼んで退いてもらうよりも、襟首に手をかけて一ひねりして道のジャマ物を取払う方がカンタンであるから、時間も言葉も節約しているアネサの気持が分らないことはない。だから今ではジャベを省略して、クマとだけ呼ぶようになった。とうていジャベの段ではない。ただのクマだけで通用するというのは、ジャベのクマに匹敵するほどのクマが男の中にもいなかったという事実を語っているのである。

キンカの野郎は、痩せッポチで弱虫である。日に何度となくアネサに摑みあげられて小荷物のような取扱いをうけても、亭主とあれば是非もない。ここに困ったのは、馬吉とそのオカカで、親ともなれば、倅のアネサにチョイと横ッチョへ取り片づけられて、その運命を自然と見るわけにはいかないらしい。

キンカの野郎は弱虫泣虫であるが、その母親に当るオカカは気が荒かった。気質の遺伝というものは解しがたいフシがある。オカカはウッカリ言いまちがえて、ガマが蛇をのんだがネ、と言ってしまった時には、自説のマチガイを百も承知の上で一歩もひかずに主張したあげく、各々の手にガマと蛇をつかんできて、ガマの口をこじあけて蛇をねじこんでみせて満足するというヤリ方であった。剛情では村の誰にもヒケをとらないオカカである。

けれどもアネサの敵ではない。剛情は論争に類するけれども、アネサは全然無口である。そして論争を好んだ報いによって、オカカは四ツにたたまれたり、横ッチョへ片づけられたりするだけだった。そこでオカカは年百年中音をあげているのであるが、誰も同情しない。アネサの怪力を見こんでヨメにもらったのはオカカだからである。キンカの野郎はションボリうなだれて、それだけはカンベンしてくれるとたぶん嬉しく思うだろうと思うというような意味の心情をヒレキしたつもりであったし、その哀れな有様を見ては馬吉も多少同感して、倅のアネサがただの人間の女であっても必ずしも悪くもないように思われる気もしないでもないらしいように思うというようなことを言いかけてみたりした。しかしオカカは馬や牛の代りにクマのアネサをもらうのは理にかなっているという説をまげなかったし、それは実に正当な理論であるから、馬吉もキンカの野郎も言いたい言葉をモグモグのみこんで黙ってクマをもらったのである。

けれどもアネサはそれほど働いてくれなかった。それはアネサに他意があるワケではなくて、ただ働くことを好ましく思わないだけの理由であった。夏の朝、野良へ行こうぜとオカカにゆり起されると、

「夏は日が長すぎるすけ、まだ、ダメら」

アネサはそう答えて、あとはいくらゆり動かしても自分の目覚めに適当な時間がくるまで起きてこなかった。更に手を加えて起そうとすると、空俵のように振りとばされてしまうから、オカカはわきたつ胸をジッと抑えなければならない。しかし論争の巧者であるから、アネサの夏の言葉を冬のくるまで胸にたたんでおく。

冬がきて、まだ暗がりにアネサをゆり起して、

「アネサ、起きれ。起きねとシッペタへ真ッ赤の釜のシッペタくッつけてやるろ」

シッペタはお尻のことである。アネサは毛虫のような眉毛をビクリとうごかしただけで、

「まら、外はマックラら」

まら、は、まだということである。ダをラと発音することの多い方言なのである。

「冬は日が短《み》イじけエろ。起きれてがんね」

「短イじけエもんは、仕方がね。オレが長《な》アごうしてやれね」

オカカは待っていました、と、

「この野郎、こきやがんな。ンナは、この夏のこと、夏は日が長アげエと云うたがん忘れやがったか。さア、カンベンならね」

と半年がけの論争を吹ッかけても全然ムダである。アネサはすでにグッスリねついて、オカカのいかなる熱論もアネサの耳の孔までしみこむスベがないからである。

アネサの働く時間は短かかったが、通算して一人前はたしかに働いていたろう。重い物を運ぶ時などは、アネサが存分に怠けてやっても、そのノロノロとした一度だけで馬並みのことはあるからであった。アネサの食量がやや馬に近いだけ、オカカはタダの人間をヨメに選ぶべきであったのである。

だから、オカカが庄屋のオトトへ泣き言をならべにでかけても、庄屋のオトトは良いところへヒマツブシの慰み物がきてくれたと薄笑いをうかべて、

「ンナトコのアネサ、病気らか」

「バカこきなれや。オラトコのアネサにとりつくことができるような病気がいたら、呼んでもらいてもんだ」

「ンナトコのアネサが丈夫らば、困ることがあろうば。牛と馬が六匹うごいているようなもんだ」

「なに、こくね。あんたに呉れてやるすけ、オラトコのアネサ持ってッてくんなれや」

「オレは熊は使うてみていと思わねな」

「ザマ、みなされ」

オカカは腹を立ててもいるが、落ちついてもいる。今日、庄屋のオトトのところへ来たのはタダの話ではない。庄屋のオトトも肝をつぶすに相違ない話なのである。それは天下泰平の山奥の村落では、おだやかならぬ話であった。

★

オカカは長い間考えちがいをしていた。オラトコのアネサは生一本の怠け者で、ほかに望むところのないのが、せめてもの取り柄であると。ところが、そうではなかったらしい。

人間というものは、悲しいものだ。キンカの野郎のアネサは存分に怠けているように見える。もッと働いてくれないかと頼む人はいるけれども、たッて働けと言いきる勇士は誰もいない。馬吉のオカカですらも、ダメなのである。だからアネサは人間の境地を分類して、悠々自適と称するところに居るのであるが、かほどの人間でも、充ち足りざるものがある、夢がある、無限の遺恨があるのである。ああ、悲しいかな。

アネサは誰にも打ちあけていないが、七ツ八ツのころから、一と筋にあこがれていたことがある。そのアコガレは年と共に高く切なく胸にくすぶっていたのである。アネサはキンカの野郎のヨメになるツモリではなかった。天狗様のアンニャのヨメになりたかったのである。アンニャは、時にはアンチャとも云う。兄さん、青年ということである。天狗様のアンニャのヨメになりたかったが、色恋の沙汰ではない。天狗様のアンニャもキンカの野郎も、ウスノロで、ズクナシで、気が小さくて、いつもクヨクヨと、まるで一匹の悲しい虫だと思えばマチガイない。どこのアンニャも、まったく芋虫よりも魅力のある虫ではない。しかし、天狗様のアンニャのヨメになると、いい着物がきられるし、うまい物がたべられるし、威張っていられるし、それから、怠けていられる。はじめの三ケ条によって、七ツ八ツのころから天狗様のアンニャのヨメになりたいと思っていたが、キンカの野郎と一しょになって以来は、怠けていられる、という最後の一条までがわが一生の遺恨となって無性にアネサのハラワタをかきむしるのである。

しかし、アネサはこのことを誰にも言えなかった。物には限度がある。だれでも身の程というものが薄々分っているものだ。これが、又、人間の悲しいところでもある。アネサは身の程を薄々感じていた。オレがいい着物がきたい、天狗様のアンニャのヨメになりたいと云うと、誰かがなぜか笑うような気がするが、そうではあるまいか、というような、もっと漠然とした感じ方であった。

天狗様というのは、この村の鎮守様のことである。本当の名は手長神社というのだそうだ。もう一ツ山奥の隣の村には足長神社というのがある。二ツは親類筋のものらしいが、祭礼の行事などはもう関係がなくなっている。というのは、この村の人たちは村の古伝などが大切だとは思わないし、手長神社は久しく誰も顧る者がない廃社になっていたのを、元亀天正のころ一人の風来坊が住みついて、全然自分勝手に再興したからであった。

この中興の風来坊を調多羅坊というのである。彼は比叡山の山法師のボスで、ナギナタの名人であった。刃渡り六尺七寸五分、柄をいれると、一丈五尺という天下第一の大ナギナタを水車のようにふりまわす。

元亀二年九月十二日、織田信長が比叡山に焼打をかけ、坊主数千人をひッとらえて涼しい頭を打ち落したとき、調多羅坊はカンラカラカラと打ち笑い、ただ一人根本中堂の前に残って敵の押し寄せてくるのを待っていた。

押し寄せた敵軍のただ中へ躍りこみ、大ナギナタを水車の如くにふり廻し、槍ブスマの如くにくりだす。その延びるときは百尺の鉄槍の如く、さッとひいて縮むときには一尺五寸の小鎌のようである。横に振えば一度に三十五人の首をコロコロと斬り落し、そのナギナタを返すトタンに三人の胸板を芋ざしに突いて中空へ投げすてる。手もとを一廻転したナギナタは同時に後方の敵を十五人なぎ倒し、前方では同じ数の敵の首をコロコロと打ち落している。左へ走り右へ廻り、林をとび、伽藍をこえ、あたかも千本の矢が入りみだれて走っているように叡山を縦横にはせめぐって寄せくる敵をバッタバッタと斬り払ったが、ついに、根本中堂をとりかこむ広場は首と胴を二ツにはなれた敵の屍体でうずまって、石も土も見ることができなくなり、足の踏み場がなくなったから仕方がない。もはやこれまでと谷を渡って、落ちのびた。山伏に姿を変えて諸国をまわり、この山奥の手長神社に住みつくことになった。

しかし、日本中の史書や軍書をひもといても、調多羅坊はでてこない。それどころか、とにかく一人の山法師がナギナタをとって抵抗して、信長勢を三人ぐらいは斬り伏せたというような武勇譚も歴史に残っていないのである。インチキ軍記や講談にも存在しない。しかし、この村には実在している歴史であるし、それを否定する鑑定機械はどこにも実在しないのである。

調多羅坊はこの村に落ちついてから、ツラツラ天下の歴史にてらし乱世の有様をふりかえッて悟りをひらいた。ツラツラ乱世の原因をたずぬるに、実に野郎が武器をいじくるのがよろしくない。しかしながら武器武術というものは、これは存在しなければならないものだ。なぜならば、これが神仏に具わる時には威風となり、崇敬すべき装飾となる。ところが野郎がいじくるから、神仏をはなれて乱世をおこす。だから武器武術は神仏に具わると共に、女が花をもつ手でいじくってこそ真の妙を発する。これを天地陰陽の理というのである。だから天地の理によると、武器武術をつたえて神仏をまもるものはジャベでなければならん。こう会得したから、女房をもらい、ナギナタの手を伝えて、手長神社をまもるミコにあがめて、自分の女房を一生大事に崇拝したのである。

これが天狗様の中興の縁起である。一説によると、調多羅坊は鞍馬の山伏であるとか、鞍馬の天狗の化身であったなどという。そこでこの神社や、ひいては現在の神主のことまで、天狗様と云うのである。

こういうわけで、調多羅坊の大精神は今も脈々と伝わり、天狗様のところでは、アネサが威張ることになっている。天狗様のアンニャはヨメをもらうと、もうダメだ。なぜなら、アンニャのアネサは、花と同時に武器武術を身にそなえているからである。天狗様の実際の化身はアネサなのである。

天狗様のアネサは、否、彼女はすでにミコサマとよばれているから、そう呼ばなければならない。ミコサマは自分がまだ老境に至らぬうちから、つまり自分の生んだアンニャが七ツ八ツの頃から、その年頃の女の子に目をつけて自分の後継者を物色する。アンニャが生まれなくとも、子供のジャベを物色して養女にすることが義務である。アンニャの如きは問題ではない。

かくして選んだ女の子を幼より膝下に育て、みやびな踊り音楽からナギナタの手に至るまで、花も実もあるミコの素養を伝えるのである。

天狗様のアンニャがクマと同じ年頃であったから、彼女が七ツ八ツのころ、ミコサマが彼女ぐらいのジャベを物色していたのである。彼女が不幸な夢をいだいたのは、この時にはじまる。彼女の一生の悲しみは、この時よりはじまった。

一度びミコサマの目ガネにかない、膝下に育てられることになると、大変なものだ。まるで花が咲いたような美しい特別の着物を年中着せられている上に、七ツ八ツから紅オシロイまでつけているのである。第一、用いる言葉も違う。ジャベだのアンニャだのシッペタだのゲェルマッチョ（蛙のこと）などという下賤な言葉は禁止される。こういうモロモロの下賤なることを禁止される特別なアネサはなんとまア素晴らしいことであろうか。

ミコサマは正月十五日と春秋二度の祭礼に舞いを舞う。鈴舞いと云って鈴をふって舞うのであるが、そのアイノテに、ちょッとナギナタを持って現れることもある。しかし、それも舞いの手のようなもので、調多羅坊の奥の手をしのぶことはできないのである。

しかし村のジサ、バサの言うところによると、なんでもないナギナタの舞いのように見えて、しとやかに、やさしく、美しく、あでやかな差す手引く手にすぎないが、この奥には無限の修錬がつまれていて、ミコサマはナギナタの奥儀に達し、そこに至るまでには、実に泣き、血を吐かんばかりの苦しい修業をつまねばならないのであるという。ミコサマの生涯は、美しく着飾り、うまい物をたらふく食べて威張りかえっているようであるが、どういたしまして。七ツ八ツから、人の寝しずまった深夜に、冷水を浴びせられてミソギをさせられ、つらい悲しい修業をつまされているのだ。だから、とても並の人間にはつとまらない。ミコサマはアンニャが腹の中にいるうちから、生れてくる村の女の子に目をつけて、特別のジャベを物色しているのだそうである。

オトコジャベと呼ばれるぐらいだから、オレがミコサマの目にかなう特別のジャベだろうと、クマは七ツ八ツのとき、自らひそかに恃《たの》んでいた。そして祭礼のとき、ミコサマが舞いを舞うと、自分の方ばかり見ているような気がして、あかくなって、顔を上げることができないのである。

当ては外れた。ミコサマはあんなにジッと自分を見ていたのであるから、そんな筈《はず》はないのであるが、オソメというどこにもここにもあるジャベの一人にすぎないのが選ばれてミコサマにひきとられてしまったのである。ちょッと突いても、スッとんで泣きだすような女の子で、なんの取柄もないのに、世間は案外なもので、

「オソメがミコサマの目ガネにかのうたてや。大したもんだ。ミコサマの目は良う睨んだもんだわ。オッカネ。オッカネ」

「本気に、オッカネなア。それに、オソメは綺麗だてば」

村の人々はそう云って賞讃した。クマが甚しく心外であったのは言うまでもない。

オソメが病気になって死んでしまえばいいと思っていたのに、馬にも蹴られずに無事に育って、次のミコサマはなんてまア美しくて品があるのだろうと評判が良くなるばかりであった。そして天狗のアンニャの元服の時にヨメの式もあげて、晴れてミコサマの跡をつぐことになった。クマときては、それから五年たってもヨメに所望する者がない。クマはそれを天意と見た。つまり近々オソメが死んで、自分が改めてミコサマに選ばれるための天のハイザイであろうと見ていたのである。

あにはからんや、オソメは死なずに、キンカの野郎のオカカからヨメの口の所望がきた。ツラツラ思えばヨメの所望をうけるのはマンザラではないから、してみると、もう結婚してもいいという天のハイザイであろう、神様の思想が変ることもあるものだ、と、クマはよろこんでキンカの野郎のヨメになった。

しかし馬吉の一家のアクセク働くこと。オカカは朝ッパラからラッパのようにブウブウ云って、野良へでればまるでテンカンを起したような忙しさでクワをふりふり働いてけつかる。ああ、なんたることだ、と思えば、そぞろ無念でたまらないのはオソメである。たしかに、あのとき、ミコサマは鈴をふって舞いながら、ジッと自分ばかり見ていたはずだ。その目がいまでも自分の額にも腕にも背中にもしみついて、かゆいような気がする。どうしてオソメが天狗様のアンニャのヨメになり、自分がキンカの野郎のヨメになったか、どう考えてもワケが分らない。

馬吉のオカカがラッパを吹くたびに、アネサは実に虚無を感じた。全身の力が一時にぬけてしまう。決して怠けているのではない。シンからねむたくなったり、力がスッカリぬけおちて身動きをするのもイヤになる。誰が一々返事をしたり、喋ったりする気持になるものか。

しかし、どうしても、オソメが死ぬような気がするのであった。谷を渡るとき、足をすべらして死ぬような気がする。ちょッと病気では死なないようだ。いくらヒヨワに育っても、若い者はなかなか病気ぐらいではくたばらないのが実に面白くないことである。オソメが死ぬ。ミコサマはビックリして、自分が考えちがいしていたことに気がつく。選ぶべからざるオソメを選んだアヤマチに気がつくのである。どうしてミコサマともあろうものがそんな軽率なことをしてしまったか。しかし、今からでもおそくはない。ミコサマは空をきる矢のように畑や森や谷をとんで、クマをむかえにくる。そうでなければならないはずだ。さもなければ、てんで話が合わない。キンカの野郎のアネサは朝ごとにオカカの奴が耳もとでラッパをふいてゆり起すたびに、今日こそは、と考える。オソメが谷を渡りそこなって死ぬ。ミコサマがとんでくる。アネサはだんだんねむくなる。それは快いねむりだ。オカカのラッパがどんなに音色が高くても、もうきこえる筈はない。オソメが谷を渡っている。足をすべらしている。ミコサマが畑や森の上をとんでいるのだ。

ところが思いがけないことになった。オソメが谷を渡りそこなって死なないうちに、ミコサマの方が死んでしまったのだ。こうなれば、もはや取り返しがつかない。オソメはすでに決定的にミコサマなのである。否、すでに彼女はミコサマであった。

どうして、そんなことになったのか。キンカの野郎のアネサは途方にくれた。どう考えてもフシギであった。ただ途方にくれ、考えあぐねるばかりであった。

ミコサマの葬式もすんだ。天狗様のアンニャのアネサが新しいミコサマだということは、もはや誰も疑ぐる者がなかった。キンカの野郎のアネサが本当のミコサマになるジャベで、先代のミコサマの軽率な思いちがいであったことは、もはや誰にも知れることがないような、フシギなことになったのである。

キンカの野郎のアネサは、たまりかねて、天狗様のアンニャのアネサをよびだした。彼女は相手をミコサマだとは思わなかった。ただの天狗のアネサである。そのアネサを手長神社のホコラの裏手へよびだして、

「ンナ、どうして本気のことを村の人に言わねのか。いつまでも隠してけつかると、かんべんしねど」

ミコサマはヤブから棒の話におどろいた。

「なんの話なのよ。あなたの言うこと、わけがわからないわ」

「わけがわからね？　この野郎、しらッぱくれると、くらすけるから、そう思え。ミコサマが死ぬ時の遺言、隠してけつかるでねか」

「お母さんの遺言て、どんな遺言？」

「この野郎ゥ。どうォしても、言わねか。ミコサマは死ぬとき、ンナに遺言したでねか。オレが死んだら、キンカの野郎のアネサにたのんでミコサマになってもらえと言うたでねか。オレの見違げえだッたと言うだろが。ミコサマが舞うている時目エつけたのはキンカの野郎のアネサのがんだわ。その時ンナがアネサの横に居たがんだ。ミコサマが一舞いクルリと振向いた時、ンナがアネサの前にのさばって出て居たろが。そらすけ、ミコサマが取りまちがえてしもうたがんだわ。ミコサマはンナに言うたろが。ンナことをアンニャのヨメにもろう

たのは、かえすがえすもオレのマチゲエであった。ンナとキンカの野郎のアネサは入れ代らねばならね。ンナはミコサマにはなれねえジャベであるから、キンカの野郎のアネサにたのんで来てもろえ。この村にジャベは一パイ居るけれども、ミコサマたるべきジャベはあのアネサのほかには居ねがんだ。そう言うたろが。オレが死んだら、ンナはキンカの野郎のアネサのとこへ行かねばならぬ。そうして、キンカの野郎のアネサに来てもろてミコサマになってもろて、ンナはその代りにキンカの野郎のアネサにしてもろえばええがんだ。そう言うたろが。ンナそれ聞いていたねッか。この野郎。ンナ、どういうわけでキンカの野郎のアネサのとこへ行かねがんだ。コラ。どうら。キンカの野郎のアネサと云うがんはオレのことらわ」

ミコサマはとんでもないインネンをつけられて弱った。

「お母さんはそんなこと言わなかったわよ」

「この野郎ゥ」

「あなた、そんなこと、誰から聞いたの？　誰がそんなこと言ったのよ」

「この野郎ゥ。よウし言わねな」

キンカの野郎のアネサは歯をバリバリかんで口惜しがった。しかし分別深げに、ジックリとうちうなずいて、

「ようし。わかった。ンナ、どうしても、ミコサマの位を盗もてがんだな。ンナがその気らば、オレもカンベンしね。ンナ、ミコサマになろてがだば、ナギナタできるろ。そうらろが。

できねばならねもんだろが。ンナがミコサマの位盗もてがんだば、ンナはオレにナギナタの試合して勝たねばならんど。ンナ、オレを打ち殺さねば、ミコサマにはなれねわ。オレの目玉の黒いうちは、ンナ、ミコサマになれねど。あしたの朝、まら皆んなの起きね時、オレがここへナギナタ持って来るすけ、ンナもナギナタ持ってこい。ンナが勝つか、オレが勝つか。どッちか一人は死なねばならんど。ンナがミコサマの位盗もてがんだば、オレを殺さねばなれねがんだ。わかったか」

とうとう二人は明朝太陽の登る時刻に、ホコラの前でナギナタの果し合いをすることになった。

馬吉のオカカは、どうも近頃アネサの様子が変だと思っていたのである。用がある筈もないのに、野良をはなれてどこかへ行くから、いったいアネサどこへ行きやがるのだろうと秘かに後をつけて来た。そしてホコラの裏へミコサマをよびだして怖しい約束をむすんだテンマツをみんな見とどけたのである。

「どうも、変テコらて。オラトコのアネサは浮気だけはしねもんだと思うていたが、天狗様のアンニャに惚れていたがんだろか。あんげの態だか鬼みてのオッカネ女が、誰に惚れても、なんにもならねエもんだろが、面ッ白《シ》ャエことになったもんだわ」

と、オカカはタマゲて、庄屋のオトトのところへ報告にでかけたのである。

★

庄屋のオトトも、この話にはブッタマゲた。

「ンナ、それ、本気の話らか」

「何言うてるがんだね。オラトコへ来てみなれ。オラトコのアネサは、オラトコにナギナタがないすけ、一丈五尺もある樫の棒をこしらえてるれ。それでミコノサマをしゃぎつけよてがんだ」

しゃぎつける、は、叩きつける、ぶちのめすと云うことだ。

「フウン。それは大変なことが出来たもんだ。ンナ、どうしる気らか」

「オラ、知らね」

「オレも知らねわ」

どうも、困った。キンカの野郎のアネサに理を説いても、すべて論争が役に立たないタテマエであるから話にならない。

「マア、なんだわ。ミコサマは利巧な人らすけ、バカなことは、しなさらねにきまってるわ。仕方がねえすけ、オレもあしたの朝は天狗様へ行って待ってるわ。オカカも来ねばならんど。オトトもキンカの野郎も連れて来た方がええがんだ。万が一、アネサがあたけやがったら手がつけられねわ。オッカネなア。オラも、こんげのオッカネことは、生れてから聞いたことがねえもんだて。誰に来てもろたら、ええもんだろか。この村にいッち強《き》ッついモンは、困ったもんだのう、一番目はあのアネサにきまッてるこて。あのアネサがオッカねえというモンは、どこの誰らろかのう？」

庄屋が大そう苦心しているところへ、ちょうどいいアンバイに、たそがれたころ、遠乗りの家老が山道に行きなやみ、一人の侍をしたがえて庄屋のところへ辿りついた。

庄屋から明朝の果し合いの話をきいて大いに興がり、よろこんで一しょに行ってくれることになった。まさかミコサマが相手になって出てくることはあるまいが、アネサがそれを怒って、天狗様の屋敷の門をぶち破ってあたけはじめたら、家老と侍が取り抑えてくれる約束であった。

翌朝になった。

まだ真ッ暗のうちから、家老は庄屋の案内でホコラの前の物蔭に隠れていた。そこへ馬吉のオカカが血相変えて駈けつけたが、家老を見るとホッとして、

「オラ、ほんに安心したれね。あのネボスケのアネサが今日は暗いうちに起きたもんだ。マサカと思うていたがんだがね。オラ、ビックリして、オトトもキンカの野郎も叩き起しているヒマがありましねがんだ。別の道からアネサの一足先に報らせに飛んで来ましたがんだろも、アネサは本気に殺す気られね。太ッてえ樫の棒られねエ。あんげのもんで、アネサの力

でしゃぎつけられて見なれや。虎れも熊れも狼れもダメらてば。オラ、胸がまらドキドキして、どうしていいがんだか分らねわ。たのむれね。アネサ、今、来ますれね。なんにしても、ほんにオッカナげな太ッてえ棒らわ」

と云っているうちに、夜がだんだん白んできた。

アネサが現れた。なるほど太くて長い樫の棒を担いでいるが、まさかの用意か、クワも一本ぶらさげている。ちゃんと野良ごしらえ、手甲《てっこう》にキャハン。ハチマキまでキリリとしめている。殺気満々たるものがある。オカカがドキドキするのもムリがない。庄屋はアネサを一目見ると、蛇に見こまれたように、冷汗が流れ、からだがふるえて、動けなくなってしまった。

「家老様が来てくれたのは良かったろも、こんげのジサマにあのアネサがふんづかまるもんだろか。家老様に万が一のことがあると、オラの首が危ねもんだが、困ったことになるもんだわ」

と、庄屋は大いに悲しくなった。

ところが、とんでもなく意外なことが起ったのである。

アネサがまだイライラして天狗様の屋敷の門をぶち破らぬうちに、門が静かに開いて、花のような装束の人がただ一人現れてきた。ミコサマだ。ミコサマは細身のナギナタを持っている。本当に真剣勝負をやるツモリらしいのである。

村の伝えによると、調多羅坊のナギナタの手がミコサマからミコサマへと伝授していることにはなっているが、そういう伝説があるだけで、誰も見たものがなく、信用している者もいない。

第一、調多羅坊は全長一丈五尺、刃先の長さだけで六尺七寸五分の天下一の大ナギナタをふりまわしたことになっているが、それに匹敵する大物をぶら下げているのはアネサの方で、ミコサマは一間よりもちょッと長いぐらいの祭礼用の飾りのついたナギナタを持っているだけだ。ミコサマがナギナタの達人なら伝説に合わなければならないのだが、全然伝説に合ってやしない。イヤハヤ、とんでもないことになった。

ミコサマが現れるのを見ると、すでに殺気満々たるアネサはさらに一段とひきしまって、もはや殺気は張りさけるばかり。おのずからその極に達して、一言の発する言葉もなく、キッと構える大きな棒。アネサはすでに構えた。

アネサは腕に覚えがあるのだ。相手をなぐり倒せばいいのである。それには先方がこッちに打ッてかかる先に、相手をしゃぎ伏せてしまえばいい。アネサの棒は一丈ぐらいある。ミコサマのナギナタは六尺ぐらいしかありやしない。ナギナタはこッちに届かなくても、こッちの棒は先方へ届くし、アネサのふり払う棒の速さをただのジャベが体をかわせる筈はないのである。

アネサは怠け者ではあるが、年百年中クワをふり下しふり上げているし、斧で大木を斬り倒すのも馴れている。男の野郎が三百ふり降して斬り倒す木を、アネサは百もかからずに斬り倒すことができる。木を斬る斧にも、斬り下げる要領はあるし、斧の先にこもる力と、それを按配してふり下す握りにかかる力との釣合い。それは何を斬り、何をふり廻す要領にも通じているものだ。

アネサはチャンと心得ているのだ。アネサは棒の握りが外れないようにギザギザを入れて仕掛を施しているばかりでなく、棒の先に鉄をはめて、自分の一振りに最適の速さ重さのかかるような仕掛も施しているのだ。

アネサは決してクワや斧を握るように棒を握ったり、それと同じように棒を構えてはいなかった。その棒にふさわしく、然《しか》るべく構えている。上からふり下すのではない。それは外れることが多い。アネサは水平にふり払うツモリなのだ。しかし水平に構えているわけではない。ちょうど野球のバットぐらいの角度に、肩からふり下しふり払うツモリなのである。その構えは、野球の選手のようにスマートである筈はないが、決して力点が狂ったりハズしたりはしていない。それどころか、必殺の気魄がこもり、その一撃のきまるところ、結果は歴々として、あまりの怖しさに身の毛がよだつようであった。

アネサの必殺の気魄に応じて、静々と現れたミコサマであったが、響きに応ずる自然の構え、一瞬にして応戦の気魄は移っている。全然両者無言のうちに、すでに戦いは始っているのだ。

ミコサマは充分用意しないうちに、アネサの必殺の気魄に応じて、その瞬間の姿勢のまま一瞬同じ気魄だけ移して構えに変ったから、見た目にはアネサのように充分の構えが出来ているようではないけれども、それがたしかに、構えであるということは分った。まるで小鳥が羽を立てているような、どうも大したものではない。

見ている方には全然分らなかったが、アネサは誘う力を自然にうけて、いきなり棒をふり下し、ふり払ったのである。その瞬間に、これはシマッタと思った。アネサは知っているのだ。棒にこもる力が正しい力であったか、そうでなかったかを。実にその一瞬、アネサは複雑なことを感じとった。敵を見くびったということ。敵は大変な奴だということ。自分が棒をふり下したのではなく、相手の誘いにかかってふり下してしまったということ。そういうことをさせる相手がとんでもない魔力の持主であるということ。だから、ヒドイ目にあうかも知れないということ。

しかしアネサは自分の腕を恃んでもいた。少しぐらい力の配分をあやまっても、自分ほどの者がふり下した棒であるから、相手が何者であるにしても、たぶんしャぎ伏せているだろう、と。

しかし、アネサの棒は空をきった。そして空をきったとさとって、シマッタと思った時に、アネサの厚い胸は物凄い力で地面にむかって衝突していた。何かの力がそうさせたのだ。そしてそれは、アネサが空をきって横に泳いだ時、背後の方から、首か背か尻のあたりのどこかへ何かの力が加ってそうなったのであるが、アネサにはそれがハッキリわからないのだ。アネサは棒を遠くとばして、大地へ四ツン這いにめりこんでいた。一瞬気を失ったが、すぐ正気に戻った。アネサの胸は岩のようなものだ。一度や二度、気を失ったぐらいで、どうなるというようなチャチな構造ではないのである。第一、必殺の闘志は、それぐらいで、失われやしない。

アネサは起き上ると、クワをとって、ふりかぶった。先方は遊んでいるようだった。そう見えた。斬ってくると思ったナギナタの刃がそうではなくて、その行手にサッと心の奪われた時、アネサは斬られず、その石突きで突きあげられて、五六間もケシ飛んでいた。

ナギナタの柄の尻の方で突かれるということと、ダイナマイトがヘソのあたりでバクハツしたこととと、まるで同じような結果になるものであるらしい。アネサがダイナマイトでヘソのあたりをやられると、たぶんそう感じたであろう。アネサは自分の両手がフワッと左右にひらき、両の股も左右にひらき、左右にひらいたまま手足ははなれて勝手にとんで行ったように思った。つまりダイナマイトにヘソをやられて、手足がとんでいったのである。しかし、ダイナマイトではなかったから、同じように感じはしたが、手も足もバラバラにならずにくッついていたし、くッついていたから、中空の四方にとびちる手足にひきずられて、アネサの胴体は、二十六貫のものをそッくりくッつけたまま、あッけなく、五六間ケシとんでいたのである。

地面へ落っこッて、身体がクルクルまわったと思ったのは、アネサの目がまわっただけだった。アネサは五六間ケシとんだ場所へ、気を失って、ぶッ倒れて、全然うごかなかったのである。

ミコサマのナギナタの手錬は驚くべきものであったのである。しかし、庄屋と馬吉のオカカには、それがハッキリのみこめなかった。ミコサマのナギナタが手もとでクルッと廻って流れて、何かチョッとなんでもないようなことがあっただけだ。アネサがバカのようにスッとんだだけのことであった。

「なんたる手錬。なんたる気合。その静かなること林の如く、動起って雷光も及ばず。これは大変な掘り出し物だ」

家老は呆れて、それからようやく驚いて、それからようやく感心して、それから我にかえった。

彼はさッそくミコサマを城へつれて行って殿様に披露した。真庭念流の石川淳八郎が立合ってみると、とても、とても、問題にならない。もともと、ナギナタと刀では、現在の剣士に立合わせても、女の子のナギナタの方が勝つ公算が大きいのである。しかしミコサマの手錬は話の外だ。

直ちに召抱えられてナギナタ師範になる筈であったが、天狗様の神事をうッちゃるわけにいかないから、ミコサマの職のまま村に止ることになり、心ある武士の娘が出かけて行って習うことになったのである。

キンカの野郎のアネサもミコサマの手錬の凄味がつくづく分ったから、

「オラ、死なねで、ホンニ、よかったれ。オッカネ。オッカネ」

と、それからはいくらか怠け癖も治ったということである。

飛燕流開祖

目明《めあかし》の鼻介は十手の名人日本一だという大そうな気取りを持っていた。その証拠として彼があげる自慢の戦績を列挙すると、次のようなものである。

奴メが江戸で岡ッ引をしていた時の話。町道場の槍術師範、六尺豊かの豪傑が逆上して暴れだして道往く者を誰彼かまわず突き殺しはじめたことがある。腕自慢の若侍が数をたのんでとりかこんでも、またたくうちに突き伏せられてしまう始末で、同心も捕手《とりて》も近よれたものじゃない。そのとき鼻介が十手をお尻の方へ落し差しにして、キリリとしめたハチマキをといてチョイと肩にかけ、

「ヘエ、チョイトごめんなすッて」

という手ツキをしながらニコヤカに近づいて行くと、あんまり何でもない様子であるから、豪傑はふと戸惑って、ハテナ、オレの後に銭湯でもあるのかナ、と実に一瞬の隙間。殺気と殺気の中間にはさまった絹糸の細さほどのユルミであるが、そこを狙って空気のように忍びこむ。ふと豪傑が気がついた時は鼻介はニコニコと槍の長さよりも短い円周の中へチャンとはいっていたのである。ここが手練《しゅれん》、イヤイヤ、武芸の極意というものだ。ニコヤカに何でもないような、むしろダラシないような歩きッぷりだが、この裏にある心法兵法武術の錬磨はいと深遠なのである。さて、槍よりも短いところへ入ってしまえば何でもない。お尻の十手を抜く手も見せず槍を叩き落して、豪傑の片手をとるや十手を当てがっと抱えこむ。逆をとるとみせて、豪傑の手をひく方へ十手をはさんで勝手にひきこませると、これでもう、豪

傑は、

「アテテテテ……」

　といって身動きができないのである。

「ナ。オレが十年かかって編みだした極意というものは、槍でも刀でも、かなわねえや。ト手てえものは唐《から》の陳先生てえ達人が本朝に伝えた南蛮渡来の術だが、オレのはヤワラの手に心学の極意も加えて、タマシイを入れたものだ。生れつきがなくちゃダメだぜ。ツといえばカという生れつきのコナシがなくちゃアいけねえや。ハッハッハ」

　というのが彼の説である。

　あるとき日本橋の大きな店へ三人の武芸達者の浪人が強盗にはいった。機転のきいた小僧の一人がソッとぬけだして、自身番へ駈けこむ。これはもう鼻介でなくちゃアいけねえというので、真夜中に叩き起されて、十手をチョイとお尻の方へ落し差しにして、でかけた。雲をつくような浪人が三人、主人の枕元へ刀を突きつけて、千両箱をださせているところだ。へ、今晩はと部屋へはいって、

「千両箱は重うございますよ」

　などと云いながら、お尻の十手を手にとって、チョイ、チョイ、チョイと三人の腕や背や胸をつくと、三名の豪の者が麻薬のお灸にかけられたように痺れてしまった。

　素人が見たのでは、人間の身体《からだ》は脆《もろ》いようでも丈夫なもの。刀で斬れば血がでるが、拳で

なぐったってコブはできても、それだけのことだ。ところがあらゆる人間には弁慶の泣きどころという急所が全身に五百六十五もあるのだ。名人がそこの一ツをチョイとやると、天下の豪傑でも麻薬のお灸にかけられて痺れてしまうのである。

凄かったのは、上野のお花見の時。ウーム、見事なものだなア、と鼻介が桜の下を歩いていると、行手に当って花見の人々がワッと逃げてくる。何事ならんと駈けつけると、十一名の悪侍が、美しい娘を二人つれたオジイサン侍にインネンをつけ、果し合いになったのである。悪侍の親玉は手の立つ奴と見えて、片手はフトコロ手をしたまま、片手の刀でジイサンをあしらッている。ジイサンはジタリジタリ脂汗をしたたらせて顔面蒼白息をきらして後退する。他の十名は笑いながらジイサンがナブリ殺しにされるのを見物しているところであった。

「へ。どうも。お待ちどう。しばらくでござんす」

と云って、鼻介が刀と刀の間へわってはいると、悪侍の親玉は目をむいて、

「なんだ。キサマは」

「へ。左様でござんす」

「何者だ」

「へ。豆腐屋でござんす。コンチは御用はいかがで」

「コノ無礼者め」

悪侍の親玉はカンカンに立腹して抜く手も見せずと云いたいが、もうチャンと抜いている。そのままの位置では斬るにも突くにもグアイの悪いところへ鼻介が立っているから、エイッとふりかぶって一刀のもとに鼻介を斬り伏せようとする。とたんに後へひッくりかえって、刀をふりあげたまま、ドタリと倒れてムムムとのびてしまった。鼻介の足が急所をチョイと蹴ったのである。

のこった十名の悪侍が、生意気な下郎めと刀を抜き放って迫ったから、十人にとりまかれては一大事。アバヨ、と逃げる。その足の速さは青梅村の百兵衛だって遠く及ばない。そのころはオリムピックがなかったから仕方がないが、百米《メートル》からマラソンまで鼻介の記録を破る者は今でもいないというほどのイダ天である。けれども、そう離しては相手がついてこないから、切先から五六寸だけ間をもたせて鬼ごっこをする。名人になると全身に鉄を感じる作用がそなわるから、後を見なくても敵の刀の位置がわかるのである。つまり術と錬磨によって電波探知機を身にそなえているのである。敵はそうとは知らないからもう一息で芋刺しに、と夢中で追う。一人にだけ追わせると他の者が退屈して諦めるかも知れないから、ヒョイと身をかわして横へとび斜にずれては他の者の切先五六寸のところへ背中をおいてやる。もう一息で届きそうだから息がきれて目がくらんで何も見えなくなるまで我を忘れて追うのである。十分もたたないうちに十名の者が完全にへばって、あっちに一人、向うにも一人というように、まるで天からまいたように、八方にのびていたのである。

「ナ。極意というものは、斬る突くだけのものじゃアねえや。術により、錬磨によって、全身に感じる作用がそなわるな。凡人は触れないと分らない。だが、見どころのある者は生れながらにして、三尺から一間の近さまでは物の迫る気配を感じるものだ。これを錬磨によって三間ぐらいまで延すことができるが、オレのは、又、別だな。七間、十間、十五間と感じることができらア。だが十五間、十五間も離れたものを感じるのじゃアねえや。迫る物の速力に応じて身をかわす速力の早さが、十五間も距離のある敵の姿を感じることに当るという理窟だな。これぐらいになると、夜道で、弓の矢で狙われようと、鉄砲のタマがとんでこようと、チョイと身をかわしてしまうなア。だが五寸、一寸五分、七分とヒカリモノの距離をこまかく感じ当てるのは、又、甚しくむずかしいや。ハッハッハ」

こう自慢する。奴めは気どって漢語のようなものを使うのである。

「なんだ。この野郎。みんな江戸の話ばッかしらねッか。この町に来てから本気に誰《ダ》ッかが見ていた腕前の話がききてもんだわ。一ツも無かろが」

「ハッハ。この土地には気のきいた泥棒一人いねえや。生れた土地へ戻ってきたのが運のつきだな。江戸で目明の鼻介サマと云えば千両役者と同じように女の子が騒いだものだ」

とアゴをなでている。

そこで城下町の町人たちは、高慢チキな鼻介の野郎め、一度ヒドイ目にあわせて鼻を折ってやりたいものだと考えていた。

★

城下町から三里ほど離れたところに由利団右衛門という分限者《ぶげんしゃ》がいた。どれくらいの大判小判を持っているか見当がつかない。一枚ずつ並べると海を渡って佐渡までとどいて島を七巻きするそうだという話である。代々の殿様は勝手許不如意《かってもと》の時には代々の団右衛門から金をかりる。決して返すことがないが、借金というのである。家老なども密々借りにくることがある。だから別に威張りもしないが、大そう格式を持っている。

団右衛門の愛妾のオトキというのが同じ村に立派な妾宅を造ってもらって莫大な財産を分けてもらったが、年ごろの一人娘がいるだけで、男の子がいない。そこで聟《むこ》をさがしているが、本宅にくらべれば百分の一ほどの家屋敷財産とは云え、旦那様の来遊ヒンパンな妾宅だから、数寄《すき》をこらし、築山には名木奇岩を配し、林泉の妙、古い都の名園や別邸にも劣らぬような見事なもの。お金だって千両箱の五ツぐらいは分けてもらっている。けれども妾宅のことだから、身分のあるところから養子を貰《もら》うわけにいかない。

ところがオトキという妾が利巧者で、妾などというものでも人が大事にしてくれるのは旦那様が生きているうちだけのこと。旦那が死ねば妾の子などは村には居づらくなるだろうし、誰も大事にしてはくれない。今は人の羨む金があっても座して食えば山でもなくなるという通りのものだ。オトキはこう考えているから、娘の聟は低い身分の者でタクサンだ。実直で、利巧なところもあって、働きのある男を見込んで聟にとり、城下町へ店でも持たせて、末長く一本立ちができて子孫が栄えるようにさせたいものだと思っている。

ところが娘のオ君というのが年は十六、かほどの美形がお月様や乙姫様の侍女の中にも居るだろうか、居ないであろうというほどの宇宙的な美人である。実直で、利巧で、働きがあれば、藪神の非人頭段九郎の配下の者でも聟にとるそうだ、という噂がひろまったから、近郷近在は云うまでもなく、遠い他国の若者に至るまで、意気あがり、心の落ちつかざること甚しい。ために十里四方の若い者は各々争って働きを誇り、怠け者が居なくなったというほどの目ざましい反響をよんでいる。

ところが目明の鼻介の野郎が三里の道を三町ほどの速さで歩いて、団右衛門の妾宅へ毎日のように出入りしていることが知れたから、若い者から年寄に至るまで、アンレマと驚いて、腹をたてた。

独り者といったって鼻介の野郎は三十に手のとどいた大ボラフキの風来坊。ヤモメ暮しというだけで、花聟という若い者の数の中にはいるような奴ではなかった。あの野郎、身の程もわきまえぬ太え野郎だと皆々立腹したけれども、よくよく考えてみると、どうも都合がよろしくない。

鼻介の野郎は十一二から江戸へ奉公にでて、三十にもなって女房もつれずに故郷へまいもどった風来坊であるが、段九郎の配下の者でも身分は問わないというから、あの野郎が不都合だという理由にならない。

見どころのある人間だとは思われないが、困ったことには、コマメであるし、機転がきくし、手先の細工物にも妙を得ており、人が十日でやるようなことを一日で仕上げて済ましているようなズルイ奴だ。田舎では、こういう奴をズルイ奴だといって、正しい人間の仲間には入れないけれども、オ君の花聟の条件に照し合せると、正しくてグズで間違いのない当り前の人間よりも、あの野郎の方に都合良く出来ている傾きがある。正しくてグズで間違いがないのがこの土地の人間、ズルイ奴はよその者にきまっているのだが、ズルイということは善良でない人間の目から見ると、小利巧で働きがあると見えない節がないようだから困ったものだ。妾などというものは魔物であるから油断もできないし、考え方も狂っていようというものだ。

実直、といえば、それはこの土地の人間の美点のようなものであるが、あの野郎ときては酒をのまないという妙な野郎だ。雪国の人間は生涯ドブロクと骨肉の関係をもつものだが、よそ者のズルイ見方によれば、酒をのまないということが実直という意味の一端をなしているのかも知れない。生き馬の目をぬくとはこのこと、実に油断がならない。

田舎には盆踊りというものがある。これが田舎のよいところで、女郎だの淫売などという者はない。年々交際を新にし、寝室への門をひらいて、若者の性生活を適正健康ならしめるのである。鼻介の野郎ときては、十手をちらつかせて大ボラを吹きまくるくせに、この土地では色女が一人もないというシミッタレた野郎である。こういう奴は男の面ヨゴシ、天下の恥カキ者、いい若い者の仲間はずれという奴で、バカかカタワでなければ有りうべからざる奇怪事であるが、よそ者のズルイ目から見ると、それも実直という意味になるらしい怖れがある。江戸は生き馬の目をぬくといって、こういうズルイ奴が現れるから始末がわるい。

だいたい岡ッ引などやろうというのは、天下の悪者、ズルイ上にもズルイ奴にきまっているから、奴めは鼻介と名のる通り、オ君の聟とり話を嗅ぎ当てて、悪計を胸にえがいて江戸を立ってきたのかも知れない。

目明では暮しが立たないから、鼻介は色々の仕事をしていた。トビのようなこともやるし、頼まれれば細工物を作って納めたり、大工仕事でも、井戸掘りでも、なんでもやる。鍛冶屋の店先をかりて、自分の十手を細工したり、カギのようなものをこしらえたり、何に使うか分らないような妙なものをせッせと作ったりすることもある。あの野郎、十手をあずかりながら、忍び道具をこしらえて泥棒をはたらいているんじゃないか、と疑る者もいるほどであった。

鼻介が何用でオトキの妾宅へ出入りしているかということが分ると、若者たちはオドロキを通りこして、居ても立ってもいられない恐怖にかられた。

彼は一日妾宅を訪れて、

「エエ、江戸名物、日本一の大探偵、鼻介でござい。聟殿の身許調査の御用はいかがで。迅速正確、親切丁寧、秘密厳守、料金低廉、あくまで良心的」

と売りこんだのである。実に彼こそは本朝興信所の元祖であった。若者の心胆が冷えきったまま温まらないのは当然というもの。

そこで十里四方の人間どもが一致団結して鼻介撃滅の壮挙にでたかというと、どこの国でも一番近いところに五列が忍んでいるから始末がわるい。どの村の娘もまるで相談したように鼻介に声援を送り、田吾作はオラとこへ七へん忍んできたれ、お寺のアネサのとこへも忍んで行ってけつかるがんだ、というようなことをスラスラと鼻介にうちあけてしまう。あっちのアンニャもこっちのオンチャも、独身の若者という若者がオ君の聟を狙って魂をぬきあげられているから、アネサどもは怒り心頭に発しているのである。

したがって鼻介の情報は彼の自負通り正確丁寧、水ももらさぬ趣きがあるが、実に出所が厳正、これ以上に真相を語る者の有りうべからざるところから出ているのだから、アンニャもオンチャもアレヨと慌てふためくばかり、口惜しいけれども、どうにもならない。高枕に高イビキで安眠できる者が一人もいないのである。

田舎は算数の大家がそろっているから、

「物は相談だが」

と云って、金包みをもって鼻介を訪ねてくる。金包をひらいてみせて、うまく取り持ってくれるとこれだけやる、チリンチリンと一枚ずつ音をさせてみせた上で、又、そっくり持って帰る。手附金だの袖の下というものをビタ一文でも置いて行くようなズルイ奴はいないのである。まさしく実直。国法の罪にかかるところがミジンもない。それどころか、これを放置しておくと、

「鼻介の野郎、ヨダレの三斗もだしやがって、オレが財布をフトコロへ納めたら、イヤハヤ、奴メのタマゲたこと、キンタマが垣根にひッかかったみてえなザマしたものだ。あの慾タカリめが」

ということになって、ズルイ上にもズルイ劣等人種にされてしまう。けれども、鼻介は心得があるから、そんなことは云わせない。

人が訪ねてくる。鼻介の住宅は物置を改造したものだから、台所もあらばこそ、部屋は一ツしかない。

「誰だ？　ま、はいれ」

と云うと、戸がスルスルとあく。鼻介の野郎は奥の自在鍋の前にデンと坐っていやがる。ハテナ、誰が戸を開けやがったのだろう、とウロウロ見まわしていると、

「早くはいらねえか。田舎ッぽうのノロマ野郎め。礼儀一ツ知らねえ野郎だ。寒くッて仕様がねえや」

客がはいると、戸がスルスルと閉じる。奥にいる鼻介は動きもしないし、ほかに人の姿は

どこにもない。呆れてボンヤリしていると、隅から座ブトンがスーと動いて自在鍋の前でピタリと止る。

「マア、敷きねえ。ボンヤリ立ってるんじゃねえや。テキパキしなきゃア、日が暮れらア。だから、見ねえ。二十いくつにも成りやがって、子供の智慧もつきやしねえや。ノロマ野郎め」

見ると、天井も壁も畳の上もヒモだらけである。ヒモは方々から全て奴めの周囲に集っている。これをひッぱると、戸が開いたり閉じたり、鍋や釜もこッちへ来たりあッちへ引っこんだりする仕掛けになっている。

一方の壁には等身大の人体図が書かれていた。灸点《きゅうてん》のようなポツポツがタクサン打ってあるのは、これが五百六十五の急所というのかも知れない。

「物は相談だが」

「ナニ。物は相談だと。どいつも、こいつも同じことを云やアがる。なにかい。この土地じゃア、お早う、今晩は、と同じように、物は相談だが、てえきまった挨拶があるのかい」

こう云いながら膝の下から三四寸の釘のような物をとりあげて、人体図に向ってヒョイと投げる。顔の急所と覚しきところへ釘はピュッと突きささっている。

客がフトコロへ手を突ッこむと、

「よしねえ、よしねえ。そんなところから何を出したって何にもならねえよ。つまらねえことをしやがる。コッちはベロをだしてやるから、そう思え」

ピュッと釘を投げる。急所へグサリ。客がそッちを見ているうちに、どうヒモをひいたのか、戸がスルスルとあく。

「戸があいたぜ。帰んな。帰んな」

と、追いだしてしまう。

いかに礼儀知らずの岡ッ引とは云え、重ね重ね無礼千万。これ以上放ッておいては、一人の鼻介に十里四方が征服されたようなもの。そこでアンニャの有志が集合して、

「あの野郎をこのままにしておいては、この村に男が居ねと云われても仕方があるめ。こう言われては、末代までの大恥をかかねばならねもんだ」

「そうらとも。どうしても、いっぺん、くらすけてやらねばならねな」

ということになった。

★

いっぺん、くらすけることになったが、実行の方法がむずかしい。大ボラをふくだけあって多少は腕に覚えがあろうし、江戸で十何年もいた奴はどういう狡智悪計にたけているか知れない。

近郷近在のアンニャのうちで、衆評一致した豪の者は、草相撲の横綱鬼光、これは強い。六尺三寸、三十八貫、江戸の大関でもあの野郎の鉄砲一発くわせたら危ねえもんだわと若い者をほめたがらない古老が言うほどであるから、推して知るべし。歯が立つ者がないばかりか、奴めにふりとばされると柱の中辺よりも高いところへ叩きつけられて肋骨を折った者もあるし、腰車にかけられてイヤというほど土に頭を叩きつけられて目をまわして息はふき返したが薄馬鹿になったという者もある。押しつぶされて足の骨を折った者もあるし、たった一発の鉄砲で仰向けに五間もふッとんで目をまわしたものは無数であるから、鬼光の鉄砲は封じてあるが、どだい相撲を封じなければ怪我人は絶えない。今では進んで鬼光に勝負を挑む者は一人もいなくなった。これに次ぐ豪の者といえば行々寺の海坊主。坊主には相違ないが、まったく海坊主のような化け者坊主で、名題の山男。熊でもムジナでも叩き殺して食ってしまうという実に大変な奴で、時々荒行と称して山にこもるのは、この味が忘れられないせいだ。

町の者では米屋のアンニャが、米屋ながらも真庭念流の使い手で、石川淳八郎の代稽古、若ザムライに稽古をつけてやるという達人だ。もう一人、町火消の飛作というのが喧嘩の名人、町奴を気取って肩で風を切って歩いている。以上の四人は万人の許す強い者、土地の言葉でいッちキッツイモンである。

そこで有志のアンニャから丁重な使者が差しむけられ、四人の豪傑に集ってもらった。ナマズ、ドジョウ、タニシ、雀、芋、大根、人参、ゴボウなどとタダの物を持ちより二の膳つきの大ブルマイ。

「話というのは外でもねえが、オメ様方をいッちキッツイモンと見こんで、ここに一ツの頼みがあるてもんだて。鼻介の野郎を一発くらすけてやらねば十里四方には男が居ねというもんだが、さて、あの野郎もタダ者ではねえな。オレが睨んだところでは、生き馬の目の玉をぬくてガンが、あの野郎のことらね。オッカネ野郎さ。さア、そこで、オメ様方に腕をかしてもらわねばならねてもんだが、ここに困ったことには、あの野郎も十手をあずかる人間のハシクレであってみれば、ただくらすけるワケにもいかねてもんだ」

十手ときくとグッと胸につかえたドブロクを飲み下して何でもないらしい顔で静かに目をとじた鬼光。

やがて、もっともらしく目を光らせて、

「オラトコのオトトとオカカの話によれば、ンナもいつまでも相撲ばッかとッて居られねぞ。アネサもろて身かためねばダメらてがんで、なんでも来月ごろにはよそのアネサがオラトコのヨメに来るという話らてがんだネ。アネサもらえば若えアンニャの気持ではいけね。よそのアンニャと相撲とるのはもはや今後は堅くやめねばならねゾてがんだネエ。そんげのことで、オラ今度相撲とると、オトトとオカカに叱られねばならねがんだテ」

土俵の上よりも力がいるらしく、額と鼻の頭には汗の玉がジットリうかいている。百姓は理

窟ぬきで役人を怖れる。長く悲しい歴史の然《しか》らしめる習性。身に覚えのあるアンニャの総代はゲラゲラ笑いたてて、

「オメ様に一ツくらすけられると熊れも狼れもダメになるほどのキッツイモンを、オトトもオカカもめッたに叱るわけにはいかねもんだわ。オラそんげに命知らずのオトトの話もオカカの話もきいたことがねえもんだ。そんげのオトトとオカカが居るがんだれば、オメ様の代りにオトトとオカカにきてもろて鼻介の野郎をくらすけてもろた方が話が早えわ。安心しなれて。あの野郎をくらすけても文句のでねような方法が、ここに一つあるがんだ」

そこで一同は額を集めて密議を重ねる。めでたく相談がまとまって、その晩は前祝いに充分のんで、一同アンニャの総代のウチに泊りこむ。

さて、翌朝になった。この村は鼻介がオトキの妾宅へ通う道に当っているから、一同は仕度をととのえて鎮守様の社の前に集り、また村中にふれをだして、

「オーイ。面ッ白《シ》ェことになるれ。みんな早う、来いや、来いや」

人々をよび集めて、鼻介の通りかかるのを今か今かと待っている。

鼻介が通りかかった。アンニャの総代が走って行って、

「オーイ。鼻介」

「何を云やアがる。唐変木め。口のきき方も知らねえ野郎だ。又、物は相談だが、じゃアあるめえな」

「アハハ。今日はチョッコリ仲間にはいって貰いてもんだが」

「バカヤロー。てめえ達の仲間にはいっていられるかい。コッちは忙《せわ》しいんだ。顔を洗って出直しやがれ」

「そういうワケには、いかねえな」

「なにが、いかねえ」

「オレがきいたところでは、ンナはたしか剣術を使うことが上手らという話らッたが」

「モタモタ云やアがるなア。日が暮れるぞ、ほんとに。剣術を使うが、どうした」

「ちょうどンナにいいことがあるて。ンナも知っているだろうが、十里四方にキッツイモンは誰かと云うと、みんなが四人の名をあげるな。鬼光、海坊主、米屋のアンニャ、それから飛作の四人の野郎だて。ンナには気の毒の話らが、ンナの名をあげる者は誰もいねな。さて、四人のいッちキッツイ野郎は誰らという話になると、それが困ったことには、術の種類が違うがんで、野郎どもの顔が一度も合うていねもんだ。オレはアレがいッちキッツイ。ウソこけ、コレらは。もうはや喧嘩になって仕様がねもんだ。そこでオレの村ではみんなが相談して、そんげのことで毎日みんなの者が喧嘩していたがんではいけねから、四人の野郎に来てもろて勝負をつけてもろたらよかろ。タダで頼むわけにもいかねから、いッちキッツイ野郎には金の十両もくれてやれば、あの野郎どものことら、大喜びで勝負つけよてもんだ。さて、そういうことに話がきまって、今日が勝負をつける当日らて。ンナもいいとこへ通りかかったもんだわ。ンナが通りかからねば、誰もンナみてな馬鹿野郎を思いだす者はいねがんだが、ンナの姿を見たもんだ。あの馬鹿野郎も自慢こいて威張ってけつかるがんだが、入れてみれ、面ッ白《シ》ェわ。そうら、そうら、てがんだ。それでオレがンナをよびに来たのらが、オレの本気を云えばンナは仲間にはいらね方が利巧らな。ンナにはとても十両の金はとれぬし、くらすけられて目をまわすのはまだいいが、ノビてしもて息を吹き返さねと来たもんでは、オレが又困ることになるもんだ。ンナの恥にならねように、今日は病気らと云うてやるが、ンナの返事は、どうら」

「ほう。勝ちゃア、オレにも十両くれるか」

「オヤ。ンナは貰らう気らか」

「くれるんだろう」

「いッち勝てば呉れてやるろも、負けた野郎にはなンにも呉れてやらねがんだぞ」

「もらおうじゃないか」

「オヤ。ンナがいッち勝たねばダメらて」

「馬鹿野郎め。オレが勝つにきまッてるじゃないか。十両なら悪くねえ」

「貰われれば悪くねえにきまっているわ。くらすけられて目をまわしても文句を云うことは出来ねがんだぞ」

「そいつは四人の野郎どもによく云いきかしておいてくれ。恨まれちゃアいけねえや。オレは至って気立のやさしい男だからな」

無論一同の企みであるということは一目で分っている。しかし、何食わぬ顔。果して計略うまく行くかと気をもんでいた一同は喜んだ。アンニャの総代は鼻介に向って、

「こう云うてはンナに気の毒らが、いッち弱いがんから片附いてもろうがんが都合がよかろて。ンナがいッち先らな。これはどうも仕方がねわ。さて、あとの四人はクジびきが良かろか」

クジをひくと、飛作、海坊主、米屋のアンニャ、鬼光という順になった。

「鼻介の武器はなんだや」

「馬鹿野郎め。鼻介流十手の元祖、天下の名人鼻介を知らねえか」

「ちッとも知らねわ。飛作はなんだや」

「オレは喧嘩の名人らがな。手当り次第になんでもいいが、この棒《ボン》グレらと、鼻介の野郎が泣いて気の毒らのう」

「アッハッハ。田舎の地廻りが棒をふりまわすぐらいじゃア、オレは素手でなくちゃあ将軍様に相済まねえや。サア、こい」

「この野郎」

そこは田舎の地廻りで喧嘩ッ早い飛作、この野郎といきなり身体ごと突きをくれると、生れてこの方飛作の突きが外れたことはないのに、どういうワケだか空をついて前へトントン

と泳いでしまった。何のと、ふりむいて一撃くれようとすると、すでにそこへ来ていた鼻介が飛作の利き腕のヒジをチョイとつかむ。飛作は棒をポトリと落して足の爪先で立って背のびしながら、

「イテテテ……」

見ている者にはてんでワケが分らない。鼻介はチョイとヒジをつまんでいるだけなのである。

「アッハッハ」

鼻介が笑いながらヒジを放して、軽く脾腹《ひばら》をつくと、飛作はググッと蛙の一声を発してグニャグニャ倒れてノビてしまった。

「ヘエ。お代り」

「オヤ。なかなか、やるな。オレは行々寺の海坊主らわ。こんげの火消しのアンニャと違ごて、オレがくらすけると熊の頭の骨がダメになるがんだが、オレれも坊主のうらうらて。ンナの頭の骨をあくまでダメにしてとは思わねが、どうら。ンナ、やめねか」

「アッハッハ。江戸へ連れて行って見世物にかけたいような大入道が現れやがった。ここで退治ちゃア、もッたいねえや。サア、おいで」

「この野郎」

大入道が拳をふるって殴りかかる。ボクシングで御承知の通り、スイングというものはめッ

たに極まるものではない。大入道の拳をかわすぐらいは、鼻介にはなんでもない。散々空をうたせると、さらばと大入道、両手をひろげて、

「この野郎めが」

と躍りかかる。その時チョイと脾腹をつくと、ゲゲッとけたたましい一声を発して、大入道はズシンとひっくりかえってノビてしまった。

「お次ぎの番だよ」

「オヤ。ンナはなかなかヤワラの手が上手のようらて。オレは真庭念流の剣術らが、ヤワラてがんは日本一の名人れも剣にかかればなンにも役に立たねもんだが、ンナはそれれも承知らか。むかし佐々木岸柳という野郎は宮本武蔵という野郎に木刀れたッた一つシワギツケられて死んだもんだわ。オレも木刀らが、ンナ、あやまれ。そうせば、やめてやるわ」

「アッハッハ。おめえはいくらか腕が立つかな。田舎の棒フリの手を見てやろうじゃないか。もッたいないが、一ッ十手を使ってやるかな。さア、おいで」

「この野郎。頭の皿わられるな」

　はじめて両者ピタリと構える。米屋のアンニャがジッと見ると、相手もなかなかやる。けれども一尺五寸ほどの十手のことだから、大したことはない。木刀の間《マ》にはいるとやられるから、奴メ一人前に十手を構えて遠く離れていやがる。ジリジリ進むと、ジリジリ下りやがる。当り前のことだ。ジリジリ進む。ジリジリ下がる。ジリジリ進む。とたんに相手がササッ

と進んだものである。一瞬もその気配を察知し得なかった米屋のアンニャ、すでに相手が間《マ》にはいっているから、いきなり振り下す。空を斬ってトントントン。利き腕を打たれてポロリと木刀を落す。鼻介の左手でチョイとヒジをつままれて、爪先で延び上って、

「イテテテ……」

チョイと十手で脾腹をつかれると、ギュウとノビてしまった。

今度は本職の剣術使いだから大丈夫だと思っていたのに米屋のアンニャまでノビたから、一同は驚いた。

鬼光は蒼白となって脂汗をしたたらせガタガタふるえだした。

そのとき、

「これこれ。もはや試合には及ばぬぞ。そッちの大男も、もう、ふるえるには及ばぬ。さても驚き入ったる手の中《うち》」

と声をかけて現れたのは、遠乗りに来かかって一部始終を見とどけた家老であった。

石川淳八郎の代稽古、米屋のアンニャを苦もなくひねッているから、これ以上腕ダメシの必要はない。さッそくお城へ連れ帰って、殿様に披露する。

腕達者の若侍を十名一時にかからせてみると、ヒカリモノの気配から六七寸だけ背中を離して、あっちへ逃げ、こっちへ逃げているうちに、一人ずつノバされてしまった。殿様はことごとく感心して百石で召抱える。

家老は鼻介をよんで、

「鼻介流元祖というのは威厳がないな」

「それじゃア、イダ天流といきましょうや」

「ウム。飛燕流小太刀の元祖。これだな。これにしろ」

「あッしゃア、何でもようがすよ」

「姓名は江戸にちなみ、飛燕の岸柳にちなんで、武蔵鼻之介はどうだ。これが、よかろ」

「エッヘッヘ。武蔵はいけませんや。由利の旦那がオトキの娘のオ君の聟になってオレの分家になってくれろてんで、由利鼻之介でなくちゃアいけねえというワケで。どうも、すみません」

鼻介の奴、オデコを抑えて、ニヤリ、柄になくいくらか赤い顔をした。

曽我の暴れん坊

出家の代り元服して勘当のこと

ある朝、曽我の太郎が庭へでてみると、大切にしている桜の若木がスッポリ切られている。

「何者のイタズラかな」

しかし切口を見ると、おどろいた。直径二寸五分ほどもある幹を一刀両断にしたもの、実に見事な切口。凡手の業ではない。しかし、かほど腕のたつ大人がこんなイタズラはしそうもない。イタズラしそうな奴といえば女房の連れ子箱王《はこおう》ぐらいのものだが、奴め剣術の稽古は無類に好きとはいえ、まだ十一の子供。

「コレ、コレ、箱王。まさかキサマではあるまいな、この桜を切ったのは」

「イイエ。ボクです。工藤祐経《すけつね》に見えたので、うっかり切ってしまいました」

「ウーム。見事な腕前。驚き入った」

「怒らないのですか」

ワシントンとちがって、親父の怒るのをサイソクしている。もし怒ったら親父を相手に一勝負、これぞ望むところという不敵な料簡《りょうけん》が顔にアリアリ現れている。豪胆な奴だと太郎は舌をまいて部屋へ入ったが、これを垣間見ておどろき悲んだのは母親の満江《まんこう》。

前夫河津三郎《かわづのさぶろう》が祐経に殺されたので曽我の太郎と再婚したが、一万《いちまん》箱王の二子（後の十郎五郎）は敵の大将の孫というので頼朝に殺されるところを畠山重忠の口添えで辛くも命を助けてもらった。祐経を父の仇と剣の稽古に励んでいるなぞと人の口の端に上るようになれば、こんどこそ命がない。

「おそろしい子供……」

兄の一万は学問好きで柔和だが、弟の箱王は無類の暴れん坊。手がつけられない。うっかりすると、この子のために再び鎌倉へ召し出されるハメになり、兄の一万も義父《ちち》の曽我もともに成敗をうけるようなことになりかねない。これはもう坊主にでもしてしまうのが何よりと考えたから、箱根の別当へ預け、ゆくゆくは坊主にすることにした。

ここには二十何人も坊主がいる。箱王、朝の勤めがすむと山へもぐりこんで一日中戻らない。この箱王という子供は肉が無性に好きなのである。オカユとナッパというような坊主の食物が我慢ができない。手製の弓矢をつくり、鳥獣をとらえて食い、山の石を押し倒して力を鍛えたり、木立を相手に立廻りの稽古に没頭したり、日が暮れるまで山で遊んでいる。先輩の坊主にこの乱行を見届けられて、

「キサマ、坊主の身でありながら、鳥獣を殺して食うとは何事だ」

「イエ、ありがたい経文を唱え、引導をわたして食べますから、成仏ができてありがたいと云って鳥獣がオナカの中で手をついて礼をのべております」

箱根の別当はこれをきいて、子供のころの暴れん坊は大人になると案外大物になるものだ。

将来見どころがあるようだから、ナニ、子供のうちは仕放題にやらせておけ、と笑ってすましてくれた。そのおかげで、箱王は十一から十七の年まで箱根山中でたらふく肉を食い大いに鍛錬して育つことができた。ついに身長六尺、力の底が知れないという怪童ができあがった。谷底へ大石を突き落す、大木をひッこぬく、強弓の遠矢は目にもとまらず谷を渡るというグアイで、箱根の山は連日噴火か地震のよう。師の坊もたまりかね、

「お前も大人になる年頃だから京都へ行って得度して一人前の出家になりなさい。明日その垂れ髪を切り頭を丸めて、京都へ出発だ」

冗談にも程があると箱王は思った。毎日存分に肉をくい、仕放題ができるから寺にいてやったのに、坊主になれとはとんでもない。坊主の得度は武士の元服と同じものだ。髪を切られないうちに逃げだして、得度の代りに元服いたそうと腹をきめた。

さっそくその夜のうちに箱根の山を逃げ下りて、兄十郎の閑居の戸を叩いた。一万はすでに元服して十郎となり、別に一軒をもらって閑居している。

「箱王ではないか。夜中《やちゅう》にどうした」

「明日頭を丸めて坊主にするというものですから逃げてきました。坊主になっては父の仇も討てませんからね。坊主になる代りに元服したいと思うのですが」

「それがよい。では即刻鎌倉へ参り北条どのにお願いして烏帽子親《えぼしおや》になっていただこう」

その夜のうちにうちつれて出発、北条時政を訪ねて元服の式を終り、ここに箱王は五郎時《とき》

致《むね》となった。

兄弟は大喜び。いよいよ力を合せて父の仇討ちに精を入れようというわけで、まず元服の報告に母を訪ねると、喜んでくれるかと思いのほか、母はにわかに顔面蒼白、気を失わんばかりによろめく身体《からだ》をようやく支えて、

「出家して父の後生を弔ってくれるかと思いのほか、一人ぎめの元服とは言語道断。私には箱王という子供はあったが、五郎時致なぞという子供はありません。母でも子でもない。ただいま勘当いたすから、心を入れかえて出家するまでは二度と母に顔を見せてはなりませんぞ。五郎時致なぞは野たれ死するがよい」

即坐に勘当されてしまった。

女難により居候失脚のこと

勘当の五郎を放っておくわけにいかないから、十郎は弟につきそって、親類を転々と居候して歩いた。

特に力になってくれる親類はと云えば、二人の姉が二宮太郎と結婚している。また叔母が三浦義澄と結婚している。その娘、つまり従妹が平六兵衛《へいろくびょうえ》と結婚している。これらはいずれ

も親身に力になってくれる人たちだ。

ところが十郎は学問のタシナミも深く、まことに品のよい好男子で、非常に女に好かれる。当時は豪傑万能、豪傑だらけの時代であるから、女の子が豪傑に食傷しているせいか、どこへ行っても十郎は大もて。その上、彼は少年時代から風情を解し人情風流をたしなむ素質があって、とかく事が起きがちだ。

たとえば平六兵衛の女房は十郎と一しょに育った従妹《いとこ》だが、その時分からもう関係ができていた。そうとは知らない平六が結婚を申しこみ、また曽我の太郎も気がつかないから、この結婚に許しを与える。女の方はおどろいた。まさか十郎は黙っていまい、親に打ちあけて何とかしてくれるだろうと思っていたのに、何もしない。ひそかに十郎に文をやってサイソクしたのに、返事もよこさず、あくまで知らんフリをしているので、泣く泣く平六と結婚したのである。結婚してからも、あなたのところへ逃げて行きたいという手紙をだしたが、これにも返事がこなかった。

そこへ居候にころがりこんだから、平六の女房は大喜びで下へもおかぬモテナシをしてくれるけれども、人のおらぬ物陰で、十郎はしきりに口説かれる。十郎も閉口して、

「明日ここを出ようじゃないか」

「こんなに待遇のよいうちを急にでる必要はないね。半年一年、ゆるりと滞在しようじゃないか」

「そんなに長居してはオレの命がなくなってしまう。実はこれこれの事情で、どうにも滞在ができなくなった」

「そういう事情なら仕方がないね」

翌日そこをでて、同じ村の三浦義澄方に居候する。ここは叔母の家だ。叔母だから大丈夫だと思っていたら、そうは参らなくなってしまった。

三浦義澄に片貝《かたかい》という侍女があったが、これが絶世の美女である。義澄はこれに手をつけたからその女房、つまり二人の叔母に当る人がヤキモチをやき、もめている最中であった。

兄弟が居候にころがりこんだので喜んだのは叔母である。三四日様子を見ると、片貝は十郎を見るとソワソワしたりパッと顔をそめるような様子。十郎もまたことさらセッタイぶった渋い顔になるのが曲者《くせもの》だ。叔母はさてこそと十郎を呼びよせて、

「片貝という侍女、絶世の美人とは思わないかい」

「仰有《おっしゃ》る通りのようで」

「お前もいつまでも独身でいるわけにはいかないが、あれほど美人なら女房にもって恥になることはない。結婚しなさい」

「ハア」

叔母が片貝をよんで胸中をきくと、彼女も大喜びで、当家にいて奥様に御迷惑おかけするのは辛いから、あのように立派な殿方と結婚できるならこの上の喜びはございません、とい

う返事。そこで叔母は片貝を十郎にひき合せ、

「結婚と申しても主人の義澄は許してくれないにきまっているから、主人の留守を幸い、日を選び、手筈《てはず》をきめて駈落ちしなさい。あとは私がよろしきようにして、曽我の姉にもレンラクするから」

「ハア」

また十郎は閉口した。女房をつれて居候もできず、さりとて五郎を一人放っとくのも不安だ。それに結婚は仇討にもグアイがわるい。そこで五郎に耳うちして、

「オイ、今夜、夜逃げしよう」

「またかい。うまい物をタラフクたべさせてくれるのに、夜逃げはしたくないね」

「実はこれこれの事情だ」

「フーン。またね。仕方がない」

その晩二人はそッと夜逃げした。ところが片貝が十郎と駈落ちするということが、他の侍女の口から義澄の家来の者にもれていた。義澄の留守の間に寵愛の女を駈落ちさせては主人に面白がたたないから、それとなく警戒していると、二人が夜逃げするから、ただちに一同の者を叩き起して、

「さっそく駈落ちしやがったぜ。追跡だ」

「それ」

二十人もの郎党が追跡して二人をとりかこんだ。

「主人の寵愛の女と駈落ちとは怪《け》しからん」

「駈落ちは致さん。ごらんの通り兄弟二人だけだ」

「どこかに隠しているのだろう。女を奪われては家来の面目がたたないから、尋常に勝負しよう」

「拙者はある事情があって命を大事にしなければならないから、平に御容赦ありたい」

十郎は一所懸命ペコペコあやまってる。五郎はムズムズして、

「エヘン。エヘン」

道ばたの百貫ほどもある大石の前へ歩みより、ユラリユラリとこじ起し、肩をさし入れて、エイ、ヤア、ヤア、と目よりも高く差し上げ、ドスンと下へ投げ落した。これを見て驚いたのは義澄の家来の者。

「片貝の姿が見えないからたぶん駈落ちではなかろう。どうも、失礼いたした」

と、こそこそ退散してしまった。十郎は気色《けしき》を変えて五郎を叱りつけ、

「仇討までは大事な命、つまらぬことで事を起すのは慎むように心がけるがよい」

五郎のおかげで事が起らなかったのに、アベコベに五郎が怒られて仕方なしに頭をかいている。

ところが間の悪い時には仕方がないもので、夜が明けはなれ二人が葉山のあたりまでくる

と、鎌倉から戻ってくる平六に会った。

平六の女房がしきりに十郎を口説いているのに気がついた留守を預る家来の者が、主家の一大事とばかり鎌倉の平六に注進した。そこで平六は頼朝からヒマをもらって今しも急いで戻るところだ。道に兄弟の姿を認めたから馬を寄せて、

「十郎どのだな。その大男は誰だ」

「弟の五郎です」

「貴公、拙者の女房と怪しい関係があるということを教えてきたものがあるが、まことに卑怯ではないか。尋常に勝負しよう」

「拙者はある事情によって命が大事でござるから、お怒りの段恐縮ですが、平に御容赦ありたい」

「なんの事情か知らないが、こッちの事情の方がお前の事情よりも一大事だ。女房と怪しい関係のある奴を見逃しておけるものか」

「いずれ後日とくとお話し致したい。本日は何とぞ見逃していただきたく、かように頭を下げてお願い致す」

またはじまったな、と五郎は背中から大きな弓矢をとり下した。大変に大きな弓だ。普通の倍もあろうという握り太の重籐《しげどう》の弓、一尺ぢかい鋭い矢の根をつけた長大の矢。はるか頭上にトビが二羽ピーヒョロヒョロとまっている。矢をつがえて満々とひきしぼって放す。つ

づいて二の矢。弓矢のとどく筈のないはるか天空のトビである。しかるにこれが二羽ながら吸われるように落ちてくる。五郎は二人をとりまいている平六の家来の者に、

「トビを拾ってきてくれないかね。昨夜《ゆうべ》から食事しないので、腹がへった」

一人の家来が持ってきたトビの一羽を平六が手にとって改めると、ド真ン中を突きぬけて、矢の羽が半分ちかくも肉の中にくいこんでいる。恐るべき強弓。家来の顔を見渡すと、みなみな口を半開きにして魂をぬかれたような顔をしている。そうだろう。五郎は一羽のトビのクビをぬいて血をすすっているのである。

「空腹の御様子。食事の邪魔も礼なき業であるから、本日はお別れ致そう。後日の挨拶をお待ち致しておるぞ」

と平六は胸をはり刀にソリをうたせて、馬上ユラユラ立ち去った。十郎は五郎の手の中からトビを奪って地上に叩きつけて、

「仇討までは大切な命。つまらぬ事を起してはならぬと云うのに」

「分った。よく、分ったよ。しかし、こまったね。居候の当《あて》がなくなったね。平六の女房も三浦の叔母もずいぶんうまい物をタラフク食べさせてくれたが、目にチラついてこまる」

十郎の目にチラつくのは女の顔、五郎の目にチラつくのは山盛のゴチソーだ。

「大磯に当があるから、心配するな」

「うまいゴチソーがあるかね」

「大丈夫だ。料理屋だから」

「それは心強いな。しかし、兄貴は意外なところに味方があるんだね」

「その一人娘がオレの恋人だ」

「またか」

五郎はガッカリした。

五郎はゴロツキ兄は女に精だすこと

大磯は当時このあたりで最も繁華な遊び場であった。大昔からの遊び場だ。

遠い昔、西を追われたらしい高麗《こま》の豪族の一族郎党大人数が、舟で逃げてきて、ここに上陸した。今でもここに高麗神社があり、彼らにとってはここは記念すべき上陸の聖地だった。

そして多くの者はそれぞれ奥地へ住み移って土着したのであるが、かの有名な武蔵秩父の高麗村の高麗家の記録にも彼らの祖先が大磯に上陸したということが語られているのである。

大多数は奥地へ散ったが、少数はこの地にとどまり、街道筋の旅人に商いをやり、今日の駅前マーケットのようなものを組織していたのだ。

ところが源氏の天下になり、鎌倉に幕府ができて、京と鎌倉のレンラクで東海道が日本一の幹線道路になったから、大磯マーケットはみるみるふくらんで、鎌倉近辺で第一番の遊び場になったのである。

このマーケット代々の親分、大磯の長者、目下の長者は女将であるが、その一人娘を虎という。絶世の美人だ。

大昔から街道筋のマーケットの長者は、いわば旅人の旅館も兼ね、料理屋女郎屋も兼ね、今の特飲店のようなもの。そこの娘も白拍子《しらびょうし》にでて上客に身をまかせるのは古来からの習いで、大磯の長者もその娘ざかりのころ伏見の大納言を客にとって生んだ子が虎なのである。

一粒種の虎は非常に大事に育てられ、一通りの学問も和歌も、琴笛その他の楽器も遊芸全てにわたって身につけ秀でていたが、特に舞いがすばらしい。しかも絶世の美女であり、世にこれほど妙なる女があろうかと鎌倉の武士連中、つまり当時の独裁政府の御歴々に大評判の麗人であった。しかし、いかほど教養が高く、何不自由なく育ったといっても、その教養も不足のなさもまた白拍子の定めゆえで、一生の宿命はどうすることもできない。呼ばれれば客の席へも出なければならず、特別の上客にはその枕席にも侍らなければならない。

虎にとってはまことに悲しい生活で、なんとも汚らわしく腹立たしい日々に、たまたま曽我十郎という恋人を得て、人生の希望を知ることができるようになった。とかく女に無責任な十郎だったが、この虎にはゾッコン参ったのである。たがいに堅く二世《にせ》を誓い合って、放しませぬ離れませぬと熱々の間柄である。

「この虎という女だけはオレが心から愛しているのだから、お前も今度は夜逃げをしなくとも大丈夫だ」

「そうかも知れないね。いつも女が後になってオレに知れるが、今度は先に知れたからね」

「客席にでるのが辛いから早く結婚してくれと実は目下せがまれてな」

「もう分ったよ」

「どうもお前は木石でいかんな」

大磯の宿へはいってくると、十郎を認めて駈け寄ってきた一人の白拍子、まだ化粧もしていない黒い顔を押しつけるようにして、

「どうしたのよ、十郎さん。ちッとも姿を見せないで。お嬢さんがヒステリーで大変ですよ。実はね、今もお嬢さんが悪侍と大ゲンカしてるんですよ」

「侍とケンカ？」

「ええ、そうなんです。身分の低い侍ですが大そう腕ッ節の強い奴らでしてね。その親分格は黒犬の権太という奴ですが、ちかごろこの宿を軒なみに荒してるんです。今日はウチへ来ましてね、無理に上ろうとするところへお嬢さんがヌッと現れたんです。フトコロ手かなんかで悪侍をハッタと睨《にら》んでね。ウチへ上ってお酒をのむなら私をスッパリ斬り殺して上っておくれ、私が息をしているうちは一歩だって入れないよ、とあのお嬢さんがタンカをきっちゃったんですよ。それというのも、十郎さんがあんまり姿を見せないから、すっかり気が立ってて

るんですよ」

「それから、どうした？」

「どうしたも、ありませんよ。お嬢さんが悪侍を八人も相手に、結局どうにもならないのは分りきってるじゃありませんか。私はすぐ裏からとびだして、馬七だの蛸八《たこはち》だの芋十なぞの地廻り連に助勢をたのんだんです。今日はオフクロの命日だなんて、誰一人きてくれやしませんよ。みんな、やられてるんです。地廻りのグレン隊じゃ歯が立たないんですよ。私、どうしようかと思ってね。ほんとに天の助けだわ。十郎さんに急場を救っていただいてお嬢さんの胸のつかえを取り去ってあげさせようという天の配剤、それでたぶん天がお嬢さんにタンカをきらせたんですよ。早く、なんとかしてあげて下さい」

「拙者は事情あって一命を大切にいたさなければならない身、かりそめにも暴漢ごときと事を起すわけにはまいらぬ」

「何が、拙者だ。オタンコナス。二世を誓った愛人が悪漢相手に苦しんでるというのに、事情あって、一命。ヘン。愛より深い事情があるか。唐変木」

「よく口のまわる女だ。しかし、心配なことではあるな」

「当り前じゃないか。やい、男なら、何とかしろ。さもないと、私がタダじゃアおかないよ。女と思って見くびるな。向う脛《ずね》をかッ払うぞ」

「まて、まて。その方と事を起すのは好まぬ。事情あって、拙者は一命を大切に……」

「オタンコナスめ」

白拍子が打ってかかろうとすると、軽くその肩を押えた五郎。

「ム。痛い。ウーム、この野郎、なんてい馬鹿力だ。よせやい。動けねえや。痛いよ」

「オレは事情あって事を起すのが好きだな。オレをお前のウチへ案内しろ」

「コレ。五郎。一命を大切に……」

「一命を大切にしてるよ。ただ、事を起すだけだよ。早く、案内しろ。悪侍を退散させてから居候になるつもりだから、毎日うまい物を山盛りくわせるのを忘れるな」

「お前さんは誰だい」

「箱根の天狗だ」

「よーし。気に入った。さア、おいで」

「コラ、待て。五郎。一命を」

「大切にするよ」

女と五郎は走りだす。物見高い連中が後を追って走りだす。仕方がないから十郎は半分歩いて半分走って、一命を大切に——呟きながら足をひきずっている。

長者の門前へ来てみると、今しも親分格の奴がズカズカ上って虎を軽々と押えつけているところだ。門をはいった五郎、悪侍によびかけた。

「オーイ。コラ、コラ。蛸の足」

「なんだと」

一同ふりむいてみると、雲つくような大男がニコニコ笑って立ってるから、

「蛸の足とは、なんだ」

「八人だから、蛸の足だ」

「なるほど」

「オレは当家の居候だ。オレに断りなく上ってはこまるな」

「断って上るが、よいか」

「オレはよいが、オレの手に持つものに、きいてみろ」

「手に何も持たんじゃないか」

「いま、もつぞオ」

肩の弓矢を外して地においた五郎、玄関脇の松の木にムンズと組みついた。

「オ。松の木に相談するのか。面白いな」

「いまにもっと面白くなるから待ってろ。アリャ、リャ、リャ、リャ……」

ゆさぶるうちに大地がメリメリとさけてきた。

「エイッ。ヤッ」

と五郎が満身の力をふりしぼって押しつけると、悪侍の頭上へ松の木が倒れてきたから、おどろいた。

松の葉にさされながら逃げのびて、茫然と仲間の顔を見合っている。

「さ、松の木にきいてみろ。たって上るか、どうだな」

さすがに親分の権太、何食わぬ顔、五郎に近よりざまに太刀をぬいて斬ってかかる。五郎、体をひらいて、トントンと前へ泳いでくる権太の利き腕をたたく。力を入れて打ったようでもないが、腕が折れてなくなったよう。ポロリと刀を落して、目を白黒。五郎はその片腕と襟首をつかんで、

「そうれ。上りたければ上げてやるぞ」

ブン廻しのように振り廻して手を放すと、屋根の上へとんで行った。

「どうだ、上り心持《ごこち》は」

ガラガラドシンと下へ落ち、目をまわして、

「ウーム。酩酊《めいてい》いたした」

と言えなかったという話。

七人の悪侍は気絶した親分を抱きかかえて、コソコソと逃げだす。門前の群集、大喜びで、悪侍に石を投げつけている。そこへ十郎が辿りついて、弟を一同にひき合せ、勘当の事情を説明して援助をたのんだ。長者は大そう喜んで、

「居候なんて、とんでもない。大切なお客様ですよ。いえ、お店のお客様よりも大切にいたしますよ。何百年でもいて下さい。ねえ、虎や」

「ええ。その大きい立派なお方は命の恩人。大切にいたしますが、連れの痩せッぽちは、追んだして、塩をまいてちょうだい」

大そう怒っている。十郎は別室で虎にひらあやまり、勘当の弟を見てやらなければならないので訪ねることのできなかった事情を説明して、

「五郎がここへ居候ときまれば安心だから、五郎を置いてく代りに、お前をつれて曽我へ帰るが、どうだ。まだ母に打ちあけていないからすぐ結婚というわけにはいかないが、しばらく二人だけで楽しく暮そうじゃないか」

「ほんと！　二人だけになれるのね」

「そうだとも」

「うれしい。カンベンしてあげるわ」

という次第で、十郎は虎をつれて曽我の閑居へ戻った。

置き残された五郎、待遇がすごく好いから大喜び。食っては立廻りの稽古をし、食っては立廻りの稽古。食うのと、立ち廻りと、寝ることのほかには何も考えない。

例の道案内の白拍子念々《ねね》は腹をたてて、

「ねえ、アンタ。ここをどこだと思うんだい。特飲だよ。遊ぶ女がいるんだよ。料理ばかり食ってないで、たまには女にも手をつけなよ」

「女は、うまいか」

「それは、うまいよ」

「サシミにするのか。塩焼きにするのか」

「チェッ。バカだよ、このデブチンは。ほんとに女を食うつもりらしいね」

念々もサジを投げざるを得ない。

五郎は大磯ですっかり顔になってしまった。大磯ばかりではなく、五里も十里もはなれた宿の遊び場からも、面倒が起ると、五郎のところへとんできて、

「ねえ、五郎さん。たのみますよ。また悪侍の一味の奴が上りこんで」

「オレは事情があって一命が」

「よしてくれよ。コッちは真剣なんだから」

「イノシシを食わせるか」

「ああ、いいとも。二匹でも三匹でもゴチソーするよ。ついでに庭の松の木の場所をかえようと思ってるんだが、ちょッとひッこぬいてくんなよ」

なぞとしきりにお座敷がかかってくる。三年間こんな生活をしていた。五郎、大多忙、東海道の松の木や大石をどれぐらい引ッこぬいたり、動かしたりしたか分らない。

女剣士

石毛存八は刑務所をでると、鍋釜バケツからタオル歯ブラシに至るまで世帯道具一式を買ってナンキン袋につめこんだ。物事はハジメがカンジンだ。その心になったら、まず何よりもそれにとりかかることがカンジンだ。小さいながらも世帯を持ちたいと思ったら、まず鍋釜を買っちまうのだ。そして鍋釜にかけても世帯を持たねばならぬと盲メッポウ一路バクシンの執念をもつことだ。これが存八の刑務所をでるに際して深く期した心構えで、もう足りない物はないかと何度も考えてみたあげく、惜しげもなく賑《にぎ》やかな市街に別れをつげて、大友飯場《はんば》へのりこんだのである。小頭《こがしら》の常サンは存八を覚えていて、

「ウム。コソか」

と云った。コソ泥のコソである。存八はこれを云われるのが何よりつらい。犯罪者の前身を思いだしたり人に知られたりするのがつらいのではなくて、コソ泥というチャチな呼び名がつらいのだ。

コソ泥ながら存八は前科四犯だ。しかし、四度目に刑務所入りしても、コソ泥はコソ泥で、彼に限って仲間にそう呼ばれる。よほどコソ泥的に生れついているらしい。自分だけが特別チャチな生れつきのような気がして、コソとよばれるのが何より切ないのだ。そこで存八は顔をこわばらせて、

「へえ、ワタシはそんな名じゃありませんので」

と刑務所からの紹介状を差出した。そこにはちゃんと石毛存八という姓名が明記されてい

るはずだからだ。しかし常サンは存八のこわばった顔なぞには全然トンチャクなく、

「そんなものは見なくてもいいや。二三日前に刑務所からハガキもきてるんだ。明日から働いてもらう。今日は奥へ行って休め」

「へえ、それがそうはいかねえので」

「むやみにそうはいかねえ野郎じゃないか。うるせえ奴だな」

「それがね。この手紙にも書いてあるはずなんで。たのんで書いてもらったんですよ。飯場はよくないと書いてある。小さいながらも小屋の一ツも持たせていただきたいとね。馬小屋の破れたのでも、納屋の傾いたのでも結構で。そのつもりで世帯道具を買ってきたんですよ。村の人にたのんで世話して下さいな」

「飯場はイヤか」

「どうも性にあわないね。これから真人間にならなくちゃアいけねえ」

飯場に住むとここでもコソとよばれるにきまっている。これが不愉快だ。しかし、何よりも存八にはお作という目当があった。

服役中の存八はここの応急の土木工事にかりだされて二ケ月ほど働いたことがあった。大雨で山くずれがあったのだ。このために下流では洪水になった。山くずれは一二ケ所にとどまらない。また今後も山くずれの危険が予想されるので、応急の土木工事から、かなり大がかりの治山治水工事に切りかえられたのである。

ダム工事などとちがって下流の村里に直接影響のある工事だから、人夫は飯場の土方よりも麓から通ってくる村人の数の方がはるかに多かった。女の人夫も少くなかった。その中にお作がいたのである。

むろん服役中のことで夜は牢屋まがいの小屋へカギをかけて閉じこめられるのだからお作とできるヒマはなかったが、お作が彼を憎からず思っているに相違ないと存八はきめこんだのである。

存八は天性の怠け者であった。人殺しや強盗などには勤勉でよく働くのが多いものだが、コソ泥などというチャチなのに限ってグウタラで、人目を盗んで精一パイ怠けたがるのが多い。その中でも存八は特別で、隙さえ見ればキリもなく怠けたくて、働くぐらいキライなことはなかった。怠けてさえいれば退屈しないというのだから始末がわるい。こういう性分の存八には、もしも働くことさえなければタダで食わせてくれて失業のない刑務所ぐらいの天国はめったに見当らないのだが、ここも働かせるのが好きなのが玉にキズだ。

ところが、どういう風の吹きまわしか、この土木工事にかりだされた時に、存八はよく働いた。はじめからお作に気があって働いたわけではなく、ここへくるとハナから妙に自然に働いた。これを天のなせる業、すなわち宿命なぞという風に、後日に至って存八は刑務所の中でニヤリとしながらお作と自分の後日の天国を考えたものだが、つまり彼はここで非常に村人の好評を博したのである。

村から出ている人夫の男女は、懲役人の中で存八を一番の働き者、一番の善人と見立ててくれたのである。それというのが、二十一二の青二才の仲間まで四十に手のとどいた存八をさげすんでいる。さげすまれている存八はただ黙々と働いているという一場の情景がいたく村人の同情をかったのだ。存八が一人の時を見はからって、そッと食物をめぐんでくれる村人なぞも現れ、そういう中にお作がいたのである。決して美人ではないが、まだ十九、未婚だときいただけで、存八はもう胸がワクワクして弁天サマよりも可愛い女に見立ててしまったのである。

刑務所をでるとナンキン袋に世帯道具をつめこむに至ったテンマツと云えば、たったそれだけのことである。もっとも存八は応急工事が一段落して刑務所へ戻るとき、

「ワタシの刑期もあと三月だから、シャバへでたらここへ来て働きたいなア」

と村人にもらしたところ、村人の多くはいずれもそれに賛成して、

「それがいい。ここへ来て新しくやり直すがいいだよ」

とはげましてくれた。その中にも、お作がいた。

「きっとおいでよ。待ってるよ」

と云ってくれたのだ。ロマンスはこれで全部だ。しかし、存八はお作の待ってるよは意味深長だと考えた。ヒマな人間を考えこませるには待ってるよなぞはアツラエ向きの文句だ。いくらでも意味深長に考えてみることができる。あれもこれも、人生の全てを待っててくれ

るようにキリもなく思いめぐらす幅がある。幅そのものであった。存八は鉄の格子の中でその幅と存分に取り組んだあげく、ナンキン袋に世帯道具をつめこむに至ったのだ。

小頭の常サン、そこまでは知らないはずだが、まるでみんな知ってるような薄ら笑をうかべて、

「飯場がネグラの土方だ。テメエの小屋なんぞオレが知るかい。勝手にしやがれ」

と云ったが、仕事が終って村の者が山からゾロゾロ降りてくると、存八のネグラのことをきいてくれたのである。

村の人々は存八を覚えていたが、さて存八が村に住みつくとなると、以前のようによい顔を見せてくれる者がいない。足立という五十がらみの人は村でも旦那の一人だそうだが、人夫仕事が現金になるので働きにきている。この人は存八に最も目をかけてくれた一人であったが、イザとなると存八にネグラを提供しようとしてくれないばかりか、急に挨拶をヨソヨソしく、そそくさと帰り仕度を急いでいる。

存八はお作の姿を探したが、見当らない。お作がいてくれさえすればと思ったが、それも諦めた。むしろ怖しくなったのだ。村の人々が言い合わしたようにこの調子では、お作だって、どうだか分らない。みんなマボロシだったのだ。刑務所を今でたばかりの彼は自分とシャバとの溝の距《へだ》てを感じるのも早く、その感じ方も特別だ。お作の姿の見当らないのがむしろ幸い、お作に会うのが怖しいぐらいの気持になった。結局飯場の世話になるより仕方がない

と思ったが、ふとナンキン袋を見ると、この袋にかけても盲メッポウ執念の鬼となって世帯をもってとわが心に云いきかせたのは本日今朝のことである。泣きたいような切なさだ。

存八は帰りかける足立を急いで追って、

「ねえ、旦那。ワタシも真人間になって世帯の一ツももちたいと覚悟をきめてきたんです。飯場へ寝泊りすると昔のヤクザに戻るばかり、どうか助けると思って、小屋を貸して下さい。二三日で結構です。ヤブの中へ棒キレを集めて小屋を造ってでも住みつきたいと思いますのでね。村の方に迷惑はおかけしません」

「それじゃア、小山内《おさない》さんへ行ってごらん。あそこはゲボクを求めていらッしゃる。ゲボクが居つかないのでね」

「ゲボク？」

「他家では下男という。小山内さんでは下僕と仰有《おっしゃ》る。剣の家柄で、道場があって、その道場の下僕だな」

「この山奥にね。門人が大勢いるんですか」

「いない」

「道場は空き家だね。そこへワタシが泊るんですかい」

「下僕だよ」

「へえ、そうですか。どうもありがとうございます」

足立は存八を小山内家の門前までつれてきてくれた。

農家の造りはたいがいそうだが、門をはいると五六百坪もありそうな殺風景な広場があって、雞《にわとり》なぞが遊んでいるものだ。ここには雞もいない。広場の隅に大きな松の大木が一本あって、その根ッこに男と女が腰かけて休息している姿が見えた。タダモノの姿とは見えないから、存八も一見気オクレを感じ、足がすくんで近くへ進めない。

「物売りは用がないぞ」

「いえ、ワタシは物売りじゃないんで。足立の旦那から伺って参りましたが、こちらで下僕を求めていらッしゃるそうで」

「おお、そうだ。キサマが下僕か」

「へ、もう、そうです」

「ちょうど、よい。こッちへこい。なんだ、それは」

「鍋釜の世帯道具で」

「財産家だな。キサマその槍をとって、娘にかかれ」

「槍でどうするんで」

「娘をつくのだ。キサマ槍を使ったことがあるか」

「ありませんねえ」

「なお面白い。なかなか槍は突けないぞ。横にふりまわしても、上から叩きおろしてもよろしいから、存分に娘にかかれ」

「こまったねえ」

「おそろしいか」

「いえ、お嬢さんに悪いんで。ケガでもさせちゃア」

「バカ。存分にやれ」

娘は立ってハチマキをキリリとしめていた。白い稽古着に緑の稽古バカマ。タダモノではないと見たのはこの姿のせいであったに相違ないが、さて立上った娘の姿の雄大さには存八もキモをつぶしたのである。

五尺五寸は充分にある。五尺二寸の存八よりも三四寸は大きいのだ。山で働くお作の姿も見事で、その素足なぞこれぞ造化の妙と存八は思ったものだが、この娘には遠く及ばない。のびのびと全てが美しく雄大で、乳のふくらみなぞも悩ましいばかりだ。しかも絶世の美女であった。

「イザ」

「へい」

「イザ」

「へ？」

娘が素手だから存八が為すこともなくボンヤリしていると、娘はにわかにいらだって飛燕

の如くに飛びこみ、

「ヤ！」

「痛い！」

「エイ！」

利き腕を打たれてポロリと槍を落したところを、どういうグアイに跳ねとばされたのか分らないが、枕でも投げとばすように軽々と振りとばされて、横ッ面を土に叩きつけてひックりかえっていたのである。

「痛えなア。バカ力だなア、この人は。しかし、コッちはまだ用意していないのに」

「用意しなさい」

「だって、アナタ、素手だもの」

「これでいいのです。拳法のお稽古だから」

「こまるねえ。素手に槍じゃア」

「さア、おいで」

「仕方がない」

「イザ」

「来たな。今度は行きますぜ」

「イザ」

「それ！」

突いてでた。大身の槍は身体《からだ》がのびやすい。トントンと泳ぐところを、槍をつかんで引きよせられ、ノド輪に手を当てがって突きとばされた。忙しいのは存八だけで、敵はセンタク物でも片づけるように悠々たるもの、ゆっくりとノド輪に手をまわし、軽くあしらって突きとばした落着きの程が存八にもよく分った。しかし彼は尻モチついてひッくり返っていた。

「イザ」

「よーし」

「イザ」

「それ！」

また泳いだ。槍をとってまた引きよせられたから、ノド輪に注意してクビをすくめるところを、

「ヤア」

足払い。軽く一払いで、スッテンコロリン。こうなると、存八も真剣だ。

「イザ」

「よーし」

存八も盗みの一つもしようという奴のことで、この手口じゃもう危いナという見切りにカンが働くから突きはダメとさとった。横にふりまわしても、打ち下してもよろしいという話

であったから、突くと見せて娘の腰を叩きのめしてくれようとのコンタン。

　サッと振りまわしたが当らばこそ。四度、五度、逆上した存八は盲メッポウ振りまわした。娘は突然飛燕の如くに近づいて、

「エイーッ」

　拳をかためて腹を打った。わざと水月はさけてくれたのだそうだが、存八の全身が一時にしびれて破裂したかに思ったのである。ドスンとぶっ倒れて、しばらく地上をもがきまわった。タラタラと脂汗がしたたったのである。痛みがいくらか薄らいで物を考えることができるようになったとき、睾丸炎《こうがんえん》を患った時でもこれほどのことはなかったと思いだしていた。

「もう、ダメだ」

「立ちなさい」

「まだ、立てねえ。水、一パイ、下さいな」

「このぐらいのことでねえ」

「へ、も、下僕はやめます」

　こう云った瞬間に、しかし存八は突然アベコベのことが頭に閃《ひらめ》いていたのである。薄らぐ痛さを満してくる何かがある。愛情だ。叩きのめされて口からハラワタをだした蛙でも、この娘には愛情をもちそうな思いがした。娘は残酷そのものだ。脂汗をしたたらして地上をのたうっている存八にイタワリをかけようともしないのである。そうかと云って存八の苦悶を

たのしむような妖怪じみたところがあるわけではない。全然無関心の様子だから尚さら薄気味がわるいのである。山のように無関心だ。麓にあえいでいるのが存八で、娘は富士山のようだった。存八はそう思った。

下僕というのが毎日娘にぶたれる商売ならやりきれないが、自分がぶたれなければ誰かが代りにぶたれるのだナと考えると、なんとなく嫉妬めくものを覚えた。こういう得体の知れない大物に惚れたはれたの才覚はとてもつかない存八であるが、この大物の身辺に侍《じ》して、かたわら、おもむろにお作とアイビキをたのしむ、ぶたれるのと差引勘定、けっして悪いとは云えない。そこでにわかに下僕志願に飜心《ほんしん》した。

「ほれ、剣術に面小手というのがありましたねえ。あれをワタシに使わせてくれるなら、棒でぶたれたって我慢しますがねえ」

するとそれまで黙って見ていた父親の方がやおら立って、

「それは心得ちがいだな。人間は万物の霊長とはよく云ったもので、人間の身体は微妙なものだな。この松の木を見るがよい。これだけ隆々と盛大に構えているが斬りつけられて身をかわすことができない。不死身かといえば、ナニ、斧《おの》で叩き斬ると倒れて死んでしまうのだな。獅子に牙と爪はあるが、太刀をとって敵に向うことも敵を防ぐこともできないな。しかるに人間の身体は道具を使うことができるばかりでなく、猛訓練によって素手を太刀の如くに使うこともできる。また身体をヨロイの如くにかためることもできるのだ。それ、見ているがよい」

オヤジは稽古着もハカマもぬいで、フンドシ一つになった。着物をつけているときはそれほどとも思わなかったが、裸体姿の怖しさ。身の丈は娘よりも一二寸高いぐらいにすぎないが、満身これ岩石のようなコブのカタマリである。娘も肩幅が女には珍しく雄大であったが、父の肩幅とまたその厚みは充分倍はあるだろう。しかもそれが岩石のような肉のカタマリをつみあげている。両脚をガッシと左右にひらいて娘をよび、

「それ、突いてこい」

娘は拳をかためて充分に身構え、火を吐くごとくに打ちかかったが、オヤジの腹はそれをマトモに発止とうけていささかもタジロギを見せない。むしろ鋼鉄に襲いかかったように娘の手足にタジロギが見られた。娘は心をとり直して再び三たび身体ごと打ちこむように突きかかるが、フシギなもので、火を吐く拳の力はもう認めることができない。なぜなら満身朱にそまり、莫大な火焔《かえん》を発しているのはオヤジの裸体だったからである。火焔の幕をはりめぐらしているように感じられた。オヤジは稽古を終えて静かに存八を見やり、

「人間の身体は微妙なもので、やる気があればこれぐらいは誰でもできるが、やりぬく者がないだけのことだな。キサマでも、やる気を起して努めればできるのだ。キサマは案外見どころがあるぞ」

「いえ、誰もそうは申しません」

「オレの目はマチガイがない。人間は案外なものだ。今からでもおそくはないぞ。身をいれて修業するがよい」

「そいつは願い下げにしますが、ま、下僕の方はつとまるところまでつとめることに致しましょう。なにぶんお手やわらかに願いあげまするで」

と存八は住みこむことになって、玄関脇の一室を与えられたのである。

その晩、存八が戸締りにかかっていると、小山内朝之助が音もなく現れて、

「これ、戸締りをいたすな」

「へえ、どなたか御来客で」

「誰もこないが、戸締りをいたしてはならぬ。キサマの部屋も開け放しておいた方がよい。当家は戸締りをいたさぬ例になっておる」

「不要心ですねえ。泥棒がはいりますよ」

「その泥棒を待っているのだ」

朝之助は軽く云いすてて立ち去ったが、存八は突然冷水をあびたようにゾッとした。

その晩は存八、なかなか寝つくことができない。襟元がぞくぞくして身体のシンから冷えるような怖しさがふとさしこんでくるのである。タダモノの棲み家ではない。彼が第一感に感じたことがまさに的中したのだ。

小山内朝之助の端然たる起居動作、悠々と礼にかなって、刑務所の所長や彼を裁いた法廷

の判事よりも威厳にみちて紳士的であるが、人間を超えた何かがある。その泥棒を待っているのだと軽く云いすてた言葉は実にさりげないただの言葉にすぎなかったが、怖るべき何かがそこに含まれていることを存八のコソ泥のカンが突き当てたのだ。その泥棒をナマスのように斬るために戸を開けて待っているのだろうか。その程度の乱暴者ならヤクザの中にもいるはずだし、刑務所で見た死刑囚の強殺犯人にはその程度の妖気を漂わしている奴もたしかにいた。しかし、その程度の奴では及びもつかぬ人種ちがいの何かがある。こんな怖しさはこの年になるまで、まだどこでもお目にかかったこともなかったと存八は思った。しかしこれもインネンだ。しばらく辛抱してみようと思ったのである。他に行く先の当てがないから、これもインネンとあきらめる以外に手がなかったのだ。

★

毎朝この道場へ通ってくる唯一人の門弟があった。小学校の教員で寺田正一郎という人物だ。一見柔和な好男子だが、人をジッと見つめる目に凄みが感じられて、存八はどうも打ちとける気持になれなかった。

そもそもこの山奥の寒村にどうしてこんな道場があるかというと、このあたりの歴史を知ると全く珍しくないことが分るのである。幕末まではこの山中のあらゆる村々に必ずと云ってよいほど道場があった。武蔵の山中も武張《ぶば》ったところで諸村に道場があったものだが、たぶん武蔵七党なぞの流れをくんで、大名やその家来の武士とは無関係に土着の農民が代々武を好んでいたのかも知れない。このあたりは武蔵の山中に輪をかけたところで、山奥のいかなる小村といえども農民たちの道場をもたない村というものがなかった。その代表的なのが馬庭《まにわ》念流であるが、類型の村道場はどの村にもあった。

特にこの赤城の山中は法神流の発祥地だ。この流派は元は富樫白生流と称するのだが、楳《うめ》本《もと》法神が現れてから法神流と称するに至った。

法神は元来金沢の人であるが、諸国の山野を跋渉《ばっしょう》して妙剣を自得し、立会えば敵する者なく、又オランダ医学にも通じ、神人と嘆称された稀代の人物であったが、晩年この山中に土着し剣を伝えて余生を終えた。

その第一の高弟を深山村の須田房吉と称するのである。これまた村医者の子供であったが、法神について剣を学び、ことごとく秘法の伝授をうけてその後継者に指名された。江戸にて道場をひらいたが、あまり強すぎたために諸道場の嫉みをうけて帰国し、帰国後も江戸浅草に道場をひらく神道一心流の剣客山崎孫七郎とその門弟三十余名につけねらわれ、弓矢をもって包囲されて殺された。師に劣らざる鬼神と評を得た傑人であった。

小山内家の先祖が須田房吉の高弟だったのである。法神流の允可《いんか》を受けるとともに、気楽流の拳法に達し、これを代々子孫に伝えて今日に至った。

法神流はそもそも流祖の楳本法神が諸国の山野を跋渉して秘奥を自得したのに端を発し、須田房吉もまた故郷の山中にこもり風雪に身をさらし巖頭《がんとう》を宿として鍛錬した。そのために小山内家に於ては、この山中の苦業をもって家を継ぐ者の条件とするに至ったのである。

朝之助は青年のころ東京にでて諸流を学び、遊学中に父を失って帰国した。家をつぎ、妻をめとり一子歌子をもうけたが、父が早世したために山中にこもって苦業の機を失ったまま家をついでしまったのである。一子歌子の誕生を見るや飜然として家長の重責に目ざめ、妻子をホーテキして山中に姿を没した。実に歌子が十歳の春を迎えるまで山中の苦業をつづけた。鳥獣をくらい、特に熊を屠《ほふ》ってその肉を食う快味を満喫したということであるが、失踪前はそれほどでもなかった朝之助が、熊にもまさる筋骨となって山中から戻ってきたのはマギレもない事実であった。

彼が戻ってきた時は日支事変の真ッ最中で、まもなく太平洋戦争に突入したが、彼は猛獣なみの怪人狂人と村人に怖れられ、聯隊《れんたい》司令部へもその旨を通達した者があったので、彼が熱望したにも拘《かかわ》らず兵隊となって出征することができなかった。

したがって、戦争中彼の情熱はあげて歌子の育成にささげられた。昼夜にかかわらず武芸を仕込み、春夏冬の学期休みには歌子を抱いて山中に入り、共に鳥獣を屠って食い、風雨に身をさらして鍛錬し、巖頭を宿として苦業したということである。良人《おっと》と娘とがこの有様であるから、万事につけて不自由で何かと義務の多い戦争中、ひとり家をまもりまた勤労奉仕にかりだされて苦労したのは朝之助の妻で、そのためかめっきり衰え、終戦まぎわに死んでしまった。

敗戦以来剣術が禁止されて、この山奥の朝之助にまで風当りがきびしくなった。農地解放なぞということでは人一倍痛めつけられ、家事を委せきっていた妻の死後のことであるから、これらの甚だ不馴れなことに彼自らかかりきって浮世の汗水にまみれなければならず、日夜悲涙をのまなければならなかった。山中にこもって剣を苦業し鬼神の業を得たといっても肉体と剣の上のことだけで人物は至って純情な朝之助であったが、終戦後めまぐるしい浮世の嵐にもみまくられてからはガラリと別人になってしまった。精神的には全く浮世と隔離して別天地にとじこもるようになり、言葉づかいなぞも武芸者の言葉に似るようになり、一見したところ甚だしく浮世の礼にたがわず挙止端正をきわめるようでありながら、異様な妖気を全身に漂わすに至った。というのは、彼自身は意識しないが、人間世界を敵にまわしたあげく、彼自身が人間ではなくなる境地に近づいていた。鳥獣を屠ると同じように人間を屠殺できる境地に接近しつつあったのである。

この朝之助の境地をさとって、にわかに傾倒するようになったのが小学教員の寺田正一郎であった。

彼は小学校の教員としては模範的な人物であった。教え子のために自己をギセイにすること、かくの如き人物は珍しい。劣等児のためには特別の教室をひらいて、せめて字の一ツも書けるようにしてやるために忍耐をいとわず、父兄の病む者があれば代って畑を耕し薬物をめぐみ、また夜間は自宅に無料のソロバン塾をひらいてとかく算数にうとい農村の子弟に実地の勘定法を教えてやるというぐあいだった。だから、とかく教員なぞは無用の長物と考えられがちな山中の村で彼は異例の存在で、若年ながら里人の敬慕をあつめるに至った。

しかし、彼自身は自分の行為にあきたらなかった。微々たる自分がたかが山中の鼻タレどもに自己の全てをギセイにしても、それが何ほどの物であるか、という風に考えていたのである。元々彼が教育のために自己をギセイにすることなぞ彼にとっては持って生れた性分で、当り前のことだった。好きでしていることだ。彼にとっては、好きでパンパンをしている女とすこしも変らぬ自分の実体が分りきっていたのだ。

彼は教育に身を捧げるかたわら、自分の生命が本当に燃焼する何かがないかということに身をもだえていたのである。彼が何より考えがちなのは、この土地からでた国定忠次や鼠小僧のことであった。つまり、アブク銭をしこたま握っている連中の金庫を破ってバラまいてやったら、さだめし痛快だろうということだ。そういうことに身命を賭するのもあながち不満な人生だとは思われない。小学校の教員よりも身命を賭するに足る事業のように思われるのだ。要するに必要なのは、勇気だけだ。その実行の勇気が欠けているので、彼の悶えは深くなる一方だった。

たまたま小山内歌子が女学校を卒業し、当時農地解放なぞで家が困窮していたので、小学校の教員になった。もっとも甚だ不適格であるというので二年間だけでクビになったが、そのために寺田正一郎は歌子を知り、その父の朝之助にも接するようになったのである。彼ははじめて人間世界と隔離した境地の存在を知るに至って、それに傾倒するようになり、すすんで剣法をも学ぶようになったのである。

正一郎には珍しい辛抱強さがあった。身体は至って弱々しいが、痛ければ痛いほど我慢強くこらえるような執念があった。自分は肉体が虚弱だから、人と力業をくらべるには、我慢以外に手がないと思い決してもいたのである。我慢とは負けない手である。

したがって、勝つ一手としては、面を打たずに敵のキンタマを突くということを天性的に思い決してもいた。彼は朝之助に剣を習った第一日目から、朝之助のキンタマを狙ったのである。組みしかれればノド笛にかみつく。動脈をかみきる。目玉に指を突ッこみ、キンタマをつぶす。それがオレの剣法だときめこんでいたのだ。朝之助がどのような剣を教えてくれても、要するにオレはオレの目的とする流儀に添うて法神流の術をとりいれるにすぎない。こうきめこんでいたのだ。

ところが朝之助の剣法が本来そういうものであった。熊や犬や猛禽は元々ノド笛や目玉を狙ってくるものだ。危急に際しては人間とても同じことで、剣法もまたこの真相を外れては有り得ない。

朝之助は正一郎が第一日からキンタマやノド笛や目の玉を狙ってくるので、甚だ見どころがあると思った。鳥獣を相手にするのと同じ手ごたえがあり、これに人間のものを加えれば一つの流儀を完成する人物であろうと見たのである。もとより鳥獣との闘いには馴れている朝之助のことだから、正一郎を組み伏せても、キンタマをつぶされたり、ノド笛にかみつかれたり、目玉へ指を突ッこまれたりするような、不覚な体勢は見せたことがない。正一郎は舌をまいたのである。名人だと思った。

正一郎の奇怪な剣法は師を惑わすには至らなかったが、歌子はしばしばワナにかかった。正一郎はケダモノの剣法である。ケダモノはワナにかかるが、正一郎は人間でもあるから、自分がワナにかかったとみせて相手をワナにかける術を心得ていた。つまり負けたフリをするのである。否、すすんで一応負けることが大切だ。肉を切らせて骨を切るのだ。彼はすすんで自分の片腕やお尻を切らせ、そのヒマに自分は敵のノド笛にかみつくような戦法に先天的な技巧があった。この戦法と技巧は歌子に活眼をひらかせた。もともと女子は目玉を突いたりノド笛にかみついたりする本家本元の戦士なのである。ケダモノと同じように彼女らはおのずからそのように戦う技法にめぐまれている。歌子はそれまでの基本的な修練の上に自己本来の技法について活眼をひらき、にわかに数段の飛躍を示すに至ったのである。基礎の訓練に欠けている正一郎は我流の骨法を見破られるとたちまち歌子をワナにかけることが不可能になった。しかし執念に於いてはヒケをとらぬ正一郎であるから、日ごとに新たな工夫をつみ、これに日ごとの鍛錬を加えて彼自身の上達にも見るべきものがあったのである。

正一郎は日中と夜間は学校と私塾で忙しいから、剣の修練は毎朝の日課であった。早朝からはじまるこの三人の猛練習を見て、存八はおどろいた。彼が見てきたこの世の剣術とはすこし様がちがっている。ヤクザのケンカとも違うし、斬り合いとも違う。ヤクザの斬り合いなぞはもっと紋切型で生易しいところがあるが、正一郎の剣法は斬ると見せてヤンタマを蹴り、それを外されてお尻を斬られると待ってましたとばかりそのヒマに半廻転して敵の足もとにとびこみ敵が重なって倒れるところを嚙みつくような、素人がウナギをつかむ苦心に似た執念深い戦法だった。執念そのものであった。肉体の鍛錬が不足であるから、どれだけの執念がこもっていてもやられるのは正一郎だけであったが、その執念と狙いの生々しさは存八のキモを冷たくさせた。

しかし、毎朝それを眺めているうちに、存八は次第に剣の本質を会得したのである。稚拙であるから正一郎の狙いがよく分る。それに対する小山内父子の術というものの本体もおぼろげながら分ってきた。術の下に姿を没している名手の狙いの怖しさもおぼろげながら身にしみた。すべては術だ。幻妙な術だ。怖るべきは術であると思った。

そして彼の日常に術を幻想することが多くなり、下僕の業に次第に身を入れて精励するようになった。

正一郎は歌子との結婚を朝之助に願いでた。朝之助は即答をさけ、熟考ののち返答しようと約したのである。

★

結局この縁組は成立するに相違ないと存八は思った。正一郎は小山内道場のただ一人の門人である。その狙いと執念は怪異であるが、シンラツであり、師もまた見どころある人物と推奨しているほどだから、これがムコにならなければ他にムコはあり得ない。

ところが朝之助は熟考ののちこの縁組を一応拒否したのである。実に熟考に熟考を重ねたことは存八の目にも明らかで、時に放心し、時にさすらい、時に樹下に端坐して、見るもムザンに考えこんでいた。

一方歌子はといえば、自分自身の縁談に無関心で、全てを父の一存に委せきった様子であった。そして、父が熟考を重ねて苦悶する様にイタワリの眼差をむけることはあっても、彼女自身の縁談について自ら思い悩む様子はミジンも見られなかったのである。

ついに朝之助が熟考にキリをつけた日が訪れ、その朝、正一郎の到着を待って、彼は娘と存八をも道場へ呼び集めた。彼は上段に正坐して三名をうち眺め、

「寺田よりの縁談は一応これを断ることに致すが、それについて一同の者に申しきかせてお

くことがある。そもそも当法神流の流祖楳本法神と申される御方はあまた日本に剣聖ある中に於ても特に神人と世人に仰がれ一世の崇敬を集められた未曽有の名人におわす。若冠十五にして富樫白生流の玄奥と気楽流の拳法をきわめ、それより数十年山野を跋渉して苦業鍛錬のあげく鬼神の霊動を会得され、また長崎に於てオランダ医学を学び人体の秘奥をさぐってこれを剣の理法に活用されたのである。晩年当地に土着してその秘法をことごとく須田房吉先生に伝えられたが、房吉先生また山野にこもって苦業し秘法を実地に見照して会得されるところがあったのである。当小山内の先祖はこの法神流三代を継いで今日に至ったが、余の代に至るまでともかく流祖の玄奥はこれを伝え得たかと思う。しかるに今日、わが日本は敗戦し、剣は国禁されて、余の門弟たるや諸氏らわずかに三名にすぎない」

朝之助は万感胸にせまったらしく、声をのんだ。心が騒いだのは存八である。この異様なフンイキ、異様な人物の中に自分も加えられてマキゾエを食っては長命の見込みが断たれるように思ったから、

「ワタシはメシを炊きかけておりますんで。失礼ですが、ワタシは下僕で、門弟ではありませんから」

と立ちかけようとすると、朝之助は意外に和やかな眼差でそれを制して、

「イヤイヤ。その方は立派な門弟だぞ。キサマの剣はすでにおのずから法神流の法にかなうものになっておる」

「イエ、ワタシは下僕の方が分に相応しておりますんで」

「世上の分と剣の分はおのずから別の物だ。楳本法神大先生はともかくとして、須田房吉先生も世上の分は山里の百姓にすぎない御方だ。法神大先生の高弟は三吉と称し、深山村の房吉、箱田村の与吉、南室村の寿吉、この三吉に樫山村の歌之助を加えて四天王というが、いずれもタダの水呑百姓だ。余の先祖とても同じこと。剣に世上の分はない。元来、正剣は魔剣でなければならぬものだ。魔剣にあらざれば人剣に勝つことはできない。しかるに寺田の剣は人剣である。人智の剣である。人智の剣はケダモノに勝つことはできるが、正剣には勝てないものだ。寺田の剣は人智の埒《らち》を越えることができない。一応の虚実には富んでいるが、人智のこざかしさを脱けだすことができないのだ。流祖法神大先生が長崎に下ってオランダ医学を究められたのはこの理に当るもので、正剣は人智を越えて人体に属するものだ。人智は魔をよぶことができないが、人体には魔を宿すことができる。獅子も虎も剣を握ることはできないが、諸氏らは剣を握ることができる。人智が握るのではなくて、人体が握るのだ。人体の秘奥によって握ることができるのだ。この理が会得できればおのずから人智の剣を越えることができるのだが、それを正しく会得するには山野にこもって長年月の苦行を必要とするよう。寺田が魔剣を会得するには尚数十年の年月を要しよう。まだ当流をつぐべき人物ではない。また、存八も見どころはあるが、まだ当流をつぐには程遠いものがある。存八も人智のこざかしさに於て寺田に劣らぬところがあり、ずるさにたけているばかりでなく、その人体におのずから魔を宿しているところがある。人の隙を見ぬく素早さ、見ぬくと同時に動く素早さ、これはコソ泥の天分だな。スリの天分、泥棒の天分だ。キサマにはこれが身についている。キサマは刑務所で仲間からコソとよばれて蔑まれていたときくが、コソ泥に向く動きの妙はめったに見られぬ天分なのだ。その天分を幼少から剣に生かせば大いに見どころがあるのだが、惜しいことには年をとりすぎている。その上、根性までがチャチにかたまりすぎている。惜しいことだが、大きく魔剣をはらむことにはもはや堪えられぬ。しかし、動きの妙がないよりはマシだな。寺田に欠けているものが、キサマにはあるのだ。以上述べた通り、余が熟考のあげくの結論としては、門弟二名、目下のところ、いずれも歌子の良人たるべき資格がない」

寺田はこの論告をきいて甚だしく無念に思った。彼は人智の妙をもって人体の妙にまさるものとしてきた。しかし朝之助について多少の剣を学びその妙術に舌をまいた今となっては、人体の妙が人智にまさるという朝之助の言葉もうなずけるのである。

しかし、人体の妙は彼の一人娘であり高弟である歌子でタクサンではないか。小山内朝之助は剣客であっても、彼の女房は剣に縁がなかったのと同じことだ。寺田は自分の人智にたのむところがあったから、歌子の馬力に自分の人智を加えれば鬼に金棒のようなもので、自分の人智は歌子の馬力をしのぐものという風に思っていた。

しかるに縁談を拒絶されたばかりでなく、お前の人智はこざかしいだけで埒をこえて魔をはらむ見込みがないときめつけられたから腹が立った。その上、存八と比べてそれに劣るものと断ぜられたのが何よりも無念の火をかきたてた。

負けることがキライなのは寺田の持ち前であるから、むらむらと逆上気分になり、

「御意見ありがたく身にしみましたが、私は残念ながらかけちがってまだ存八君の動きの妙に接したことがございません。後学のためにお手合わせを許していただきたく存じますが」

「とんでもない。ワタシはイヤだね。コソ泥の腕前だって四へんもつかまって刑務所へぶちこまれているのだから、剣術の腕前なんぞタカが知れてるじゃありませんか」

しかし朝之助は冷静に二人を見つめ見くらべて、おごそかに云い渡した。

「寺田の申すのは尤《もっと》もだ。あいにく朝と晩とにかけちがって寺田は存八の剣を見ておらぬから不審であろうが、存八は案外やるぞ。立会ってみるがよい。後日の役に立とう」

「それはダメですよ。ワタシは下僕の仕事はしましたが、剣術の稽古なんぞはした覚えがないからね」

「あのままでよい。キサマ、面小手をつけたことがないから、面小手をつけてはグアイがわるかろう。素面素小手に袋竹刀でやるがよい」

「へい。それはもうポカポカぶたれるのには馴れていますが、お嬢さんとちがって、寺田さんはキンタマを狙ったり、ノド笛へかみついたりするからね。ワタシはまだ命が惜しいよ」

「命にかかわるほどのこともなかろう。やってみよ」

朝之助まですすめるのだから、逃げることができない。両名素面素小手、袋竹刀を握って立合うことになった。

寺田の戦法は突くと見せて蹴り、蹴ると見せて突く、虚々実々であるから敵の得手にまきこまれるとグアイがわるい。先に突ッかけるにかぎるから、

「ヤア」

といきなり打ちかかった。寺田が剣術の巧者らしくこれを正直に受けようとしたのが運のつき。受ける気勢を見てとると、シメタ！　と存八、竹刀を放して頭を下げて寺田の胸へとびこんだ。死にものぐるいの勢いで無我夢中のダイビング。寺田は胃袋にこの頭突きをマトモにくらったから、たまらない。ひっくりかえって、そのままのびてしまった。

存八は倒れた寺田には見向きもしない。飛鳥のように逃げだして台所の釜の前へ辿りつき、敵が追ってきたら尚も逃げようとのコンタン。釜の下の火を落しながら、入口の方をウの目タカの目敵襲にそなえていると、歌子がやってきて、

「バケツと水ちょうだいよ」

「なんですか」

「寺田さんがのびたのよ」

「じゃア追っかけてきませんね」

「追っかけられやしないわよ。そんなにガタガタふるえることないわよ」

「そうですか。安心しました」

寺田は水をかけられて生き返り、スゴスゴと戻った。

歌子が存八に愛情をいだくようになったのは、釜の前でガタガタふるえている存八を見てからであった。彼女は生れてはじめて、父親以外の男にシンから可愛いと思う情をいだいた。そのとき歌子二十五、存八四十二であったが、この愛は順調には育たない。

★

朝之助はある日ふと気がついた。歌子の太刀筋が鋭くなったのである。特に存八をあしらう時に鋭気が一段と光り発するようである。

以前の歌子は打ちかかる存八を下僕のようにあしらっていた。下僕と思えばこそ、彼を打ちすえるにも手心を加え、いたわるところがあったのである。今ではちがう。門弟に稽古をつける鋭さである。否、ともに技をはげみ、みがこうとする必死の真剣さだ。

朝之助は自分の境地をかえりみて、これは変だと思った。即ち彼自身、存八を下僕と心得ていたころは特別な心が起らなかったのであるが、次第に見どころある奴と思うようになるにつけ、彼を上達させたい気持が生れた。これは門弟に対する自然の情である。そして、常住坐臥、飯を炊く時、水を汲む時、一服の時、畑を耕す時、存八に隙さえあれば打ちすえるようになった。隙を見れば打ちすえずにいられなくなったのだ。愛でなくて何であろうか。

これを歌子がやりだしたのだ。まさしく父と同じことをやりだした。単に稽古に鋭さがでてきたばかりでなく、父の目のとまらぬところで、存八に隙さえあれば打ちすえていることに気がついたのである。

ある日野良仕事を早めに終えて帰宅した朝之助は、歌子が存八を散々に打ちすえているのを見た。

「不覚者！」

歌子は存八をののしっていた。存八はほした芋をとりこむところであったらしく、芋の中に尻もちをついて呆気《あっけ》にとられて歌子を見上げていた。

「なにをなさる。とんでもない。ワタシは芋なんか盗み食いしませんのに」

「お芋を盗み食いしたなんて、いつ云いました。コソ泥がお巡りさんをビクビクする根性がしみついているのね。私はお巡りさんではありません。お芋を盗み食いしたぐらいで打ちゃしないわ。隙があったから、ぶったのよ。油断だらけよ。ダラシがないわ」

「悪いことをしないのに、ぶつことはないよ」

「まだ言うのね」

「何べんでも言いますよ。悪いことも……」

「このコソ泥！」

歌子はシャニムニ打ちすえる。ジッとぶたれているような存八ではない。隙一ツない槍ブスマの中からでも逃げたい本能の働きは天下一品の存八である。かいくぐって逃げる。歌子は追いつめる。

「悪いこともしないのに……」

「コソ泥！」

「悪いことも……」

「卑怯者！」

「痛い！」

存八、せっぱつまって歌子の足もとにとびこみ重なりあって倒れる歌子をねじ伏せようとしたが、気楽流の拳法に合わせて揚心流の柔術をもお家の芸にしているから、倒れても犬と同じぐらい敏活な歌子である。スルリぬけでて、存八の胃袋に一撃を与える。地上に這った存八は心気モーローと苦悶する。歌子は尚も許さず、そのクビ根ッこを押えて地面に頭をこすりつけ、

「よく、おきき。私はお巡りさんじゃないのよ。お前の剣術の腕を上達させてあげたいから、隙を見るとぶたずにいられないのよ」

「それはムリだ」

「なにがムリさ」

「ワタシは芋と剣術しているわけじゃないから、芋をほしている時に隙があるのは当り前だ。日本中どこへ行ってもホシ芋と剣術している人がいますかね」

「このウチはそうなんだよ」

「化け物屋敷だ」

「化け物屋敷で結構よ」

「アナタは化け物だが、ワタシは人間だからね」

「言ったな」

背中へ一撃を加える。この一撃は弁慶でも七転八倒するのであるが、歌子はジッと七転八倒させてはおかない。耳をつかんで存八の上体を引き起して、

「誓いなさい。ホシ芋と剣術すると」

「できるはずがない」

「できます」

「それはムリというものだ」

「コソ泥のくせに強情ね」

存八はまた散々にぶちすえられた。

物陰に隠れてこれをツブサに見た朝之助は自己の心境にひきくらべて容易ならざる事態を察知した。師が門弟に対する愛情だけでは、割りきれないものがある。なぜなら二人は女と

男だからだ。

　朝之助はわが子へのやみがたい愛情によって歌子にきびしく剣をしつけた。泣けば打ちすえ、ひるめば打ちすえ、ゆるみを見れば打ちすえた。愛情によって、そうであった。しかし、歌子が女になってきた頃から、もう一つのさらに激しい愛情が加わってきたのを知った。女に対する男の愛だ。そのやみがたい愛によって、さらに一段ときびしく剣をしつけたのである。倒れても打ちすえた。血がにじんでも打ちすえた。そして必死に立ち上り、歯をくいしばり、マナジリを決して立ち向う女の姿のリリしさを見て満足したのだ。その心境が存八に対する今の歌子の心境ではないかと察して、朝之助は思わずブルブル身ぶるいした。獅子にも虎にもたじろがぬ朝之助がブルブルと身ぶるいするのは知れたこと、彼は歌子をわが子としても女としても至上の物と思いつめていたからである。

　その日から、朝之助の心は千々にみだれた。春がきた。山の熊も冬眠からさめる春である。草木の芽ばえ花さく春だ。人の心もそぞろ浮きたつ季節であるから、山野の霊気を満身にはらんだ朝之助が猛獣よりも春に目ざめたとしてもフシギではない。

　しかし、朝之助には父の心も、家長としての責任感も、その身体の逞《たくま》しさと同じぐらい逞しくみなぎっていた。歌子を誰かしらと結婚させないわけにはいかない。第一に、結婚させなければ小山内の家も、法神流の剣法も絶えてしまう。

　結婚させるとすれば存八か寺田のほかに相手を考えることができないが、二人のいずれをとるかといえば、朝之助も存八をとる。寺田との立合い以来、彼も身を入れて存八に稽古をつけてやるようになったが、別して歌子が激しい稽古をつけている。常住坐臥稽古をつけられているようなもので、特に父が不在の際には命がけの稽古のほどが思いやられるから、存八の上達には見るべきものがあった。

けれども技術には年月が必要で、存八に本能的な機敏さがあっても、それが剣法に生かされるまでは先の遠いものがある。また、中年からはじめた剣には越えがたい限界があるものだ。歌子は心身ともに男まさりで、幼少から鍛えた剣は巧みであるが、免許皆伝には未だしである。したがって歌子のムコは歌子にまさる腕がなければならないのだが、存八は歌子の半分にも至っていない。これでは話にならないのだ。

けれども、歌子のムコを仕込む代りに、歌子に生れた子供を仕込むことを考えれば、問題はそうむずかしくはない。朝之助はまだ五十だから、歌子に生れた子供を充分に仕込む年月が考えられないことはなかった。しかし、長子が男ならばよいけれども、女だったらダメではないか。次子も三子も女なら、もうダメだ。朝之助はこう理窟をつけて歌子の子供のことを諦めようとする。それは彼が卑怯なのだ。実際の心は、歌子を他の男に渡したくなかったのだ。そして、その心が土台である以上は、家長としての責任や父としての義務の念がいかに逞しくあろうとも、彼の心に明るい解決が訪れることはない。彼は日々無益に思い悩んで身もだえた。

結局彼は心を決した。このような時には山へこもるべきである。浮世の風がわるいのだ。山中には剣しかない。

そこで朝之助は存八に留守を託し、歌子をつれて山中へ苦業にでることにした。出発に際して存八と寺田をよび、

「さて留守中には両名とも怠らず剣を学び技を争い、自得するところあるように心がけるがよい。いずれかの剣に見るべきものがあれば、歌子のムコに致す所存であるから、それを励みに勉強せよ」

こう約束して旅立った。

この約束はよくなかった。朝之助は自分の言葉に縛られる男なのである。思いが心にあって、まだ発しないうちはよい。それが発してしまうと、それはもう金鉄なのだ。火もそれを熔かすことのできない力なのだ。法よりも強い約束なのだ。

こう約束してしまった以上、すでに歌子を二人のいずれかに与えたも同然だ。どうしてもそれを実行しなければならない。そして言葉の発せられた瞬間から、すでに約束をせまる力に苦しまなければならなかった。

その苦悶は歌子への恋慕の情をいやが上にもかきたてた。彼は山中で剣をふっても、そこには力がこもらない。剣はウツロであった。かたわらの歌子という女の存在に圧倒され、息がつまってしまうのだ。

夜になると、昔は焚火のそばに二人が寄り添って、抱きあって身体をあたためたものだ。それは自然で、何のこだわりもなかったものだ。しかし今では、朝之助はそれができない。しかし、歌子はすり寄ってきた。父の背に手をまわして胸をよせ、

「ねえ。寒いわ」

「ウム」

「ねえ。もっと抱いて。寒いわ」

「なア、歌子」

「ええ」

「これは決して男としてではなく、父として、父が娘に云う言葉だが」

「ええ」

「父はな。父の子を、お前のオナカに宿らせたいのだ。すこし、お前、父から身を離して、父の言葉をきくがよい」

「こうして聞いちゃ、いけないの？」

「いけない」

「そう」

「父は存八か寺田のいずれかにお前を与える約束をしたが、それはお前もきいていたはずだ」

「ええ」

「しかし、約束はしたが、彼らのタネでは父は不満だ。お前の子供は、この父が生ませたい。法神流六世の血脈をつたえ、口はばったい言葉のようだが当流極意の玄妙はことごとく身につけている小山内朝之助のタネをその方に宿らせたいのだ。父ではあるが、父ではない。法神流第六世小山内朝之助だぞ。その方は娘であるが、娘ではない。小山内朝之助の門下筆頭、小山内歌子だぞ。分るか」

「分ります」

「小山内朝之助のタネを宿してよいと思うか」

「お父様のお心のままに致します」

「かたじけない」

朝之助は歌子をだきよせ、ポロポロと一生に一度の涙で顔をぬらした。むろん歌子は泣かなかった。さしたる感動もなかったのだ。父にしたがうのは彼女の当然であったにすぎない。

★

寺田は存八に負けた後も、一日も休むことなく道場に通っていた。縁談を拒絶されても、下男の存八に不覚の頭突きをぶちかまされて気を失っても、へこたれるような寺田ではなかった。腕ッ節は弱くても、心臓ではヒケをとらない。ひどい目にあうほど不敵になるのが彼の持ち前であった。

その寺田だが、あの時は、くさった。朝之助が旅立つ前に二人をよびよせて、いずれか上達の見るべきものがある方に娘を与えると約束をした時のことだ。まさかに前科四犯のコソ泥をムコの候補に加えようとは思い及んでいなかったからだ。

しかし、そうときまれば、覚悟はある。負けない気持は旺盛な寺田のことで、勝つためにはどんな苦労もしてみせるぞと腹をきめた。ところが、さて、存八と第一日目の練習をやってみると、おどろいた。いつの間に上達したのか、てんで歯がたたない。第一、気組みがちがう。太刀筋の鋭さ、気合の充実、どこにもユルミがない。

その筈だ。存八は昨日と今日では人間が一変しているのである。存八にとっては思いもよらない朝之助の言葉だった。上達に見るべきものがあれば前科四犯のコソ泥でも歌子のムコにしてやると言明してくれたのだから、そのおどろきは寺田の比ではない。渡る世間にヒガミの数々をこめている存八は、いかに化け物屋敷の大将でもコソ泥すらも腕次第でムコにとるコンタンがあろうなぞとは考え及ぶはずがなかった。かりにもそんなことを考え及ぶ余地があれば、今までだってもっと稽古に身を入れたはずだ。ホシ芋とでも剣術しよう。

朝之助の本心が分ったから、にわかに人生に希望を得た存八、一瞬を境にして全くの別人になった。山林と田畑と屋敷と道場と、さらに絶世の美女を所有することができるのだから、四十二年間怠けつづけた根性がとたんに革命を起していた。

根が怠け者だけに、こうなると怖しい。勤労の限界を知らないからだ。他人はよほど働くものだと思いこんでいるから、これでも足りぬ、これでも足りぬと稽古にうちこむ。気合は終日ユルミがない。俗に武芸者は朝夕に千本の太刀をふるなぞということも、根が怠け者の存八ならこそ物ともせずに仕とげることができる。拳法の型、柔術の型、人形へ打ちこみの稽古、突きの練習、終日かかりきって、いささかも苦にしない。ただ怖れるのは、上達しないことだけである。

寺田に対しては旺盛な敵意と闘争心がわきたつばかりで、もはや気おくれがミジンといえどもなくなったから、まさに魔を宿したとはこれで、人智をたのむ寺田はとうてい存八に敵しがたくなってしまった。寺田の負ケン気は人工の物。その不敵さも毛の生えた心臓も人工を加味してのことだ。負けてはならぬと思いつめてこそ負けない気持になりきれるのだが、そこに至るには惑いもあるし、計算もある。ところが存八の方は、一あるだけで、二や三はない。勝たねばならぬ、上達しなければならぬと一途にきめこんでいるだけである。

気合の充実だけなら寺田もさして気おくれは感じなかったであろうが、存八は腕も充実しているのだ。甚だ気合がのらないながらも、日がな一日歌子や朝之助にポカポカやられているうちに、おのずから剣の下のカケヒキを身につけている。半死半生の目にあうのだから、気がのらなくとも真剣で、切実に身につけている。白刃の下で否応なく鍛えられたような充実がある。これに気合と妄執と不屈の闘志が加わったから、寺田の人智の計算ではもはやこれに抵抗する負ケン気をかりたてることができないのである。

「匹夫の勇には勝てねえや」

と、寺田は日ごとに諦める気持がつのった。毎朝、存八にしたたかブン殴られるのがバカバカしくなったのである。

「そんなにお嬢さんのムコになりたいかね」

寺田は存八をひやかして云った。

「当り前よ。前科者の宿なしが、これだけの屋敷と財産に合わせてあのお嬢さんをもらえるのだもの、山へこもって苦業して免許皆伝の名人になれるなら、今からでも山へこもって三年五年の苦業はいとわないね」

存八には懐疑がない。彼の希望も人生もスッキリと割りきれている。度しがたい匹夫だと寺田は心にののしったが、敗色はおおいがたい。心はひるむ一方だ。

「もう一チョウ、やろうよ」

「イヤだよ」

「まだ疲れやしないだろうね」

「イヤだ」

サイソクは存八で、断るのは寺田であった。以前の試合とちがって、面小手をつけて稽古するのだが、寺田の必死の虚実も、全然とどかない。虚から実へ移ろうとすると、存八の構えがとっくにその実を待ちかまえている。応変の敏活、臨機の速度、段がちがう。苦もなくポカポカなぐられてしまう。太刀筋にこもる力は日ましに強くなる一方で、なぐられる痛さが身にしみるようになった。

「お前さん、たしかに強くなったなア」

「まだ、まだ、だ。とても、こんなじゃ、お嬢さんの太刀はうけられるものではないよ。まして、法神流の免許までには、ね」

存八にはウヌボレもなかった。とてもダメだと寺田は諦めざるを得なかった。元々のバカには慢心すらもないらしい。

匹夫の勇を相手にせず。これもやむを得ないが、負けは負けであるから、このまま引ッこむのは残念だと寺田は思った。何かでより以上の自己の偉大さを認めずにはすまされなくなった。

ちょうど春の学期休みとなった。この機会に、多年考えていたアレに着手してみたいと寺田は思うようになった。アレとはつまり国定忠治だ。鼠小僧だ。青梅の七兵衛である。

中里介山の大菩薩峠にもとり入れられているが、青梅の七兵衛は実在の人物だ。レッキとした青梅の旦那だが、実は泥棒でもある。非常に足が早い。一夜に山越えして遠く甲府で盗みを働き、夜明け前に家へ戻ってねているから、この旦那が泥棒とは長の年月分らなかった。元々お金持の七兵衛は、盗んだ金をみんな人に施していた。彼の刑死はいたく人々に惜しまれ、むしろ義人として仰がれ、その屋敷跡はタタリを怖れる人々によって近年まで空地になっていたはずだ。

寺田はこれをやろうと決意したのである。歌子がいかに美女とはいえ、いずれは婆アになり、白骨になる女一匹ではないか。法神流がいかに人体の秘奥玄奥をきわめた武技であっても、たかが一発のピストルにすら負けるのだ。

しかし、彼がかく決意するに至ったのも、お化け屋敷のお化け人物に接したことが力となっていたことは否めない。相当の山林をもち、大きな屋敷と食うに事欠かぬ田畑をもちながら、前科四犯のコソ泥にでも家と娘をゆずる心になりうる人の思いつめた境地が寺出にも移り香を宿している。ゴミクズやウジムシどもの人生とちがって、まことの魂がまことに呼吸し生きている人生とはおそらくそのようなものだろう。寺田はそこにひかれずにいられない。それだけに、この人の魂の世界で彼が存八に敗れたのがバカバカしくて仕方がない。

別に存八その人に敗れたわけではない。存八自身はデクノボーだ。オレはあの人の魂に縁がなかっただけのことだ。なぜならオレはオレの魂に生きることのできる人間だから……寺田はこう考えていた。

オレの魂に生きることだ。まず実行だ、と寺田はここに決意した。

寺田は手さげカバン一ツぶらさげて上京した。転々と五泊して適当の場所を物色した。三日目に、さるマーケットで朝鮮人からピストルを買った。

四日目に泊った宿の近く、あまり人通りのない電車通りに三等郵便局があった。強そうな中年の男が一人、弱そうな青年と女だけだ。大将が強そうなのが気に入った。この先生をしめちまえば、他の者が手段を失うに至る公算が大であるから、これにきめた。

その晩は離れたところに宿をとり、翌朝早めに宿をでて上野駅で帰りの切符を買い、さて当日は土曜日だから、郵便局は正午までだ。

円タクを拾って予定の位置に待たせておき、ちょうど正午に郵便局の前へくると今しも入口をしめてカーテンをひいているところだ。すぐ裏へまわり裏口からズカズカはいると、家族の多くは茶の間に集っている。強そうな大将もそこにいるから、一同にピストルをつきつけ、何の凄味もきかさぬうちに物をも云わず大将に急所の一撃、足で蹴った。これについてはかねて修業をつんでいるから、狂いがない。誰しも怪漢にピストルをつきつけられれば注意は相手の上体に向い、自身の構えも同じことで両足はお留守になっているところを、凄み一ツきかせずに思わぬ足の一撃だ。その足には靴をはいている。まともにこれを食った。唯々諾々と実に存分にくらったから、痛みを訴える叫び声すらも発することができない。急所を押えてフラフラと崩れてしまい、タタミをむしるようにもがきまわるだけである。寺田はそれには目をくれず、一同をハッタとにらんで、

「動くな。オレの言う通りにすれば、悪いようにはしない。郵便局へ行け」

ピストルを突きつけて家族と職員を郵便局に集め、壁に向って立たせた。あの急所にあれ

ほど完全な一撃をくらうと、一番気丈な豪傑でも三分や五分は瀕死の重病人以上の行動はとることができない。三分と見ても、相当な時間だ。それを充分念頭に入れた寺田は自分で予想していたよりも落ちついていた。机の上を見まわす。現金はない。ヒキダシをあける。現金はない。机上に手さげ金庫がある。壁際に大きな金庫もある。

「金庫をあけろ」

大きな金庫をあけさせたが、そこにはいくらも現金がない。あるだけポケットへねじこんで、カバンからフロシキをだして手さげ金庫をつつんだ。これをかかえて、

「アバヨ」

ドアをしめる。豪傑が片手で急所を押えながら裏口の近くまで這いつつ辿りつこうとしている。それをとびこして駈けだすと、路地を曲るころになって、ドロボーという女の叫び声が後にきこえた。路地づたいの逃げ路は研究ずみだから、案外落ちついて待たせた自動車に乗りこみ、円タクから円タクへ乗りつぎして、新宿へきて映画館へはいる。この映画館には内側から完全にカギのきく便所があるのを知っていたから、ここで金庫をこじあけ、札束をカバンにうつして、金庫は便所の屑箱へ投げこみ、悠々ここをでて、食事。汽車の時刻を見はからい、どの駅よりも手配が行き届いていそうな上野駅へわざと堂々とのりこんで、目当ての汽車に誰に怪しまれることもなく納ることができた。

この汽車にレンラクするのは終発のバスで、彼の村までは行かない。その終点でも泊めて

くれる顔ナジミの家は多いが、懐中電燈もあることだから、夜の山道の深い静寂を満喫しながら三里の道のりを歩いてわが家に到着した。

青梅の七兵衛もこうであったろうと彼は思った。わしが国さの国定忠次も捕吏に追われてこの山中をさまよったはずだが、イカンながら忠次の荒涼たる心境は彼のものではなかった。彼の心はふくよかだった。家に近づく一足ごとに自信が力強くよみがえってくる。まさかこの山奥からポッと出の田舎教師が東京の郵便局を襲ったとは思いつく者があるまい。むろん郵便局のヒキダシにも手さげ金庫にも指紋は残してきたが、磁石じゃあるまいし、それがこの山中を指し示すことはありっこない。彼は自信マンマンだった。

家へ戻ると、盗んだ金とピストルを秘密の場所に隠しこんだ。少くとも今後の何ケ月間はこの金が自宅のどこにも存在しないと自ら思いこんでしまうことがカンジンだ。

その晩は熟睡したが、早朝には習慣通り目がさめた。彼は躊躇《ちゅうちょ》なく跳ね起きた。あのバカ者は例によってすでに今日の猛練習をはじめたころだ。ひとつ、からかってやろうと思った。稽古着に着かえて道場へでかけた。バカ者は朝の千本をふり上げふり下している真ッ最中だ。

「よう。師範代。やってるな」

しかし存八は答えない。いつもの例だ。千本が終るまでは相手にならない。

その日は寺田も自信があった。念願を果した自信、そして快感。それが郵便局の豪傑の急所に見事な一撃を与えたときの手ごたえに変形してよみがえってきた。その力は今や彼の全身にみなぎり、何物をも打ち砕くために破裂しそうだ。

彼はタンポ槍をとって、リュウリュウとしごいた。すでに昔日の気魄《きはく》とはおのずからに違っている。この槍先の走るところ、何物をも貫くような無敵なものが宿っている。これをさえぎりうる何物もない。空をきる力強い手応えに満足した。

一瞬、彼は殺気をはらんで、ツと動いていた。満身に気合をこめて存八の後姿に突きかけた。その瞬間に、彼は天上から地上へ、まッ逆様に落ちていたのである。存八の後姿が風に送られるように横にそれ、流れる槍を笑うように振りむいていた。

しかし、存八は怪訝《けげん》な顔だ。槍を片手で押えて、

「アナタ、槍の使い方も知らないくせに、ムリだよ。武芸は得手なもので、やることだ」

「後から突くのが、分ったのか」

「天下の名人にいつもポカポカ後からやられていたから、アナタでは軽いね。槍をしごいていた時から感じていたのさ」

「おどろいた奴だ。その要心があるようには見えなかったが……」

「アハハ。それ！」

存八の左手の木刀が突然腰へ流れてきた。見えていて防ぐことができないのは、虚を見ぬかれたせいだ。郵便局の豪傑と全く同じように唯々諾々と腰骨をしたたかになぐられたのである。

「ウーム」

バッタリ倒れて身動きのできない寺田に、存八が言った。

「左手だから、それほどのことはなかろう」

存八は道場の片隅へ去り、すでに余念もなく人形に向って突きの稽古をはじめていた。

★

小山内朝之助と高弟歌子の愛慾と苦業は夜となく昼となく打ちつづいていた。

朝之助の稽古は激しかった。わが身をむちうつように荒れ狂うのだが、どこかの心棒が抜けているのか、充実の欠けるところが感じられて、不足と不安定に悩むのだ。どうにも気合が行き渡らない。身と剣の一如の動きに澄みきった真空を感じることができないのだ。「愛慾のせいだろうか」ということを何より先に気にかけずにいられないのは当然であったが、それならば歌子もそうでなければならない筈だが、歌子は日頃にまして殺気充実、すさまじい限りである。

「すぐる二十五年前、オレがこの山中にはじめてこもって法神流の玄奥を自得して以来、このような不満は絶えて覚えたことがなかった。あれから今日に至るまで一日たりとも稽古を怠ったこともなく、病気をしたこともない。のみならず昨今は特にきびしく身を鍛え稽古にうちこんでいるのだが、それでいてこの有様だ。してみれば……」

　これはどうしても邪恋のタタリだ。そうとしか思われぬ。それにしては歌子の殺気のすさまじさ、気合の充実、飛燕の動き、どうにも理解に苦しむところだ。

　山中に苦業して鳥獣をくらうというと、いかにもその生活は乞食まがいで垢は身につもって異臭を放つような怪しさを考えがちだが、実は浮世の生活よりも清潔なのだ。

　まず朝夕に滝にうたれる。これを苦業のうちというのは俗人のことで、下界の沐浴に当るものというでもないが、これぞ山人一体の境地であろう。口中に滝の水をふくんで心ゆくまで山気を身の深奥に至るまでひたす。両眼をひらいて滝の水を吸わせる。クソも水中に於て行う。人界の営みとはおのずからに異って、すべては山気の一端であり、クソにもイバリにも人間の卑小感は失せきっている。

　ある白昼、朝之助は歌子から離れて、ひとり滝壺へ降りた。身に清浄の足らぬものが感じられて、垢の重さにたえかねて腰の曲った老爺の如くに心が暗く重いのだ。

　ひとつ心棒の足らぬものとは、これではないか、ということが、朝之助はふと気がかりになった。彼はツと滝の裏へ隠れた。

　彼は水中の岩に腹をのせ、フグリを掌の上にのせてシミジミとうち眺めた。滝の冷気で小さくちぢんでいるものだから、先をひっぱってゴシゴシと皮をしごいてみる。山気生動とはこの物でなければならないものだ。富岳も浅間も山気生動し雲をひらく如くであるが、真に山気の生動し真に雲をひらくものとはこの一物のほかには有り得ない道理なのだ。

恋愛とは何ぞや。恋愛もまた山気だ。恋愛に邪恋の有りえよう筈はない。百貫の獅子、百貫の虎、百貫の熊の雌雄が山中に木を倒し岩を砕いて荒れ狂う如きもの、あるいは林間の静寂に一体となってただ感きわまって叫ぶが如きもの、これが恋愛である。雌雄のあるのみ。邪恋のあるべき道理はない。

朝之助はかく観じた。罪もタタリもあるべきではない。

しかし、悲しや、彼のシミジミうち眺めるものは、そも何物であるか。生動する山気は影だにもない。ただ皮である。シワである。肉ですらもない。百歳の老爺があわれみを乞う姿であった。

「かくては熊にすらも劣るな。オレがこの山中で殺した熊、熊、熊。今ではその熊にすらも劣っている」

朝之助は長大息した。

その時、その熊が現れたのである。滝の裏はゴウゴウと音がこもって他のいかなる音もきくことができない。しかし、シブキはあるが視界はわりにハッキリしている。水中の朝之助は脳天に熊の一撃をくらった。彼は水中に転落して没した。起き上るところをまた脳天に一撃をくらった。ぜひなく水中をくぐってやや離れ、さて顔をあげてみると、その熊は歌子であった。

彼の脳天をうった太い木の枝をぶらさげて、歌子はしばし朝之助を見つめ何か云いたげであったが、滝の音が言葉をさえぎって用をなさないことを見てとったのか、枝をすて岩をよじて立ち去りはじめた。

意外なところを見られたために朝之助は羞じた。そして歌子の後姿をふり仰ぎ、

「ああまさに熊だ。五百貫、千貫の熊だ」

と思った。そのとき歌子が岩の途中で立ちどまった。木の枝に手をかけ、滝壺の方にふりむいた。両足をひらいて、岩にまたがったのである。何事かと朝之助はカタズをのんだのである。すると歌子の股間からニジのように小便が走りでた。小便を終えると、また岩をよじて立ち去ったのである。

岩をも砕く頭突きの鍛錬のために脳天の二撃は致命に至らず脱するを得たが、かの小便はトドメの一刀であったと朝之助は観じた。むろん歌子が成心あってしたことではないが、無心であるために、なお痛い。なお怖しい。

「見事なものだな。オレはただカタズをのんでウツロに見つめているばかり。歌子のどこにも隙というものがない。それにひきかえ、このオレのダラシなさ。無念といえば、あまりにも無念だが、これもオレの至らぬためだ。五歳にして父に剣の手ほどきを受けてより四十有余年カンナン辛苦の修業の果てに得たものを一朝に失う不覚。思えばこれもここに無用の一物があるためだ。これこそはわが剣のためには無用のもの。この悟りこそは天の声だ。いま

歌子を谷底にさしむけられたのは祖先の霊であろう。ああ我あやまてり。さらば、この機を失するなかれ」

彼はにわかに立上り、岩の上に脱ぎすてた着物の上にのせておいた小刀をとってサヤを払い、かの水中の岩の上へ戻ってきた。岩にまたがり、しなびた皮を充分にひっぱってその根本よりブッスリ切り落す。傷口を押えて無念無想、ジッと水中にうずくまる。約一時間の余もジッとそうしていた。

水中よりあがると松ヤニをとって傷口にぬりこめ、かの切りとった一物を指につまんで歌子のところへ戻ったのである。

「歌子よ。そちの教訓、身にしみて忘れぬ。しかし、そちもこのたびは見事に上達いたしたものだな。このたびの山中の修業、もうお前には充分だ。だが、オレはまだまだ、ここに残ってこれからがまことの修業にかからねばならぬ」

「歩く御様子が変ですね」

「ウム。邪魔物を切りとって参った。ここにあるのが、切りとった物だ。この物が山気生動雲をひらくうちはよいが、無用の一物となったときには人心の山気をも枯らす。雲をひらくべき剣をもさえぎる。まことに無用の長物。そちの教訓によって悟ることができた」

「これはアレかしら」

「そうだ」

「かつぐんじゃないでしょうね」

「ほれ、ごらんの通りだ」

朝之助は前をまくって松ヤニをつめた傷口を示した。歌子はシミジミと見て、ふきだした。

朝之助もつられて大笑した。

「イヤ、まことにもって笑うべきだ。その方が笑ってくれて、助かったぞ。感謝いたす」

「そんなもの、記念にしまっておく?」

「イヤイヤ。そちの首実検までに持参いたしただけだ。これはもはや雑兵《ぞうひょう》だから、首オケもいらぬ。葬ってつかわそう」

「私が葬ってあげるわ。谷川へ捨てちゃう方がいいわね」

歌子は一物をつまんで谷川へ捨ててきた。岩の上からポンと投げて、ナムアミダブツとつぶやいた。まさに一人の雑兵を葬ったような気がしたのである。

朝之助は心気爽快であった。

「その方はただいまより家へ戻れ」

「ウン」

「存八と結婚いたしてもよいぞ」

「ウン」

「行け」

「ウン」

歌子は自分の荷をまとめ、木刀に吊してかついで父に別れた。たそがれに近い時刻であったが、浮世の時間は山にはない。

父が行けと云えば行く。歌子の人生はそれだった。父が何を考え、何を悩んでいるか、そして何を悟ったか、それは歌子には分らないし、分りたいとも思わない。分らせたいことがあれば分らせるために語り教えてくれるからだ。他は無用だ。

しかし歌子はこの山中へきてから自分がケダモノになったような気がしていた。悪い意味のケダモノではなく、本当に自然に還ったという意味なのだ。今までは余計な皮をきていたが、それを脱いで本当に自然な自分、そしてケダモノに還ったような気がする。

ケダモノ同士がじゃれ合うように父に向って勝負をいどむ。滝壺の父を打ったのも、ただそれだけのことにすぎない。

父と肉体の関係をもつに至ったことについても、父が命じたことだから従うだけの気持であったが、性交にも感じなかったし、それによって特に新しい考えや感動を得たような覚えもなかった。ただ父の子を生むことはわが家の歴史と現実から考えて父の説の如く極めて当然だと思っただけだ。

父がアレを切りとったのも分るような気がした。アレはたしかに無用だ。父がもう無用とみてアレを切ったのは父の場合たぶんたしかにそうなんだろうと思ったのだ。

しかし、人に別れた時というものはいろいろのことを考えついてしまうもので、歌子はたそがれの山径を歩いているとき、ふと眼下の谷底へとびこんで死にたいと思う気持になった。いっそこのまま山に溶け、谷の水に溶けてしまいたいと思った。

道場へ戻れば可愛い存八がいる。可愛い……とたしかに歌子はそう思った。それはちょッと嬉しくもあったが、しかし家へ帰るのもなんとなくつまらない。切りとったアレを父は雑兵と云ったが、それはたしかに雑兵だと歌子も思った。しかし、可愛い存八は人間全体が雑兵そのものだ。魂も根性も雑兵だ。そして、それだから可愛くもあるのだ。

その雑兵と世間なみに一しょになって、身のまわりの世話をやいたりやかせたりして、父としたようなあんなこともして子供を生んで……それもちょッとほほえましいことだと思うのであるが、しかし、そうまでならないうちに、いま山に溶け谷の流れに溶けて死んでしまった方がもっとよいことのような気がしたのである。大自然に溶けてしまいたかったのだ。

歌子は谷底を前にして、岩にもたれて惑った。眼を閉じたり、開けたりして。そして何も考えないで。父のことも考えないで。やがて歌子は放心からさめた。

月の出を待って歌子は歩きはじめた。死ぬことも忘れていたのである。可愛い雑兵が待っている。それでよいのだ。そして父の子を父のように育てるのだ。

歌子は一晩歩いて、翌る早朝わが家へ帰ってきた。彼女が丁度わが家へついたとき、寺田がリュウリュウとタンポ槍をしごいて存八の背後から突きかかった時であった。彼女は武者窓からその成行きをみんな眺めたのである。

「アッハッハッハ。それ」

と云って存八が左手の木刀で寺田の腰骨をなぐって打ち倒し、倒れた寺田には目もくれずに人形に向って突きの稽古をはじめたのを見て、歌子はにわかにムラムラと腹をたてた。

「なんて高慢な！」

ムカムカするほど不快がこみあげた。雑兵のくせに、なんたることだ。一刻も我慢ができなかった。

歌子は吊した荷を下して、木刀を握った。道場の戸口をくぐってズカズカと存八の前へすすみ、それに気がついて挨拶しようとする存八をいきなり打ちすえた。しかし存八もタダならぬ歌子の気勢に警戒は怠らなかったので、辛うじてかわして、逃げ腰に構え、

「なにを、なさる」

「お前は留守中にずいぶん傲慢になりましたね。さだめし上達したからでしょう。私が相手になってあげる。さ、おいで」

「木刀はダメですよ。稽古をつけて下さるなら、面小手をつけてやらせて下さい」

「エイッ！」

腰骨にうってかかった。半分かわしたが、したたかな一撃。二撃三撃とこの木刀でやられては命がないから、無我夢中、存八は木刀をすてて身を投げるように武者ぶりついた。一晩

ねずに歩いて来た歌子は疲れきっているから、組み打ちになって互格の格闘がつづいたが、存八の奴、勝つ気持がないから非常に強い。体を密着させて蛸《たこ》のようにからみついていさえすれば致命的な一撃はさけられるから、ただもう強打を喫しない蛸作戦。しかし、いかに要心しても体格も技術も上の歌子に対しては勝味がない。次第に存八の疲れるのを待って、ついに敵の指をとった歌子、指の逆手。これはたしかレスリングでは禁手になっているようだが、日本古来の柔術では指の逆手に数々の秘技がある。まことにどうも素人では受けようのないヤッカイな攻撃だ。

「アイテテテ……」

と身体の立つところをエイッと当身《あてみ》。倒れてもがく存八をハッタと睨《にら》んだ歌子、木刀をとりあげて散々に打ちすえた。皮がやぶれて諸々に血がにじみ、存八息も絶え絶えである。歌子は荷物を拾って部屋へ帰り、寝床をしいてねてしまった。

呆れて見ていた寺田が存八の上に身をかがめて、

「オイ。どうした、師範代。お前さん、惚れているから、ダメだなア。敵の急所へ先にドスンとやりゃアいいのに」

「ナーニ。これぐらいは、馴れてるんだよ。ウーム。ドッコイショ」

寺田はおどろいた。郵便局の豪傑とちがって、存八の奴、もう起き上って、それ程でもない顔だ。いよいよバカには勝てないと寺田は眉をしかめた。

この山中には巨石が多い。その中に一ツ赤味をおびた巨石があって、これが大そう堅い石だ。原始林の中にあって人目のとどかぬところであるから、この石上の窪みが朝之助のネグラの一つであった。この石上で火もたくし料理もする。実にどうもガンコな石で、斧で叩きつけても刃の跡もつかない。

朝之助は朝の沐浴、朝の鍛錬を終ると、林中深くわけ入って木材をさがしもとめ、巨石の上でこれをけずりはじめる。これを木刀に仕上げるのに小半日かかるのである。それから再び充分に鍛錬を行って、心気を澄ませ、心気の最も充足した頃を見はからって、木刀をひっさげてこの巨石に立ち向うのである。それは夕方の時もあるし、とっぷり夜の落ちてからの時もある。

この巨石の凹みの一点に向って相対し、一分、二分、また五分、また十分、ついには脂汗がしたたっても打ち下すことのできない時がある。その時には再び心気を鎮めその充足を待って改めて必死の覚悟で立ち向うのである。

彼はこの巨石を木刀で打ち割ろうというのだ。そういう悲願をたてたのだ。しかし、いかに法神流の極意の腕でもこの巨石が割れる筈はないから、折れるのは木刀の方だ。彼の腕は

★

しびれる。否、脳天もしびれ、胸はつかえ、腰は跳ねて、ひっくり返って失心状態になる例であった。したがって、毎日木材をさがして木刀を造らなければならない。そして脳天がしびれてひッくり返らなければならないのだ。

彼がこういうバカげた悲願をたてたのには、重々尤も千万なワケがあるのだ。彼はかの雑兵を切断して谷底に葬りカンラカラカラと哄笑して心気甚だ爽快に娘の帰宅を見送ったのだが、すでにその日のたそがれ時から悩みに沈まなければならなかった。

かの雑兵は、そこに雑兵の魂が宿っていたわけではなかったのである。雑兵の魂は彼自身の心中に巣くっていた。かの雑兵を一刀のもとに葬っても、雑兵の魂は生きていた。つまり、なにもならなかったのだ。そして歌子を恋うる思いの切なさに、改めて仰天せざるを得なかったのである。

松ヤニをぬったかの傷口は小用のたびに難渋しなければならなかったが、難渋しているうちはまだしもよかったのだ。なぜならその難儀を天の声とききき、苦痛のゆえに、わずかに慰めることもできたからである。

傷口が治ってしまうと、まるで牢舎から脱けでた悪漢のように悪心をたくましくするばかりで、天の声もとどかなくなってしまった。剣をもつ手もそぞろである。雨につけ、風につけ、恋する心の厳しさを味わうばかりで、苦行の厳しさは身につかない。

かくてはならじと悲願を立てたのが石切りであった。南無摩利支天この石を切らせたまえ、邪心を払いたまえ、と木刀をけずりながらも呪文を唱えつづける。呪文を唱えながらもウカウカすると幻のトリコになっているのである。

しかし、朝之助、よくがんばった。この悲願果さぬうちは里へは降りぬとがんばったものである。そのうちにだんだんものうくなった。習慣的に木刀をけずり、習慣的に心気を充足させて巨石に立ち向い、習慣的に脳天がしびれてひッくり返るけれども、他の事がすべてものうくなった。鳥獣を捉え木の実をとって食事するのもものうくなった。歩む足もものうくなった。

そして何より心気の安らぐのが、かの滝の裏で水浴することであった。彼はかの水中の石の上に腹をのせてひッくり返り、かの一物が山気生動し雲をひらく勢いの時には水面にその姿を現した往時をしのびつつ、かの一物のあたりを探ってみる。ない。雑兵の魂はあるが、もはや雑兵の姿はない。

「アハハハハ」

と彼は笑う。雑兵自身が笑うのだ。雑兵をあざ笑っているのではない。雑兵同士の親睦を意味するような笑いであった。

「よう、大将。貴公、首をチョン切られたのか」

というような笑いなのである。ここでは、いつものようにして、いつも笑う。親愛なる雑兵そのものになりきってひたる静かでかなり安らかな一刻だ。あの岩上ではかの千貫の大熊が岩にまたがってニジをはいたな、と思う。この幻想は美しい。雑兵の目にしみている現実なのだ。汚れのない幻想だ。雑兵はそれにひたりきることもできる。

夏の水浴はたのしかった。しかし、他のことはみんなものうくて、やめてしまった。鍛錬もやめた。ついには悲願の石切りすらもやめた。食事だけはやめるわけにいかなかったが、鳥獣を屠って食う面倒をやめて、手近かな物、蛇や虫の有り合わせの物で間に合わせるようになった。沐浴からあがってくると、いつもうとうとと石上でうたたねばかりしている。腹がへると石から降りて、すぐ近い木のセミやトンボをつかまえる。蛙を追う。ねている石にとまるトンボも食うのである。

ある日、彼の足もとの地面がうごいた。おどろいて地をほると、山には珍しいモグラであった。彼は火をたいて丸焼きにして食った。実にうまい。長らく忘れていた肉の味を思いだしてホロリとしたのだ。おちぶれたな、と思った。ネグラの石にとまるトンボまで食うとは、おちぶれた。手近かな物、そして面倒のいらぬ物の最少限で間に合わせているが、それでも鳥獣を追っかける面倒よりはマシなのだ。そのくせ、ネグラの石にとまったトンボすら逃すことが多い。トンボの後を見送って、また首を元に戻してうたたねする。おちぶれた。

「まア、いい。どうせオレは雑兵だ」

しかし、モグラの味、うまかった。食うほどにうまい。そのたびにホロリとした。

秋がきた。山の秋は天が落ちるような速力で訪れる。そして、深まる。けぶるような冷い雨がつづく。朝之助には滝の裏の沐浴すらも身にしみて堪えがたいようになった。そして滝壺から上る道が息が切れて難渋するようになった。

「そろそろ里へ帰ろうか」

そう思うようになった。めっきり痩せてしまったが、今さらこの山中で昔日の苦業の気力や体力をとり戻そうとするような意地は残っていなかった。このまま痩せて骨になるか、里へ戻るか、どっちかだ。トンボもいなくなってきたが、トンボの代りに霞を吸ってうたたねができるなら山にいたいが、仙人になる見込みもない。所詮、雑兵であった。

どのツラさげてわが家へ帰れるか、というような意地もなくなってきたのである。雑兵である、愚人である、むしろ石にとまった一匹のトンボのようなものだ。わが家へ帰るとは、石の代りにタタミにとまりに行くようなものだ。しかし、いかに一匹のトンボでもわが家へ戻るには門をくぐり入口を通らなければならないから、多少は山帰りの何物からしい作法というものが必要だ。

「三年間物を言わないことにしよう」

こうきめた。そして誓を立てたのだ。たらふく食う。そしてねむる。物を言わない。こういう誓だ。要するにタタミにとまったトンボなのだ。山の石にとまっていたトンボが里へ住みかえるだけの話だ。そのうちに、いつか人間に戻ることができたら、そのときはまた何とかしようと思う気持もあったが、あの一物を失ったようにもはや全てを失ったという切なさを感じることが強すぎる。あの一物は全てであった。もはや全てを失ったのだ。そしてトンボになってしまった。彼は腰をひきずって山を降りた。

★

山から降りた歌子は、山にいたころ里のことを考えた時のやさしい気持をみんな失っていた。あのころのやさしい気持は思いだすこともできない。下界は愚劣そのものだ。

存八が事もあろうに一流の武芸者然と軽く寺田を打ち倒した高慢な様を認めた時の歌子の激怒はその場だけのものではなかったのである。日がたつにつれて、だんだんたかまる一方だった。

もはや歌子は存八について考えるたびに、あのいやらしい高慢な様をはなれて存八を思いうかべることができない。今さら存八がどのように小さくなっても、あの高慢な様をはなれて存八を見ることができないのだ。釜のうしろへ逃げてきてブルブルふるえていた可愛い存八はもはや存在しないのだ。歌子はバカらしくて、そんな存八はもはや考えてみる気にもならなかった。歌子は気が立つごとに、木刀をぶらさげて気がすむまでは一日中でも存八を追いまわしていた。存八は逃げるばかりが能ではなくなり、いくらかは身をかわすことも、太刀をうけとめることもできるようになっている。隙があればつけいるぐらいの手筋や気合を見せることもある。これがまた歌子を一そう怒らせた。

時日のわりに存八の上達は見るべきものがあったが、幼少から筋の正しい剣を仕込まれている歌子にはとうてい勝てない。結局ポカポカぶん殴られてしまう。その日のお天気次第で、このポカポカが一日に何度も何度もくりかえされるから、存八の全身はコブまたコブ。傷また傷。コブの上にまたコブ。存八は仕方がないから真夏のさかりでも厚く綿をつめた刺子をきて、同じく綿入れの手甲《てっこう》、スネ当てを一着、同じく厚く綿をつめた飛行帽のような面をかぶっている。この装束を寝た間もはなせない。これだけの装束をしていても木刀の乱撃をうけたあげくに七転八倒あるいは悶絶をまぬがれがたいのである。

しかし歌子も時々存八の反撃をうけて、小手にアザをつくったり、額にコブをつくることもあるようになった。その時の歌子の怒りはものすごい。存八が悶絶してもまだぶん殴ることもある。

存八も真剣だった。あまりにも容赦ない攻撃だから、身をまもるには同じく戦う一手である。逃げて済むことができないのだから、もはや必死の反撃あるのみ。

ある日、存八の反撃を歌子が受け損じ木刀が手から放れたので、したたか肩をうたれた。しびれる痛みにわずかの一瞬動きを忘れてしまったところを、胃袋に拳の一撃をうけたのである。歌子はウッと背をまるめて地上に倒れてしまった。その時の存八、思わず破顔したのである。一度でもこういうことがありたいと思いつづけていたことだ。まるで彼がやられる

ようにやることができた。おのずから満面に得意の微笑、禁じることができない。そのあげくには音をたてて、

「ハッハッハッハッハア」

バカのようにトメドなく笑いだしてしまったのである。地上に倒れて痛みをこらえながら、歌子はこれをツブサに見た。まさに下司下郎の高慢、不潔、下品、堪えがたいものだ。

「オノレ!」

立ち上った歌子はシャニムニの攻撃、逆に存八の木刀を打ち落して、右から上から左から、メチャメチャに打ちすえ、ついに倒れて身うごきのできなくなった存八を組みしき、刺子、面小手の武装を解除し、奴めの胃袋からはじめてアゴも鼻柱も口もミケンも存分に殴ったのである。

ホッと一息、満足して立ち上った歌子は、地上にダラシなくのびている存八の肉体が意外にも逞しいのにおどろいた。刺子の下ではうかがいようもなかったが、昔の存八とはまるでちがう。リュウリュウたる筋骨である。そのはずだ。コブの上にコブ、またまたコブといつしかコブを肉にした存八である。骨にもコブぐらいできたろう。父朝之助を小型にしたような逞しさであった。

思わず、キャッ、と叫びたい気持になった。目をそむけて逃げだした。

彼女は山にいたときのことを思いだした。山では殺気だっていた。しきりに父に打ちかかっ

たあのころは、充分には気がつかなかったが、彼女はたしかに父を打ちふせたいと思っていた。それは剣の上達のため、当然なことだと思っていたのだ。

しかし、存八の父を小型にしたようなリュウリュウたる筋骨を見たとき、一瞬、彼女はそれを父と幻覚した。彼女に打ち倒された父の姿と幻覚した。まるで身体の中心にブッスリと針をさされたような恋心を感じた。朝之助への恋心であった。

歌子は部屋へ逃げてきて、机に向い顔をおおうたのである。世の中に男は父しかいない。父は唯一であり、全ての男だ。父ではあるが、父ではない。師でもある。恋人でもある。まさに全てにして唯一の男だ。

なぜその心を早く知ることができなかったか。存八という俗世のくだらぬ幻にあのころ目を眩ませていたからだ。俗世の約束にとらわれていたのであろう。父をただ父のようにしか見てはならない俗世のくだらぬ約束に。

自分が愚かであったために、全てはもう、すぎ去ったのである。父は娘が恋人になってくれないために、悩みに悩んだあげく、とうとう一物を切りすててしまった。そして全ては取り返すことができなくなった。しかも父は男らしくカラカラと哄笑し、彼女を存八のもとへ返した。あのときのリリしく逞しい巨人のような父の立像。山気に木魂する哄笑。それもこれも自分が愚かであったためだ。その巨人には一物がない。

かえすがえすも憎むべきは存八だ。下司下郎のくせに高慢で、筋骨だけは妙に逞しくなり、しかも一物すらも具備している。不潔なケダモノのような奴だ。

あまりにも呪うべき奴、歌子は顔をおおうた手を放すと、悪鬼の形相で立ち上った。押入の中から家宝の日本刀をとりだしてサヤをはらい、ジッと刃を見つめていたが、ようやく気をとり直して再びサヤにおさめ、その刀をたずさえて庭にでた。のびている筈の存八はもういない。

ツルベの音がするので井戸端へ行ってみると、存八はツルベに口をつけて水をのんでいる最中である。

「コレ、存八」

「ハ？　もう、カンベンして下さい」

「今、すぐに出て行け」

歌子は刀のサヤをはらって存八に突きつけた。存八はツルベを落してガタガタふるえた。声もでない。

「すぐ出て行け。また、コソ泥になるがよい。戻ってくると、一刀両断だぞ。この村にウロウロしていても斬りすてるから、そう思うがよい。立て。早く、でてゆけ」

刀で軽く突く。軽くと云っても、血がたれてきた。

存八は歯の根が合わない。それでもようやく泣き声をふりしぼって、荷造りの時間を与えてもらい、ナンキン袋の世帯道具一式を背負って立ち去ったのである。

朝之助が戻ってきたのは、それから三日目のことだった。

歌子はおどろいた。昔の父の面影はどこにもない。痩せ衰え、蒼ざめて、むくんでいる。眼がドロンと濁って、口にシマリがなく、全身に力がぬけているのである。そして、全然喋らないのだ。何を問いかけても返事をしない。そして一日中ねているだけだ。

歌子が食事を運んで行くと、モリモリとくう。その時だけは妙なグアイに生気があった。食い物を狙う野犬のような生気である。そして実に大飯をくらう。歌子の分がなくなってしまうのだ。

「仙人になって帰ってきたかと思ったら、そうでもないわね」

歌子はウンザリした。これがいったい父朝之助だろうか。父とは何ぞや。剣である。それしかないはずだ。歌子は道場から木刀を二本持ってきた。そして父の食事が終ったとき、その前に一本の木刀をおいた。

「お父さま。一手御教授下さいませ。山中でさだめし秘剣を会得されたのでしょう。それを見せて下さいませ」

しかし父はいかにも食に充ち足りてただもう睡たげに坐っているばかり。木刀を手にとろうともしない。坐ったまま、いまにも睡りこんでしまいそうな様子を隠そうともしないのだ。

「モシ」

歌子はたまりかねて肩をゆすった。なにぶん朝之助は衰えた身体ににわかに大食しているから、消化が不充分だ。そのためにガスがたまっている。尻にシマリがなくなっているから、肩をゆするたびにオナラがプップップップッとでるのである。また、ゆする。プップップッ。面白いように必ずでる。しかも本人は半分ねむりかけているのである。バカバカしさを通りこして、歌子は妖しさにうたれた。

「さすがに、お父さま。この無為無防の姿こそ秘剣の構え、玄妙極意の境地かも知れない。ああ、つたなかった。よくも会得なされたなア。無為、無言。ああ、気がつかなかった。なんという気高いお姿」

その気持で見れば、イワシの頭も信心から、このダラシのない姿でもなんとなくそう見えるから、歌子はすっかり感動して、

「では、参ります。お父さま」

木刀を構えて、エイッ、と打ち下した。坐りながら睡ってしまった朝之助、グラリとひッくり返ったから、木刀はそれて肩をうった。その時には朝之助、小さな呻《うめ》きと、大きな屁をたれた。ともかく家へ戻ってはじめての人語ではないが、呻きをもらした。それが最期であった。朝之助は再び生き返らなかったのである。

しかし歌子は父が武芸の玄妙を示して死んだと思いこんでいた。身をもって武芸の玄妙を示したのだと思ったのだ。

まさに打ちおろす一瞬にグラリとゆれて岩の如くに倒れた自然さ。歌子の狙いきめたあの

太刀が肩しか打てなかった。大自然、大自在、無碍《むげ》の境、人智を絶した円熟の境地だ。これを示して、そして火の消ゆるが如くに息絶えた父は、まさに天地カイビャク以来の大往生であろう。大いなる岩の往生である。なんたる偉大な教訓であろうか。ありがたい父よ、と歌子は感きわまり感涙にむせんで父の徳をしたった。

そして父の境地に至るために夜となく昼となく、益々技をみがいているということである。

神伝夢想流

東京に今なおクサリ鎌の術を伝える人がいるそうだから型を見せていただこうと、一昨年訪れたことがある。ところが主人は戦災でクサリ鎌を失った由で、

「私はクサリ鎌をやるにはやりますが、元来は杖《じょう》を学んだものです」

「杖と仰有《おっしゃ》ると、夢想権之助の？」

「左様です。福岡に夢想権之助の神伝夢想流が今なお伝わっておりまして、自分はそれを学んだものです」

東京の警視庁で杖を教えている清水隆次という先生であることが分った。

清水さんは昭和五年の天覧試合だかに杖術の型を披露するため、神伝夢想流の先生にともなわれその高弟として上京したのだそうだ。そのとき杖の威力が警視庁の認めるところとなり、清水さんが乞われて東京に止《とどま》って術を伝えて今日に至っている由。

むかし共産党その他の暴動対策に警視庁の新撰組という棒部隊が出動したが、これぞ清水さんが術を伝えた産物で、あの棒が神伝夢想流の杖だそうだ。

清水さんから杖の型を見せていただいて、一時はただ呆然《ぼうぜん》とするほど驚いたものである。

生涯不敗を誇った宮本武蔵も夢想権之助の杖にだけは手ひどい目にあっている。ヒイキ目に見て引き分け程度の勝負であったらしいが、武蔵という人は後世の剣客と違って、剣の他流だけを相手にした人ではなく、槍でもクサリ鎌でもあらゆる武器も相手と見て剣を学んだ人だ。そういう武蔵だから、ともかく杖と一応勝負に持ってゆけたが、一般の剣客ではとう

てい問題にならないだろうと私は思った。

剣というものはツカと刃がきまっていて、攻撃は一点からしか起らないが、杖は全部がツカでも刃でもあるし槍でもあり、剣のつもりで一点を見ていると、上下左右の思わざるところから攻撃が起り、まるで百本の杖に攻められているような幻惑をうける。

その上、両手の幅と頭上へ手をのばした高さがあれば使えるから三畳の室内で自由に術をふるうことができる。棒を刀のように振り廻すものとでも考えたら大マチガイで、まるで棒が手中に吸いこまれて、前後左右上下の諸方から無際限に目にもとまらぬ早さでとびだし襲いかかってくるものと思い知っておかねばならぬ。

男女ともに護身用としてこれほど得がたい術はないように思ったが、特に家に留守をまもる婦人にはこの上もない術であろう。

もっとも人が護身用の術を必要とするような時代は慶賀すべきではないけれども、血なまぐさい乱世の気配は遠ざかるどころか益々近づくおもむきもあって、かかるときに、大男の暴漢ヌッと室内に上りこむや、ギャッと叫び、とたんにヒバラを押えてひッくり返っている。小娘が四尺二寸の杖をたずさえてニコヤカに現れるなぞという図は愛嬌もあり実効もあって面白い。

亭主の威力地におち、女房が武力をふるうに至ると、乱世もおさまるかも知れない。

忍術

むかし我々の先祖は忍術というものを空想した。自分の現実がかくあればどんなに良かろうと考えたに相違ないが、またとてもできない望みであることを悟りきっていたに相違ない。その忍術もどうやら今では古くなった。なぜなら、現代の兵器は忍術よりも発達してしまったオモムキがあるからだ。

エイッと睨《にら》むと相手がバッタリ倒れるぐらいのことは四百年前に伝来した鉄砲がすでに現実に行うことができたものだ。

猿飛佐助や悟空は空を走るが、ジェット機には及ばないだろう。なぜなら佐助や悟空の走りすぎたあとでその音がきこえたという怪談は、空想力の横溢《おういつ》していた我々の先祖も考えることができなかったのである。

箱根の山を通る旅人がにわかに着物をまくりあげたり裸になったりして、

「ヤア、えれェ深い川だ」

と草の中をエッサコラサと歩いている。キツネに化かされたのである。

しかし、現代に於てはポケットに忍ばせた小さなバクダンを一ツ投げこめば、江戸城の侍どもをみんなクシャミさせたり泣かせたりすることができる。猿飛佐助のイタズラぐらいは現代にとっても兵器の類とは見なされていない。せいぜい火焔ビンや竹槍を相手のメーデーごっこの余興にすぎない。

佐助が印を結ぶと無数の怪獣が現れて敵に攻めかかる。けれどもそれは無数の戦車のゴウゴウたる突撃に比すべくもない。雷サマとなって敵城を叩きつぶす魔法の力は空想上の破壊力の限界であったかも知れないが、B29のバクダンや艦砲射撃は軽くそれ以上の破壊力をもたらしているようだ。

原子バクダンの破壊力に至っては、いかなる民族の忍術も魔法もそれを空想することができなかった。

ピカッと光った瞬間に何キロ四方の人間が大地に己れの影を焼き残して自らは消滅している。同時にあらゆる物体が火をふきだしている。直径何キロのキノコ雲が一天をおおうて殺人力のこもっている黒色の雨を降らせる。恐らく東京の真上でバクハツした水素バクダンは一瞬に千万ちかい人々を殺傷するであろうが、いかに万能の空想力でも、そこまで考えた空想はなかったようだ。

つまり空想という無限のものにも実はおのずからの限界があって、それ以上は空想にしても納得できない、夢物語にしても納得できないというおのずからの一線があるのだろう。現代の兵器はその空想の限界すらも突きぬけてしまったのだ。私の耳には猿飛佐助と霧隠才蔵の会話がきこえてくるのである。

「広島と長崎に黒い雨が降って何十万という人間が死んだとよ」

「ピカッと光ったら、みんな死んでたそうだ。どうだい。アニイの忍術も、できるかい」

「できやしねえや。オレのできないことをやるようじゃ、おッつけ人間は亡びるぜ」

猿飛佐助の意見によると、破壊力が忍術の限界を越えた時が、戦争をやめる時だそうだ。

現代の忍術

私はあるとき忍術使いの子孫という人に会ったことがある。忍術を見せてくれと頼んだけれども、どうしても見せてくれない。仕方がないから、どれぐらいのことができるんですか、ときいたら、

「訓練によって、高さは一間、幅は三間とぶことができる」

と答えてくれた。私はおかしさを噛みころすのに苦労しなければならなかった。

一間というと約一メートル八五ぐらいかな。たしかヘルシンキでは走高飛の予選通過が一メートル八五ぐらいじゃなかったかと思う。

日本レコードでは二メートルぐらいであろうが、一メートル八五なら日本でも現在とべる人は十名はいないであろう。だから、術として一間とべれば相当なものだ。愉快なのは幅三間の方である。

幅三間を室内のタタミの上で眺めるとずいぶん長い距離のように見える。とても飛べないように見える。これに比べると高さ一間は飛べそうに見える。なぜなら、女の子供が路上で頭上に精一パイ高くあげたナワを飛びっこしているからだ。

けれども子供のナワとびは足でさわって重みで落して飛ぶのだから、身体《からだ》が飛んでいる高さは一尺五寸ぐらいのものだろう。実際には一尺五寸ぐらいしか飛んでいないのである。

ところが幅とびの方は、女でも三間は飛んでいるのだ。走幅飛の日本の女子のレコードは六メートルちょっと、即ち二十尺である。二十尺は三間を越すこと二尺のオツリがでている。

女の子でもそれほど飛ぶ。

男に至っては、七メートル三〇ぐらい飛ばないとヘルシンキでは予選も通過できない。つまり二十四尺余で、四間である。世界レコードに至っては八メートル二〇ぐらいだ。四間半である。

跳躍日本もヘルシンキでは不振をきわめたが、それでも三間をとぶ人間なら男女合わせて日本には二十万や五十万はいるだろう。別に術を習わなくとも、威勢のよい男の子なら楽にとべるのである。

忍術に速歩の法と称するものがあって、身体を横向きに、カニの横バイのように歩くのが速いなぞと書いてある。この辺は文学としてなら、愛嬌があって、思いつきかも知れないが、現代の忍術使いの教祖がまことしやかに説いては話にならない。

唐手《からて》秘伝と称して、縁日なぞで、紙にブラ下げた青竹を木刀で割って見せて、薬なぞ売ってる。これを唐手の広西五段（唐手では現在五段が最高位）に訊いたら、

「あれは一週間も練習すると誰でもできるんですよ。紙にブラ下げてるから竹が折れるのです。ハリガネのような強いものにブラ下げて叩くと、その抵抗が竹に加わり竹はハネ返るばかりで、どんな名人がやっても折れやしません。抵抗のない紙にブラ下げるから折れるんで、ちょっとした物理の応用ですよ。術じゃないです」

という話であった。

桜の花ざかり

戦争の真ッ最中にも桜の花が咲いていた。当り前の話であるが、私はとても異様な気がしたことが忘れられないのである。

焼夷弾の大空襲は三月十日からはじまり、ちょうど桜の満開のころが、東京がバタバタと焼け野原になって行く最中であった。

私の住んでるあたりではちょうど桜の咲いてるときに空襲があって、一晩で焼け野原になったあと、三十軒ばかり焼け残ったところに桜の木が二本、咲いた花をつけたままやっぱり焼け残っていたのが異様であった。

すぐ近所の防空壕で人が死んでるのを掘りだして、その木の下へ並べ、太陽がピカピカ照っていた。我々も当時は死人などには馴れきってしまって、なんの感傷も起らない。死人の方にはなんの感傷も起らぬけれども、桜の花の方に変に気持がひっかかって仕様がなかった。

桜の花の下に死にたいと歌をよんだ人もあるが、およそそこでは人間が死ぬなどということが一顧にも価いすることではなかったのだ。焼死者を見ても焼鳥を見てると全く同じだけの無関心しか起らない状態で、それは我々が焼死者を見なれたせいによるのではなくて、自分だって一時間後にこうなるかも知れない。自分の代りに誰かがこうなっているだけで、自分もいずれはこんなものだという不逞《ふてい》な悟りから来ていたようである。別に悟るために苦心して悟ったわけではなく、現実がおのずから押しつけた不逞な悟りであった。どうにも逃げられない悟りである。そういう悟りの頭上に桜の花が咲いていれば変テコなものである。

三月十日の初の大空襲に十万ちかい人が死んで、その死者を一時上野の山に集めて焼いたりした。

まもなくその上野の山にやっぱり桜の花がさいて、しかしそこには緋《ひ》のモーセンも茶店もなければ、人通りもありゃしない。ただもう桜の花ざかりを野ッ原と同じように風がヒョウヒョウと吹いていただけである。そして花ビラが散っていた。

我々は桜の森に花がさけば、いつも賑《にぎ》やかな花見の風景を考えなれている。そのときの桜の花は陽気千万で、夜桜などと電燈で照して人が集れば、これはまたなまめかしいものである。

けれども花見の人の一人もいない満開の桜の森というものは、情緒などはどこにもなく、およそ人間の気と絶縁した冷たさがみなぎっていて、ふと気がつくと、にわかに逃げだしたくなるような静寂がはりつめているのであった。

ある謡曲に子を失って発狂した母が子をたずねて旅にでて、満開の桜の下でわが子の幻を見て狂い死《じに》する物語があるが、まさに花見の人の姿のない桜の花ざかりの下というものは、その物語にふさわしい狂的な冷たさがみなぎっているような感にうたれた。

あのころ、焼死者と焼鳥とに区別をつけがたいほど無関心な悟りにおちこんでいた私の心に今もしみついている風景である。

解説

七北数人

「坂口安吾歴史小説コレクション」がまだ企画段階だった頃、歴史小説以上に埋もれた感のある「落語・教祖列伝」「女剣士」「現代忍術伝」などの剣豪・豪傑小説で一巻、同コレクションのオマケに組み込めないかと考えていた。

どれも非常にユニークで、型破りな痛快活劇である。奇想天外な剣技や格闘術が登場する伝奇ドラマで、抱腹絶倒のホラ話でもある。しかし、アトの二篇に至っては「時代小説」ですらなく、舞台は「現代」なのだ。とても歴史小説集と一緒にはできないと諦めた。

時代モノでも「明治開化 安吾捕物」シリーズだけは、捕物帖というジャンルが確立されていることもあって何度も刊行されているが、それ以外の時代小説や伝奇ロマンなどは、なかなか世に出る機会がない。

ほとんど埋もれているに等しいこれらの作品群は、なぜ評価されてこなかったのか――。考えるまでもない。ごく単純な話、エンターテインメントの要素が強すぎたせいである。

わが文壇では、ごく近年に至るまで、文学史的価値を云々される小説は純文学か歴史小説、あるいは直木賞の候補に挙がるような人道的傾向のある大衆小説に限られていた。江戸川乱歩の尽力で推理小説も系統立てて論じられるようになったが、それ以外はだいたいエロ・グロ・ナンセンスと一くくりにして蔑まれた。毒気の強いもの、暴力的・性的な興奮をもたらすもの、ふざけたバカ話、ヤクザで不道徳な物語などを評価する場所はほとんどなかった。

しかし、本当に面白いものは概してコチラにある。小説の型をも破るほどの斬新さや破壊力も、およそコチラにしかない。

不当に評価されずに来た安吾作品の中にも、実はこういうスゴイ作品がごろごろ転がっていた。

もともと「風博士」などのファルス（笑劇）で世に出た安吾の文学は、純文学と大衆小説との垣根をもたないものだった。安吾自身、最もすぐれた文学は必然的に、純文学とエンターテインメントの要素をあわせもつものだと説き、つねに「娯楽奉仕の心構え」をもって創作したので、ふつう一般の「純文学」の定義からは外れる作品も数多い。

戦後の代表作の一つ「桜の森の満開の下」も、初め「白痴」の次に『新潮』に持ち込まれた際、「これは小説ではない」という理由で突き返されたのである。以後一年間のオクラ入りを強いられ、ようやく別雑誌に発表できてもほとんど話題にはならなかった。そういう時代だったのだ。

「桜の森――」「夜長姫と耳男」などの説話風の作品は、没後おもに幻想文学方面から圧倒的な支持を得て、今では安吾のベスト作品に選ばれることも多くなった。けれども、やはりそうした例は稀で、幻想文学の書き手の多くは、文壇や出版界の無理解に苦しめられた経験をもっていると聞く。

そこで今回の企画では、「桜の森——」などの代表作も余さず収録するかたわら、安吾のエンターテインメント作品の中から「埋もれた傑作」の名にふさわしいものを精選、伝奇・ファルス・ハードボイルドという三つのテーマに分類して収録することとした。

本巻〈伝奇篇〉には、説話や民話など昔物語のスタイルで書かれた名作が四作入っている。先に挙げた二篇と、戦前の「閑山」「紫大納言」。どれも取り上げられる機会が多いので、この方面でしか安吾を知らなかったという読者もいるかもしれない。幻想的なものを含む作品は処女作以来いくつも書いているが、純然たる説話スタイルの作品ということになると、以上の四篇で全部になる。

「閑山」は最初の説話小説で、坊主に化けた狸が主人公の、オナラ小説である。少しく古さびた大仰な文体を用いているのは、ホラ話のホラ度を上げる手段だろう。シュールで幻想的な物語だが、次巻の〈ファルス篇〉に入れてもピッタリ当てはまる。

安吾が本作を書いた一九三八年、長らく苦しんだ長篇「吹雪物語」を上梓してようやく呪縛から解き放たれたのか、次々とファルスの快作を発表しはじめる。その皮切りが本作で、闊達自在、まさに安吾の本領が爆発的に現れた感がある。

「閑山」からわずか二カ月後、今度は「紫大納言」で破滅的な恋の話を描く。初めのうちこそファルスの主人公めいたゲスっぽさをかもし出す大納言だが、燈火に映る天女の美しさに打たれてから、激しい純愛へと一直線に落ちていく。

「天翔《あまが》ける衣が欲しいとは思いませぬか」

「くらやみへ、祈る眼差を投げ捨てた。あたりが一時に遠のいて、曠野《こうや》のなかに、心もなかった。血が、ながれた」

これらの張りつめたセリフの多くは、発表から二年後の単行本収録時に追加されたものだ。大幅な加筆は、安吾のこの作品に賭けた情熱の深さ、大きさを物語る。

この二年の間に、太宰治も安吾に触発されたように「駈込み訴え」や「走れメロス」など古典翻案作品を発表し始めた。太宰作品を高く評価していた安吾は、「紫大納言」改稿の際、「走れメロス」に出てくるのとそっくりの文言を数カ所書き入れた。オマージュなのか、あるいは頭にこびりついて自分の言葉に同化してしまっていたのか、いずれにしても「走れメロス」を愛読したことは間違いない。

この二年間には、もう一つ、安吾にとって重大な画期があった。初めての歴史小説に挑戦し、「イノチガケ」のテーマを自作の中で追求しはじめたことである。死を賭して一途に突き進む強烈な覚悟が、お伽ばなし風だった「紫大納言」の世界に生々しい痛みをもちこんだようだ。

「日本の山と文学」は、「吹雪物語」執筆のため京都に一年半滞在した折の「研究成果」を伝えるエッセイ。京都では引きこもり生活で古典に親しみ、江戸時代の随筆まで読み進めていたという。このエッセイを読むと、安吾が狐狸妖怪の伝説や奇談、怪談などに惹かれ、次々と読みあさった様が目に浮かぶ。

安吾自身は紹介していない話だが、読んだ本として出てくる「甲子夜話《かっしやわ》」には、狸が僧に化けて寺に数百年住みついた話なども載っている。また、やはり安吾が読んだという「一夜舟」の翻刻刊本には、「紫大納言」に登場する盗賊袴垂《はかまだれ》の紹介文や、鬼たちが歌った宴会芸の歌の歌詞がそのまま記されている。

「閑山」や「紫大納言」へと発展していく題材の源泉が、多方面から流れ込んできたことが窺われる貴重なエッセイといえる。もっとも、両作の原話と呼べるほどの資料は存在しない。昔話の典型的な話型をとりいれながらも、物語の骨格は完全にオリジナルである。

「禅僧」は、「閑山」より三年近く前の短篇。昔話ではなく現代小説なのだが、いつどことも知れない古物語の雰囲気がある。山間の狭い村、その中の禅寺という更に閉じこめられた空間で繰り広げられる異常な愛欲世界。設定だけでも伝奇ムードふんぷんで、実におどろおどろしい。

安吾が大好きだったメリメの「カルメン」のことが作中でも語られるが、ヒロインお綱の強烈なキャラクターはゆうにカルメンを超えて、魔女か鬼女の領域だろう。残虐きわまりない悪女の造型、という点では、後年の「桜の森――」や「夜長姫――」につながる最も早い原型となっている。

「土の中からの話」は、エッセイと物語が混在する一風変わった構成。農村純朴説への反措定として、現実の農民たちがいかに排他的で、小ずるくエゴイスティックに立ち回るか、いろんなエピソードを連ねて語り、最後にひとつの伝奇を物語る。

伝奇のタネは、負債をのこして死んだ人が牛に生まれ変わって償うという「化牛説話」の話型で、ここでは特に「日本霊異記」第三十二話が基になっている。といっても、借用したのは地名や人名だけで、笑えるストーリーもエゴイズムのテーマも原話にはない。ほとんど全文オリジナルと言っていいだろう。

安吾の農民観は初期のファルス「村のひと騒ぎ」の頃から変わっておらず、決して農民をバカにしているわけではない。むしろ、たくましい生命力をモトとする人間くさいエゴイズムに対しては、共感と賞讃を惜しまないほうで、だからファルスの主人公に仕立てたくなるのだ。

木にぶらさがった死体を村人みんなが平然と放置しているエピソードなど、悪夢のような不気味さがアトを引きつつ、乾いた笑いがこみあげる。「今昔物語集」の紹介文も、オリジナルの伝奇も、エゴイズムの怖さと笑いがないまぜになっている。

「桜の森の満開の下」と「夜長姫と耳男」については、もはやなんの解説も要らないかと思う。ともに安吾の代表作にして、幻想文学史にその名を刻む名作である。残虐なあそびを繰り返す高貴な美女たちの、その透明な無邪気さが恐ろしい。

世の中で残虐な事件が起こると、「桜の森——」を含む作品集は新たな刊行を自粛されることがある。それほど血なまぐさい物語が、不思議なほど静謐《せいひつ》で美しいのは、すべて消え去ってしまう悲しさで締めくくられるからだろう。振り返れば、「閑山」の狸も「紫大納言」も、形のないものに姿を変え、いずこへともなく消えていった。

「夜長姫と耳男」の、蛇を吊るした耳男の小屋から透けてみえる青空のくだりを読むといつも、安吾が「教祖の文学」の中で紹介した宮沢賢治の詩「眼にて言ふ」を思い出す。

「だめでせう／とまりませんな／がぶがぶ湧いてゐるですからな／ゆふべからねむらず／血も出つゞけなもんですから／そこらは青くしんしんとして／どうも間もなく死にさうです／けれどもなんといい風でせう……」

こんなふうに続く詩を安吾は全文引き写し、究極の文学として絶讃した。

「本当に人の心を動かすものは、毒に当てられた奴、罰の当った奴でなければ、書けないものだ。思想や意見によって動かされるということのない見えすぎる目などには、宮沢賢治の見た青ぞらやすきとおった風などは見ることができないのである」

芸術の究極は魔道。みずから悪魔と化した者だけが通り抜けられる、地獄の一本道である。賢治の詩はそれを体現し、夜長姫は耳男に身をもって指し示してくれたのだ。

こうした説話小説の原風景を語ったものとして「文学のふるさと」がよく参照される。教科書にも採り上げられた名エッセイだが、文章は端から端まで謎めいている。

文学の原初地点として安吾が例示するのは、死の翳《かげ》を背負った話ばかりだ。なんの因果もなく唐突に死が訪れる。自力ではどうにも変えようのない絶望的な苦悩。その理由のない残酷さが世界の根本原理であり、常にそこを見据える心から文学が生まれる、と安吾はいう。そこは「絶対の孤独」の場所であり、すべての人間が還っていく場所でもあるのかもしれない。


「神伝魚心流開祖」「兆青流開祖」「花天狗流開祖」「飛燕流開祖」の四篇は、「落語・教祖列伝」の総題で書かれた連作。それぞれ無呼吸の潜水歩行術、催眠術的なセチ竿捕縛の術、天狗から伝わるナギナタ術、人体五百六十五の急所を正確に突く十手術、という異能の達人たちが登場する。異能といっても仙術とか妖術のたぐいに近く、山田風太郎の忍法帖シリーズを先取りしたような仰天の神ワザばかり。伝奇としても想定外の面白さがあり、全篇軽妙かつ滑稽なファルスにもなっている。「明治開化 安吾捕物」と同年同月から連載開始され、シリーズ定番のプロットがある点も捕物帖と共通した。

主人公の驚くべき異能がぞんぶんに描かれたあと、藩の家老が召し抱えたいと言ってくる。藩お抱えの師範たちが降参して、逆に弟子になりたいと言い出す。なにがし流などと名前が付けられ、開祖としてもてはやされる、という展開。

　何よりも、正統な武術を習っていない野性児が、自然の中で体得した自己流のワザで、正統な武家のエリートたちに圧勝するところに快感がある。対戦の場の俊敏な動き、緊迫感、驚きの結果など、いかにも剣豪小説らしい要素もたっぷりある。一冊にするには分量が少なすぎたせいか、あるいはタガがはずれて面白すぎたせいか、生前も没後も単行本化されなかった。

「曽我の暴れん坊」も同傾向のコミカルな伝奇作品。仇討ちで有名な曽我兄弟が主人公で、弟五郎の天衣無縫の暴れっぷり、人間ばなれした豪傑ぶりが痛快だ。兄十郎は弟と正反対のやさ男で女たらし、ヘナチョコぶりまで含めて太宰の「グッド・バイ」を彷彿とさせる。二人のデコボコ珍道中を語る語り口は、いつもより講談調でテンポよく、とにかく読んでいて楽しい。きちんと終わった形にはなっていないので、続きを連載する予定があったのかもしれない。

「女剣士」もまた、全集以外ではほとんど読めなかった異形の傑作。逝去の前年に当たる一九五四年、安吾は子供の頃からの憧れだった剣豪小説に初めて挑戦した。それも立川文庫などの講談によくある武者修行の物語であり、神の域にせまる〝魔剣〟をめざす剣士たちの闘争劇である。面白くならないワケがない。

開戦前夜の一九四一年、安吾は座談会で、その年読んだ本のベストワンに吉川英治の『宮本武蔵』を挙げた。戦争中には一番の新人として中島敦を推したが、その中島の「名人伝」や、太宰の「ロマネスク」、一九五二年に安吾が強く推して芥川賞受賞となった五味康祐の「喪神」など、みな武術修行の果てに魔界へ足を踏み入れる物語だった。

本作の三カ月後に発表した歴史短篇「花咲ける石」に登場する江戸後期の最強剣法、法神流の末裔が、女剣士歌子とその父朝之助である。おもに村里と山中が舞台になるので、読み始めるとまもなく時代が現代であることを忘れてしまうだろう。

コソ泥のファルスから唐突に、死と隣り合わせの激しい日常へ放り込まれる。犯罪と狂気がちらちら影を落とし、気がつくと禁断の愛欲譚へと滑りこんでいる。全く予測のつかないストーリー展開に驚かされていると、全き自由とは何か、真に生きるとはどういうことか、そんな青春の哲学が頭上から降りかかってくる。「ニジ」のように——。

終盤、朝之助の受けた罰は「紫大納言」の末路を思い起こさせ、ラストの姿は「閑山」と通じる。偶然だろうか、それとも初期の伝奇作品へ意識的に回帰したのだろうか。

巻末に収めた「神伝夢想流」「忍術」「現代の忍術」「桜の花ざかり」の四篇は、晩年の新聞連載エッセイ「明日は天気になれ」から採ったもの。はじめの三篇はユーモラスなタッチで武術や忍術への興味をかきたててくれ、締めの一篇で「桜の森の満開の下」の原風景に突き当たる。

〈伝奇篇〉と銘打った本巻、古い時代の幻想譚や剣豪、豪傑らの物語をあつめたが、前半は背徳と愛欲の魔界へ引きずりこまれる怖さがあり、後半は豪傑たちの呆れるほどの異能ぶりに驚嘆させられた。そしてどれも、人間の滑稽さをしみじみ語るファルスであり、壮大なホラ話であった。

歴史小説と同様、伝奇作品の主人公たちも独立独行の人間が多い。誰とも安易に狎《な》れず、ストイックでハードボイルドな生きざまを自らに課している。一念がこもれば魔界へ落ちることもあるだろうし、現世で超自然の力を顕現させることだってあるのかもしれない。また一方では、やることなすこと一風変わって見えるから、ファルスの主人公になりやすい。

安吾の描きたい孤絶の人間たちは、歴史小説にも、この三巻のエンターテインメント作品群にも、共通して生きている。

本巻収録作の発表年月日および発表紙誌は以下のとおりである。

閑山　一九三八年十二月『文体』
紫大納言　一九三九年二月『文体』→一九四一年四月、短篇集『炉辺夜話集』
日本の山と文学　一九三九年八月十六日〜十九日『信濃毎日新聞』
禅僧　一九三六年三月『作品』
土の中からの話　一九四五年、初出誌未詳
桜の森の満開の下　一九四七年六月『肉体』
夜長姫と耳男　一九五二年六月『新潮』
文学のふるさと　一九四一年八月『現代文学』
神伝魚心流開祖（「落語・教祖列伝」1）　一九五〇年十月『別冊文藝春秋』
兆青流開祖（同2）　一九五〇年十一月『オール讀物』
花天狗流開祖（同3）　一九五〇年十二月『別冊文藝春秋』
飛燕流開祖（同4）　一九五一年三月『オール讀物』
曽我の暴れん坊　一九五四年五月『キング』
女剣士　一九五四年五月『小説新潮』
神伝夢想流（「明日は天気になれ」14）　一九五三年一月十九日『西日本新聞』
忍術（同62）　一九五三年三月二十三日『西日本新聞』
現代の忍術（同66）　一九五三年三月二十八日『西日本新聞』

桜の花ざかり（同74）一九五三年四月五日『西日本新聞』

※「日本の山と文学」の初出はこれまで『信濃毎日新聞』とされてきたが、『京津日日新聞』のほうが二日早い八月十四日であると新潟市在住の阿部邦夫氏からご教示いただいた。ただし、全四回のうち初めの二回分を一挙掲載したのみで、後半はその後掲載されなかった。初出とするには中途半端なので、これまでどおり『信濃毎日新聞』を初出とした。

なお、『京津日日新聞』は日本占領下の北京・天津地方で発行されていた新聞で、阿部氏は国会図書館にて偶然発見されたという。発表に至った経緯は不明だが、通信社系の配信記事だったとすると、地方紙各社が配信内容をみて自紙に掲載するか否かを決める形をとるので、右の二紙以外にも掲載紙は多数あった可能性がある。

本書は、『坂口安吾全集』（一九九八～二〇〇〇年 筑摩書房刊）収録作品を底本としました。

全集収録時、旧仮名づかいで書かれたものは、新仮名づかいに改めました。

難読と思われる語句には、編集部が適宜、振り仮名をつけました。

本文中には、今日の観点からみると差別的、不適切な表現がありますが、作品の発表当時の時代的背景、作品自体の持つ文学性、また著者がすでに故人であるという事情を鑑み、底本の通りとしました。

（編集部）

坂口安吾エンタメコレクション〈伝奇篇〉

女剣士

二〇一九年 二月一五日 初版第一刷 発行

著者 坂口安吾
編者 七北数人
発行者 伊藤良則
発行所 株式会社 春陽堂書店
〒一〇三―〇〇二七
東京都中央区日本橋三―四―一六
電話 〇三―三二七一―〇〇五一
装丁 上野かおる
印刷・製本 惠友印刷株式会社

乱丁本・落丁本はお取替えいたします。

ISBN978-4-394-90347-5 C0093